DIMEN SION WAR

디멘션 워

미르영 퓨전 판타지 소설
FUSION FANTASTIC STORY

디멘션 워 5

미르영 퓨전 판타지 소설

초판 1쇄 찍은 날 § 2009년 2월 16일
초판 1쇄 펴낸 날 § 2009년 2월 26일

지은이 § 미르영
펴낸이 § 서경석

편집장 § 문혜영
편집책임 § 이재권
편집 § 문정흠

펴낸곳 § 도서출판 청어람
등록번호 § 제1081-1-89호
등록일자 § 1999. 5. 31
어람번호 § 제1-1030호

주소 § 경기도 부천시 원미구 심곡2동 163-2 서경B/D 3F (우) 420-822
전화 § 032-656-4452 팩스 § 032-656-4453
http://www.chungeoram.com
E-mail § eoram99@chollian.net

ⓒ 미르영, 2008

ISBN 978-89-251-1695-2 04810
ISBN 978-89-251-1464-4 (세트)

차원대전(次元大戰)

DIMEN
SION WAR

미르영 퓨전 판타지 소설
FUSION FANTASTIC STORY

디멘션 워

5

전쟁 발발!

도서출판
청어람

CONTENTS

Chapter 1
흑룡회!

최후 만찬이 될지도 모르는 식사를 마치고 모두 방으로 들어갔다. 안채에 사람들이 쉴 수 있도록 방이 마련되어 있었기에 모두들 편안하게 쉴 수 있었다.

먼저 가네가와의 일을 처리해야 했기에 미네르바의 화신인 한지예를 시켜 은좌에 감시망을 치고 선배들과 사람들을 지키도록 하고는 사무실로 돌아갔다.

사무실에 들러 살펴보니 흑룡회나 다른 이들이 침입한 흔적은 없었다. 이야기는 하지 않았지만 은밀히 추적하는 눈길이 있어 위험할 것 같아 은좌로 피신시킨 것이었는데 아직은 선배들이 알려지지 않은 것 같아 안심이 되었다.

자신의 힘이 가진 권능을 잃어버린 탓인지 가네가와는 사무실 소파에서 죽은 듯이 누워 있다. 앞으로 중요한 역할을 하게 될 사람이기에 마무리를 확실히 하기 위해 가네가와를 깨웠다. 일본에서 한국으로 들어오고 있을 암천문의 인물들을 지휘하도록 하기 위해서다.

가네가와로부터 암천문이 흑룡회와 협력을 하고 있다는 것은 이미 알아낸 상태다. 가네가와로 하여금 암천문의 인물들을 동원해 흑룡회와 반목하도록 한다면 재미있을 것 같다는 생각이 들었던 것이다.

일단 가네가와를 통해 그가 한국 내에 거느리고 있는 자들 중 수뇌부에 해당하는 자들을 세뇌시키기로 했다.

신상천이라는 이름으로 활동하는 일본명 요시모토 타카루라는 출판사 사장과 권창호라는 이름으로 국립중앙박물관에서 활동하며 천부경을 연구해 온 도이치 마사히로라는 자가 첫 번째로 세뇌할 자들이었다.

상당한 능력을 가진 자들일 뿐만 아니라 오랫동안 한국에서 활약해 온 탓에 기반이 상당한 터라 이들 둘을 제압하면 앞으로의 일이 쉬워질 것은 분명한 일이었다.

"일어나라."

죽은 듯이 잠들었던 가네가와는 한철의 말에 눈을 번쩍 뜨며 자리에서 일어났다.

"요시모토와 도이치라고 했던가? 네 수하들은 묵고 있던 호텔 방으로 불러라. 핑계는 적당히 대도록 하고."

"알겠습니다."

가네가와는 한철이 시키는 대로 핸드폰을 통해 두 사람을 자신이 머물고 있는 호텔 방으로 소집했다. 이미 그의 정신을 제압하고 있던 천조의 사념이 완전히 한철에게 굴복한 터라 반항하는 기미는 없었다.

"지금부터 내가 건네는 기억을 숙지하고, 그럼 네 수하들이 자연스럽게 나에게 복종할 수 있을 것이다."

한철은 연락을 끝낸 가네가와의 기억 속에 자신이 계획하고 있는 일을 모두 기억시켰다. 의식의 공조가 일어난 터라 계획을 이식시키는 것은 그리 어렵지 않은 일이었다.

"호텔로 가 그들을 만나면 원래의 모습대로 행동해라. 그 뒤는 내가 알아서 할 테니."

"알겠습니다."

"그만 가자."

준비를 마친 한철은 가네가와와 함께 사무실을 나와 호텔로 향했다. 가네가와가 머물고 있는 곳은 잠실에 위치한 오성 급 호텔이었다. 사무실에서 그리 멀지 않은 곳이었기에 금방 도착할 수 있었다.

가네가와를 감시하기 위한 흑룡회의 눈들이 요소요소에 있다는 것을 이미 들었기에 한철은 로테이트크루즈를 사용했다. 감시 카메라가 사방에서 번득이고 있었지만 한철의 모습을 발견할 수는 없었다.

가네가와는 보란 듯이 자신의 호텔 방으로 올라갔다. 한철의 지시 때문이었다. 가네가와에 대한 흑룡회의 반응이 어떤지 알아보려는 것이었다. 감시하는 자들이 어디론가 연락을 취할 것이고, 그 연락은 미네르바가 추적한 후 자신에게 알려올 것이기에 흑룡회의 본거지나 수뇌부를 탐지하기 위해서였다.

가네가와는 호텔 방으로 올라간 후, 룸서비스를 통해 시킨 와인을 한잔 들면서 두 사람이 오기를 기다렸다. 한철은 가네가와가 방을 여는 순간 이미 안으로 들어섰기에 감시하는 자들은 오직 가네가와밖에는 볼 수 없었다.

가네가와의 연락을 받고 제일 먼저 도착한 자는 요시모토였다. 그는 가네가와와 함께 있는 나를 보며 놀라는 눈치였으나 상명하복이 철저한 암천문의 인물답게 의문은 표시하지 않았다.

가네가와는 그에게 도이치가 도착한 후 지시를 내리겠다며 그에게도 와인을 건넸다.

'으음, 무슨 일이 있으셨던 것이 틀림없다.'

요시모토는 평소와는 다른 가네가와를 보며 답답한 마음이 들었다.

보고를 받고 이시나가 형제의 일에 대해 조사를 하기 위해 직접 움직인 것이 분명했다. 그렇다면 뭔가 결과가 나와야 했다. 도이치가 오기로 되어 있기는 하지만 좋은 일이든 나쁜 일이든 자신의 상관은 지시를 내렸을 것이기 때문이다.

거기다 더욱 안 좋은 것은 가네가와의 행동이 예사롭지 않다는 것이었다. 연신 심각한 표정으로 아무런 말도 하지 않고 와인을 마시고 있는 것이다.

가네가와는 평상시 술을 잘 마시지 않는다. 극도로 흥분했거나, 분노할 일이 있을 때만 술을 마신다. 그것도 피처럼 진한 와인을 마시는 것이 그의 오랜 습관이었기에 그것을 지켜보는 요시모토의 마음에서 답답함이 떠나지 않았던 것이다.

따라 주는 와인을 받기는 했지만 요시모토는 목으로 넘길 수 없었다. 무엇인가 자신을 누르고 있는 알 수 없는 불안감 때문이다.

거기다 가네가와의 뒤에 서서 조용히 자신을 바라보고 있는 사나이도 문제였다. 가네가와의 한국 내 인맥은 자신이 총괄하고 있었음에도 자신이 전혀 모르는 사람이라는 것 때문에 그는 불안할 수밖에 없었다.

딩동!!

초인종 소리가 울렸다. 도이치가 도착한 것이다. 요시모토는 조용히 자리에서 일어나 출입구로 다가가 소리가 나지 않도록 조심스럽게 문을 열었다.

"무슨 일이 있습니까?"

도이치는 문을 여는 요시모토의 표정이 심상치 않다는 것을 느끼며 조용한 목소리로 물었다.

"나도 모르겠다. 어서 들어와라. 주군께서 기다리신다."

연유를 모르기는 마찬가지였기에 요시모토는 서둘러 도이치를 들어오도록 했다.

"으음……."

안으로 들어온 도이치는 신음을 삼켰다.

'저자는?'

예상외의 인물이 방 안에 있었다. 몇 시간 전 간신히 얼굴을 알아낸 한철이 가네가와와 함께 있었던 것이다. 국립중앙박물관의 CCTV자료에서 얼굴을 확인했었다. 아닌가 싶어 다시 한 번 얼굴을 자세히 봤지만 틀림없었다. 자신들이 쫓고 있는 자가 가네가와와 함께 있다니, 놀랍지 않을 수 없었던 것이다.

"저어……."

"어서 와라. 둘 다 자리에 앉도록!"

한철에 대해 입을 열려던 도이치는 가네가와의 차가운 말에 의자에 앉을 수밖에 없었다. 와인 잔을 들고 있는 가네가와의 모습이 무척이나 심각해 보였기 때문이다.

자리에 앉으면서도 도이치는 한철을 경계했다. 만약 무슨 일이 생긴다면 빠르게 제압하기 위해서였다. 국립중앙박물관에서 하늘의 파편에 대한 단서를 얻은 자이기에 살피지 않을 수 없었던 것이다.

하지만 그는 한철이 방 안을 중심으로 이미 포위망을 펼쳤다는 것을 모르고 있었다. 보이지 않는 입자 탄환들이 자신과 요시모토와 자신을 향해 겨누어졌다는 것을 모르고 있었던 것이다.

두 사람이 자리에 앉자 가네가와가 두 사람을 훑어본 후 심각한 표정으로 입을 열었다.

"너희들은 나에 대해 어떻게 생각하나?"

"무슨 말씀이신지?"

가네가와의 말이 심상치 않다는 것을 느낀 요시모토가 물었
다.

"알다시피 암천문은 여러 개의 계파가 모여 있다. 그중 세력
이 가장 약한 것이 바로 우리지. 나는 그것이 싫다."

"으음……."

"……."

가네가와의 말에 두 사람 다 신음을 흘렸다. 무슨 뜻인지 아
는 까닭이다. 오래전부터 계획해 온 일이지만 뜻밖의 장소에
서 들으니 덜컥 겁이 났던 것이다.

"주군, 아직은 때가 아니라고 말씀을 하셨지 않습니까?"

요시모토가 입을 열었다.

자신이 주군으로 모시고 있는 가네가와의 세력은 암천문의
다른 두 계파에 비해 형편없이 약하다고 알고 있었기에 당연
히 드는 의문이었을 것이다.

사실 가네가와는 암천문을 장악하고 있는 계파 중 제일 세
력이 약한 쪽의 사람이다. 고대의 무류(武流)를 이은 자들이 중
심인 가네가와의 계파는 선천적 능력자들의 집합인 다른 계파
에 비해 열세인 전력을 가지고 있었던 것이다.

"무엇을 염려하는 것인지 안다. 걱정하지 마라. 전력을 단
번에 만회할 방법을 찾아냈으니까."

"사실입니까?"

"그래, 사실이다. 이시나가 형제를 추적하는 과정에서 몇 가
지 중요한 사실을 알아낼 수 있었다."

“중요한 사실이라면……."

한국 내의 요원을 모조리 동원했지만 이시나가 형제에 대한 단서는 아직 찾지 못하고 있었다. 그런데 자신의 주군인 가네가와가 이미 행방을 찾은 모양이었다.

그리고 그들을 찾는 과정에서 자신들을 불안하게 만드는 무엇인가를 알아낸 것이 분명했다. 냉철하기로 둘째가라면 서러워할 가네가와의 심경을 변화시킬 만한 중대한 일이 있었음을 두 사람은 느낄 수 있었다.

“천운이 닿았는지 난 하늘의 파편이 가지는 비밀 중 한 자락을 얻을 수 있었다.”

“그, 그것이 정말입니까, 주군?!"

요시모토가 놀란 표정으로 물어왔다. 천부경이 사라지고 난 후 일말의 단서조차 잡을 수 없었는데 하늘의 파편에 대한 단서를 찾았다니, 놀라지 않을 수 없었던 것이다.

“그렇다. 동경에 담겨 있는 비밀인 하늘의 파편은 이미 흑룡회에서 얻은 것이 분명하다. 뒤에 있는 이자가 그것을 전달하는 역할을 했지.”

“저 사람이 말입니까?”

요시모토의 눈이 한철을 향했다. 자신의 주군인 가네가와의 말을 유추해 볼 때 눈앞에 있는 한철이 흑룡회에 잠입시킨 스파이라는 결론을 내릴 수 있었기 때문이다.

“후후후, 오랫동안 비밀리에 나를 도와준 사람이다. 이번에도 비밀을 알아내는 데 크게 공헌을 했지.”

“…….”

미소를 지어 보이며 한철을 바라보는 가네가와를 통해 두 사람은 한철이 자신의 주군에게 매우 중요한 사람이라는 것을 알 수 있었다. 자신들의 주군이 보여주고 있는 미소는 그들로서도 처음 보는 것이었기 때문이다.

“주군, 말씀대로라면 흑룡회에서 하늘의 파편에 대해 알고 있다는 말씀이신데, 그렇다면 심각한 상황이 닥칠 수도 있는 일입니다.”

자신들의 편이라고 생각했는지 한철에 대한 경계를 푼 도이치가 앞으로 일에 대해 우려하는 목소리를 냈다.

“알고 있다. 하지만 흑룡회에서는 하늘의 파편이 어떤 것인지 아직 모르고 있는 것이 확실하다.”

“무슨 말씀이신지…….”

“일단 자네는 그것을 꺼내보게.”

도이치의 의문에 가네가와가 한철을 손짓으로 불렀다. 가네가와의 부름을 받은 한철은 탁자로 다가가 품에서 무엇인가를 올려놓았다. 국립중앙박물관에 보관되어 있던 천부경과 천부경을 끼워 넣었던 흑색의 판이었다.

“묵암반(默暗盤)과 천부경이 어찌?”

요시모토는 탁자 위에 놓인 것과 한철을 번갈아 바라보았다. 두 가지 물건은 원래 가네가와가 가지고 있었던 것이다. 가네가와를 제외하고 두 가지를 함께 가질 수 없다는 것이 그들 사이에서는 불문율로 통하는 것이었는데 의외의 사람이 가지고 있었기 때문이다.

"후후후!"

가네가와는 두 사람의 놀람을 뒤로하고 희미한 미소를 지으며 천부경을 묵암반이라 불리는 흑색판에 끼워 맞추었다.

찰칵!!

지이잉!!

정확하게 맞춰지는 소리와 함께 묵암반에서 소리가 울려 나왔다. 사람의 심혼을 흔드는 듯한 소리였다.

그리고 검은색의 묵암반이 제 색깔을 점차 잃어가기 시작했다.

"이, 이건!!"

"주군!!"

두 사람이 동시에 가네가와를 쳐다보았다.

"조금 더 기다려 봐라!"

두 사람의 궁금증에도 불구하고 가네가와는 설명을 해주지 않았다. 그저 눈으로 탁자 위에 놓인 흑색판을 가리킬 뿐이다. 색이 변화한 데 이어 천부경을 둘러싸고 있는 홈 주위에 새겨져 있던 기호들이 변화하고 있었다.

묵암반은 어둠의 길을 여는 신물이다. 세상에서 가장 어두운 기운을 쫓을 수 있는 도구다. 묵암반이 백색으로 변화하고 기호가 뒤바뀌었다는 것은 이제 다른 것이 되었다는 뜻이다.

광명반(光明盤)!

이 세상에서 가장 밝은 기운을 찾을 수 있는 지도이자 길잡이가 된 것이다.

광명반이 되었다는 것은 이제 그들이 찾고자 하는 것을 찾을 수 있게 되었다는 것이었기에 두 사람은 가네가와를 쳐다보았다. 이제 어떻게 해야 하는가에 대한 물음이나 다름없었다.

"준비를 갖추려면 시간이 걸리니 몇 달 후 광명반이 가리키는 곳으로 떠날 것이다."

"직접 가실 생각이십니까?"

"그렇다. 다른 존재들이 눈치를 채는 것도 문제지만 그 힘은 나와 같은 자들만이 흡수할 수 있는 힘이니까."

"그럼, 저희는……."

"내가 광명반이 가리키는 곳을 찾아낼 동안 너희들은 흑룡회의 움직임에 주목해야 할 것이다."

"흑룡회라 하시면……."

필요한 것을 얻었음에도 흑룡회를 주목하라는 말에 요시모토가 말끝을 흐렸다. 가네가와가 뭔가 다른 뜻을 품고 있는 것이 분명해 보였기 때문이다.

"우리에게 돌아온 것과 같이 하늘의 파편이 가진 힘의 일부를 흑룡회에서 보관하고 있었다. 그것을 가지고 온 것이 저 사람이지. 만약 흑룡회에서 하늘의 파편에 얽힌 비밀을 정말로 알고 있다면 전면전이 벌어질지도 모른다. 정말 문제가 아닐 수 없는 상황이다."

"혹시, 전면전을 생각하십니까?"

“그렇다. 전면전이 벌어지면 난 피하지 않을 생각이다.”

하늘의 파편에 대한 단서를 빼온 것은 문제가 될 소지가 다분히 있었다. 알력이 커지기는 하겠지만 그렇다고 전면전까지는 아니다. 오랫동안 동반자 관계를 유지해 온 것이 암천문과 흑룡회였기에 그 연결 고리는 쉬이 돌아설 것이 아니었던 것이다.

요시모토는 가네가와의 생각이 너무 앞서 나가는 것이 아닌가 하는 생각마저 들었다.

“하지만, 주군! 그동안의 관계나 흑룡회의 입장이라면 쉽사리 전면전이 벌어지지는 않을 것입니다.”

“후후후, 놈들이 알고 있다면 반드시 전면전은 벌어진다. 하늘의 파편이 가지는 유혹을 견뎌낼 수 없을 테니까.”

“설사 전면전이 벌어지더라도 주군께 하등 도움이 되지 못할 것입니다. 본토에서 바라지도 않을 것이거니와, 자칫 주군을 의심해 압력이 들어올 수도 있습니다.”

암천문의 중요 인물이기는 하지만 흑룡회와의 전면전은 가네가와 혼자 결정할 사항이 아니었다. 독단적으로 일을 벌이면 속내를 의심하고 일본에서 상당한 압력이 들어올 것이 분명했다.

“후후후, 다른 계파의 압력은 염두에 두지도 않는다. 두려워할 필요도 없고.”

“그렇지만 그렇게 되면 주군께서 위험해지실 수도 있습니다.”

요시모토가 우려를 표시했다. 가네가와의 책사나 다름없는 그였다. 흑룡회와의 전면전은 섶을 지고 불구덩이로 들어가는 것과 다름 아닌 일이었던 것이다.

"걱정은 하지 마라. 난 이미 홀로서기로 작정을 했으니까."

"호, 홀로서신다니, 무슨 뜻이십니까?"

"흑룡회를 가지고 싶다는 말이다."

"으음……."

요시모토나 도이치는 가네가와의 흘린 뜻밖의 말에 침음성을 삼켰다. 그것은 자칫 자신들의 파멸을 초래할 수 있는 일이었기 때문이다.

"광명반이 가리킨 곳에 남아 있는 힘을 얻기만 한다면 본토의 다른 자들을 두려워할 필요는 없다. 어차피 강자가 지배하는 것이 암천문의 율법이니까. 그리고 그동안은 교착상태에 빠져 균형을 이루고 있었지만 이제는 슬슬 변화가 일어날 때도 되었다고 본다."

"……."

가네가와를 제외하고는 다른 계파에 비해 객관적인 전력이 떨어지는 편이었다. 그럼에도 전혀 흔들리지 않는 표정이다. 흑룡회를 휘하에 두겠다는 뜻을 표명하는 것을 보면 자신도 모르는 사이에 상당히 일이 진행되었다는 뜻이다.

어찌 된 일인지 묻고 싶었지만 이어지는 가네가와의 설명을 두 사람은 조용히 들을 수밖에 없었다. 말은 부드러웠지만 반문은 허용하지 않겠다는 가네가와의 표정 때문이었다.

“너희들이 잘만 해준다면 전면전이 벌어지지 않을 수도 있다. 흑룡회를 없애 버리는 것보다는 이번 기회에 내 밑으로 흡수하는 것이 더 좋은 일이니까. 이미 그에 대한 준비는 거의 끝나가고 있으니 너희들은 전면전을 벌인다고 가정하고 일을 추진하라는 것이다.”

“그렇지만…….”

가네가와의 뜻이 확고하다는 것을 확인한 요시모토는 이후에 벌어질 상황을 염려한 탓인지 얼굴을 굳혔다. 본토에 있는 자들보다는 아직은 힘에 있어 아래에 있는 자신들이기에 뜻을 펼쳐 보기도 전에 제거당할 수도 있기 때문이다. 무엇보다 이번 일을 조사하기 위해 본토에서 오게 될 자들이 걱정이 아닐 수 없었다.

“무엇을 걱정하고 있는 것인지 안다. 그렇게 된다면 힘이 균형을 맞추기 위해 암흑의 율법자들이 나서리라는 것을. 하지만 한국으로 건너온다면 그들도 내 손을 벗어나지 못할 것이다.”

“이, 이미 그들의 개입도 염두에 두셨다는 말씀입니까? 한두 명이 한국으로 건너오지는 않을 겁니다.”

가네가와도 앞으로 벌어질 상황들을 염두에 둔 것이 분명했다. 암흑의 율사들을 언급한 것을 보면 최후의 상황까지도 계산해 놓고 있는 것이 틀림없었다. 하지만 요시모토는 자신의 주군이 너무 암흑의 율법자들을 경시하는 것이 아닌가 하는 생각이 들었다.

암흑의 율사들은 암천문이 가진 힘의 전부라고 할 수 있는 자들이다. 아니, 암천문 자체라고 할 수 있었다. 비록 아홉밖에 되지 않는 숫자지만 그들이 나설 경우 가네가와 휘하에서 살아남을 자는 아무도 없었다.

유일하게 목숨을 보전할 가능성이 있는 사람은 오직 가네가와뿐이다. 한국을 총괄하는 가네가와 또한 그 아홉 중에 하나였기 때문이다.

하지만 가네가와도 위험하기는 마찬가지다. 한국 내 기반을 송두리째 잃게 될지도 모르기에 적어도 가네가와를 제지하기 위해 둘 이상의 암흑율사가 한국으로 건너올 것이기 때문이다. 그것은 정말이지 피해야 되는 상황이었다.

"그렇겠지. 하지만 그들이 건너온다면 내게는 더할 나위 없는 좋은 기회가 될 것이다. 전부 건너오지만 않는다면 모두 내 밥이 될 테니까."

'헉!!'

순간적으로 가네가와의 눈이 잠시간 빛났다 사라졌지만 요시모토는 똑똑히 볼 수 있었다. 가네가와가 이전과는 다르다는 것을 알 수 있었다.

'저런 눈빛이라면 주군께서는 이미 암흑의 벽을 넘어서 새로운 경지로 들어선 것이 분명하다. 그렇다면 모험을 거시는 이유도 충분히 설명이 가능하다. 어, 어쩌면 우리는 새로운 세상을 볼 수 있을지도 모른다. 새로운 세상을……'

요시모토는 어째서 가네가와가 이런 말도 안 되는 결심을 굳혔는지 알 수 있었다. 자신이 생각대로라면 승산이 있었기 때문이다.

암천문을 대표하는 암흑율사는 전대 율사의 선택을 받아 어둠의 기운을 전수받고 태어나는 존재들이다. 그들이 전해받는 암흑의 기운은 각자 다른 형태로 나타나지만 가지는 힘의 크기가 동등하다.

하지만 지금과 같이 암흑의 벽을 깬 이가 나타나면 이야기가 완전히 달라진다. 가네가와가 다른 암흑율사들의 힘을 흡수할 수도 있는 것이다. 자신이 들은 대로라면 적어도 셋이나 넷까지는 상대할 수 있는 힘을 얻은 것이 분명하기에 모험을 걸 수도 있는 것이다.

만약, 기회를 잘 살려 나머지 여덟 율사의 힘을 모두 흡수할 수만 있다면 가네가와의 말대로 그 이후에는 암천문이나 흑룡회는 아무것도 아닌 것이 되어버리는 것이다.

어쩌면 세상은 신과 같은 존재를 맞이해야 할지도 모르는 일이었다.

'주군의 모습을 보면 분명 내 생각이 맞을 것이다. 이렇게 된 이상 한번 해보는 거다. 어차피 주군께서 결심이 서신 이상 피해갈 수도 없는 상황이니.'

요시모토는 가네가와의 뜻을 따르기로 했다. 오랫동안 힘이 갈라져 있던 암천문이 이제 하나로 되는 것이다. 흑룡회를 흡수하는 것이 그 시발점이 될 것이다.

"알겠습니다. 주군께서 말씀하신 대로 만반의 준비를 하도록 하겠습니다. 동료들이 돌아와야 본격적으로 시작하겠지만 머지않아 흑룡회는 주군의 발밑에 있을 것입니다.”

가네가와의 뜻을 따른다고 대답을 하며 요시모토는 자리에서 일어나 허리를 굽히며 인사를 했다. 옆에 있던 도이치 또한 자리에서 일어나 요시모토와 같이 허리를 굽히며 자신의 의사를 분명히 했다. 그 또한 가네가와의 변화를 눈치채고 있었던 것이다.

‘후후후, 상당한 자들인데 쉽게 넘어가는군.’

결의를 다지는 두 사람을 보며 한철은 자신의 계획이 성공했음을 느꼈다. 두 사람은 스스로의 의지로 행동한다고 생각하고 있었지만 그런 결정이 방 안에 있는 자신의 의지가 작용해 일어나고 있다는 것을 전혀 모르고 있었기 때문이다.

가네가와의 뜻을 따른다고 대답하는 자들이 크게 동요한 상태라 그다지 큰 힘을 쓰지 않고도 그들의 의지를 자연스럽게 바꾸어놓았다.

미네르바에게 힘을 이용하지도 않은 상태임에도 스스로의 의지로 계획을 성공시킨 탓에 기분이 매우 좋았다. 몇 번 쓰지도 않았는데 주천문의 기술 중 영인백은 이미 경지에 이른 것 같다. 상대가 정신을 잃지 않았음에도 의식할 수 없는 사이에 제압해 버릴 수 있었으니 말이다.

가네가와는 예정대로 흑룡회를 흡수하는 일을 나에게 일임했다. 요시모토와 도이치를 내 휘하에 두도록 한 것이다. 두 사람은 가네가와의 뜻을 순순히 따랐다. 이미 나에게 제압을

당한 터라 반발할 여지도 없었다.

　중간에 변수가 발생할지도 모르지만 큰 틀은 변하지 않을 것이기에 변수가 발생하면 그때그때 대처할 계획을 마련하기로 하고, 앞으로의 계획에 대해 차분히 설명을 해주었다. 흑룡회의 기반을 어떻게 무너뜨릴 것이며, 어떤 방식으로 흡수해 나가야 하는 것인지 설명해 준 것이다.

　계획을 설명할 때 두 사람은 나와 동조하고 있는 흑룡회의 인물들에 대해 들으며 놀람을 감추지 않았다. 흑룡회의 핵심이라고 할 수 있는 칠사 중 한 명과 사대천왕 중 두 명이나 이번 일에 동참한다는 사실이 그들에게는 충격이었던 것이다.

　그러다가 일본에서 건너올 자들이 도착할 시간이 되었다. 두 사람은 한국에 오는 자들을 마중하러 나갔고, 난 가네가와와 함께 흑룡회 칠사 중 하나를 만나러 나갔다.

　암사(暗師)라 불리는 자로 전전대의 투왕이었던 그는 한국의 암흑가를 완벽하게 장악해 흑룡회의 하부 조직으로 삼았던 실력자 중의 실력자였다.

　가네가와가 호텔을 떠나 있는 사이 요시모토에게 연락이 왔다고 하기에 한번 만나 흑룡회의 의도가 무엇인지 알아보고 그를 이용해 흑룡회에 왜곡된 정보를 흘려 눈을 흐리게 하려는 목적도 있었다.

　암사라는 자를 만난 것은 호텔 라운지였다. 가네가와가 호텔에 묵고 있다는 것을 알고 있다고 알려주려는 모양이었다.

거만한 자세로 소파에 앉아 차를 마시고 있는 그를 보면서 상당한 실력자라는 것을 짐작할 수 있었다. 아무렇게나 앉은 듯하지만 언제든지 반응할 수 있는 준비를 갖추어놓고 있었기 때문이다.

"어서 오십시오, 가네가와 상!"

암사란 자가 자리에서 일어나 가네가와를 맞았다. 인사는 가네가와에게 향하고 있었지만 눈빛은 나를 바라보고 있었다. 둘만 만나기로 한 곳에 뜻밖의 다른 사람을 데리고 나온 것이 이상했던 모양인지 그의 눈빛이 무척이나 날카로웠다.

"내 권한을 대행할 수도 있는 사람이니 그리 신경 쓸 필요는 없소."

암사의 분위기를 알아차린 가네가와가 소파에 몸을 묻으며 말을 했다.

"그렇습니까? 가네가와 상의 권한을 대행할 정도면 대단한 실력자인 모양입니다, 이거! 하하하하!"

자리에 앉으며 기분 좋게 너털웃음을 흘리고 있지만 머리를 바삐 굴리고 있는 것이 눈에 선했다. 흑룡회에서 불리는 이름 과는 달리 속내가 훤히 보이는 자였다.

그렇다고 만만히 볼 자는 아니었다. 어느새 한쪽 구석에서 차를 마시며 암중 호위하고 있는 자신의 수하들에게 나에 대 해 조사해 보라고 전음을 날렸던 것이다.

전음(傳音), 달리 전음입밀(傳音込密)이라 불리는 상승의 수 법은 이미 세상에서 자취를 감춘 지 오래된 절기다. 그런데 이렇듯 아무렇지 않게 시전하는 것을 보니 암사라는 자 또한 고대의 비문을 이어받은 존재가 틀림없었던 것이다.

서로 간에 눈치를 보며 말없이 바라보고 있는 와중에 차가 날라져 왔고, 가네가와와 내가 차를 홀짝이자 암사는 입을 열어 용건을 말했다.

"부탁하신 자의 행방을 수소문해서 어디 있는지 어렵게 알아낼 수 있었소. 그런데 그것이 조금은 어렵게 됐소."

곤란한 일이 있는 듯 암사가 말끝을 흐렸다.

"어렵게 되다니, 무슨 말이오?"

"그… 게……."

대답하기가 조금은 곤란한 것이었다. 가네가와의 부탁으로 조동원의 행방을 찾았지만 소재지를 정확히 파악한 것은 아니었기 때문이다.

지금 가네가와가 행방을 찾고 있는 조동원은 한국에 없었다. 그의 애인인 정수희와 함께 지금 몽골로 향하는 비행기에 몸을 싣고 있었던 것이다.

몽골로 가고 있는 것은 알아냈지만 그들이 어디로 가고 있는지, 무엇 때문에 갑자기 몽골로 가는 것인지 알아낸 것이 아무것도 없었기 때문이다.

"답답하군요. 흑룡회에서는 일을 이런 식으로 처리하는 것이요?"

가네가와는 짐짓 노기를 띠며 암사를 압박했다.

"아니오. 찾기는 찾았는데 지금 그자는 국내에 없소. 몇 시간 전 국내를 떠나 몽골로 향했다는 정보요. 최종 목적지는 어디인지 밝혀지지가 않아 말해주기가 곤란했던 것이오."

암사가 다급히 손을 내저으며 변명을 했다.

"몽골로 갔다는 말이요?"

"그렇소. 국정원에는 한 달간 휴가를 낸 모양이오. 몽골로 애인과 함께 떠난 것으로 밝혀졌는데 아무리 생각을 해봐도 단순한 휴가를 간 것은 아닌 것 같소."

"휴가가 아니라?"

"여행사를 이용한 것도 아니고, 호텔을 예약한 것도 없었소. 울란바토르에 도착하는 것은 분명하지만 이후에 어디로 움직일지는 우리도 파악할 수가 없었소."

"으음, 곤란하게 됐군."

"미안하게 됐소."

행방을 찾기는 했지만 정확하게 찾은 것이 아니라 암사는 가네가와에게 사과를 했다.

"아니오. 그 정도라도 됐소. 나머지는 우리 측에서 처리하도록 하겠소. 알아내는 데 애를 썼을 테니 약속한 대가는 언제든지 요청하도록 하시오."

몽골에서의 행적을 알아낼 수가 없어 포기하고 있었는데 자신에게 약속한 대가를 치르겠다는 가네가와의 약속에 암사의 얼굴이 펴졌다.

"하하하, 우리 노력을 알아주시니 정말 고맙소. 그나저나 가네가와 상께서 그자를 찾는 이유는 뭐요?"

말하는 것과는 달리 기분이 그리 나쁘지 않다는 것을 느낀 암사는 가네가와에게 궁금했던 점을 물었다. 자신도 칠사의 수장인 태사(太師)에게 보고해야 할 것이 있기 때문이다.

"별거 없소. 본토의 일과 관련된 일이니 더 이상은 묻지 말기를 바라오."

가네가와의 목소리가 무척이나 차가웠다. 비밀을 유지하는 말이나 다름없었다. 혹시나 하는 생각에 찔러본 암사는 가네가와의 차가운 대답에 가슴이 서늘했지만 웃으며 속내를 감추었다.

"하하하, 이, 이거, 물어본 내가 쑥스럽군요. 그런데 가네가와 상께서는 언제쯤 한국을 떠나실 생각입니까?"

"일이 끝나면 바로 돌아갈 생각이오. 그나저나 귀측에서도 일이 터진 모양인데, 수습은 잘하고 있는 것이오?"

가네가와가 지나가는 말투로 물었다.

"……."

계속 웃고 있던 암사의 표정이 순식간에 굳었다.

칠사의 막내이자 장로원의 어르신들로부터 총애를 받고 있는 정문호의 행방불명을 암천문에도 알고 있다는 것이 그로서도 의외였던 것이다.

어떻게 그 사실을 알고 있는지 알아야 했다. 흑룡회 내에 가네가와의 끄나풀이 있을지도 모르는 일이었기 때문이다.

"역시, 암천문이군요. 그 사실을 어떻게 아셨는지?"

암사는 정색을 하고 가네가와에게 물었다.

"후후후, 그리 비밀도 아닌 일이오. 바다 건너 아이들도 그 일 때문에 심각한 것 같으니까 말이요."

가네가와는 암사의 질문을 교묘히 비켜 나갔다.

"으음."

CIA가 관련되어 있다는 것도 알고 있는 모양이었다.

'설마, 거기까지… 오메가에 대한 일을 알고 있는 건가?

정문호의 실종 말고도 오메가에 대해 알고 있는 것이 아닌지 의심이 갔지만 그것은 아닌 것 같았다. 오메가에 관한 일은 철저히 비밀로 하고 진행된 일이다. CIA에서도 나름대로 손을 썼을 것이기에 알 리가 없었다.

그러나 암천문의 능력을 무시할 수는 없었다. 정보에 있어서는 CIA에도 뒤지지 않는다는 내각조사실을 이용할 수 있는 암천문이다.

암사는 가네가와의 눈을 직시했다. 그렇지만 알고 있는지 모르고 있는지 마음을 읽을 수가 없었다. 조소하는 듯한 눈빛에 암사는 등골이 서늘했다.

이번 일은 암천문의 눈을 반드시 속여야 하는 일이었다. 아직 암천문에 비해 전력이 현저히 약한 흑룡회로서는 오메가의 비밀을 모두 알아낼 때까지는 어떻게든지 암천문의 시야로부터 비밀을 감추어야 했던 것이다.

암천문을 상대로 힘의 우위에 서고자 흑룡회가 오랫동안 계획한 일이었다. 탄로가 났다면 암천문과의 관계가 그야말로 전면전이나 다름없는 상황이 될 터였다.

'만약 암천문이 우리의 의도를 알았다면 저자가 나와 이렇게 만나고 있지는 않았을 것이다. 어쨌든 암천문에서 우리의 목적에 대해 알고 있는지 한번 알아봐야겠다. 그리고 저들이 관심을 가지고 있는 조동원에 관계된 일도.'

암사는 가네가와나 암천문에서 아직 정확한 내막을 모를 수도 있다는 생각이 들었다. 그렇지 않았다면 자신을 가만히 놔둘 리가 없었기 때문이다.

그리고 가네가와가 신경을 쓰고 있는 조동원에 대해서도 확실히 알아봐야겠다는 생각이 들었다. 이토록 신경을 쓴다면 그것 또한 보통 일이 아닐 것이 틀림없었기 때문이다.

"어떻게 거기까지 아셨는지는 모르지만 그 일은 우리가 처리해야 할 일이니 신경을 쓰지 않아도 되오."

"궁금해서 그렇소. 행방불명된 자가 귀측의 총애를 받는 인물이고, 실력도 상당한 사람이라고 알고 있는데 바다 건너 아이들과 함께했던 일이 무엇이오? 본토에서는 귀측 인물이 CIA와 함께 일을 하다가 실종된 일에 대해 무척 심각하게 생각하고 있으니 어찌 된 일인지 사실을 알려줘야 할 거요."

'다행이다. 오메가에 관해서는 암천문에서도 미처 파악하지 못한 모양이구나.'

차가운 기운을 흘리며 묻고 있는 가네가와를 보며 암사는 얼굴에 나타난 곤란한 표정과는 달리 안도할 수 있었다. 모든 것을 알고 있다고 생각했는데 그것이 아닌 모양이기 때문이었다.

만약 알고 있다면 이렇게 위협하듯 본토의 자들까지 들먹일 필요는 없었던 것이다.

정문호가 CIA와의 합동 작전에서 사라진 사실을 인지하고는 있지만 오메가에 대한 내용에 대해서는 알고 있는 것이 하나도 없는 것이 분명해 보였다.

"무슨 말인지?"

암사는 속내를 감추며 무슨 소리냐는 듯 물었다. 자신을 속이기 위한 것일 수도 있기에 한번 속내를 떠본 것이다.

"후후후, 알려주기 싫은 모양이지만 조만간 두 조직이 무엇을 위해 합작을 했는지 알아낼 수 있을 테니 대답을 하기 싫으면 하지 않아도 되오. 다만! 그것이 암천문과 적대를 하는 경우라면 그에 대가는 충분히 치러줄 용의가 있소."

그동안 유지해 온 관계마저도 깨뜨리겠다는 소리였다. 그것은 심각하게 생각하고 있기는 하지만 알고 있는 것이 하나도 없다는 고백과 진배없었다.

"우리 측 인물이 그들과 작전 중에 실종되었지만 그것은 암천문과는 상관이 없는 일이오. 우리와 오랫동안 마찰을 빚어 온 인물에 대한 작전이었을 뿐이니까 말이오. 섣불리 건드릴 수 없는 일이라 비밀리에 작전을 진행했는데, 그자가 미리 알아차리고 선수를 친 모양이오."

암사는 김한석을 끌어들였다. 이름을 언급하지는 않았지만 가네가와는 그가 누구인지 짐작할 것이다. 암천문도 흑룡회와 국정원장인 김한석 사이에 오랜 알력이 존재한다는 것을 알고 있기 때문이었다.

"마찰이라면… 국정원장에 대한 작전이었소?"

흥미롭다는 듯 가네가와가 암사를 바라보았다.

"그렇소. 정권이 바뀌었는데도 물러나지 않아 나름대로 작전을 펼치는 중이었소만, 그쪽에서도 알아차린 모양이오. 그로 인해 우리도 일이 바빠져 가네가와 상의 부탁을 성실히 수행하지 못한 것이었소."

"그럴 수도 있겠군. 지금 한국의 정권과는 달리 지난 정권은 바나 건너 아이들에게 호의적이지 않았으니까. 좋소, 그 일은 그냥 묻어두도록 하겠소. 하지만 날 감시하는 시선은 그만 거두어주었으면 좋겠소. 더 이상 날 감시한다면 나도 그에 대해 적절한 조치를 취할 수밖에 없을 것이오."

가네가와의 말에 암사는 그의 주위에 심어놓은 눈들을 거두어들여야 함을 알았다. 자칫 두 조직 간에 마찰로 번진다면 일만 번거로워질 뿐이었기 때문이다.

"알고 있었을 줄은 짐작했지만 이리 노여워하실 줄은 몰랐소. 내 가네가와 상의 호위를 위해 붙인 아이들인데 번거로우셨다면 모두 거두어들이도록 하겠소."

암사는 말하는 즉시 핸드폰을 통해 수하들을 철수시켰다. 가네가와의 심기를 더 이상 상하게 하는 일은 그로서도 피하고 싶었던 것이다.

"고맙소. 조만간 나는 한국을 떠날 것이오. 일이 잘 해결되기를 빌겠소."

"알았소. 그럼 나도 이만 돌아가 보도록 하겠소."

가네가와가 자리에서 일어나자 암사도 따라서 일어섰다. 가네가와는 조동원을 찾으러 몽골로 갈 모양이었다. 그렇다면 일단 보고를 해야 했다. 흑룡회에서 계획하고 있는 일에 대해 뭔가 눈치를 챘음에도 몽골로 간다는 것을 보면 심각한 일이 분명했기 때문이다.

암사란 자를 제압할 수도 있었지만 일부러 그렇게 하지 않았다. 일을 그르치고 싶지 않아 가네가와에게 모든 것을 맡겼던 것이다.

처음 암사란 자를 보고 살펴본 결과 그의 금제는 내가 보았던 정문호의 것과는 다른 것이었다. 미네르바에게 힘을 전하는 탓에 쉽게 제압하기 어려울 뿐만 아니라, 그를 제압하기 위해서는 주변의 눈을 의식할 수밖에 없었기 때문이다. 암사의 능력을 훨씬 능가하는 자가 어느 사이인가 우리를 지켜보고 있었던 것이다.

지켜보고 있는 자의 행적은 지금의 나로서도 잡기 힘들 만치 매우 은밀한 것이었다. 뇌리로 전해오는 미네르바의 연락이 아니었다면 그가 나를 감시하는 것을 눈치채지 못할 뻔했을 정도였다.

"떠났군요."

잠시 지켜보던 자가 떠나자 가네가와가 입을 열었다.

"꽤나 능력이 있는 자로군."

"아마도 밀사라는 자일 겁니다. 흑룡회를 장악하고 있는 칠사 중 가장 알려져 있지 않지만 태사와 비등한 능력을 가지고 있을 것으로 추측되는 자입니다.”

“후후, 의외의 수확이로군. 가보도록 하지. 저 녀석들의 시선을 돌리려면 지금부터 시작해야 하니까.”

“알겠습니다. 그러면 그곳에서 뵙겠습니다.”

가네가와가 먼저 라운지를 나섰다. 난 따로 할 일이 있었기 때문이다.

“미네르바!”

―추적하고 있는 중입니다.

“알아차리지는 못했겠지?”

―그동안 개선을 거듭해 와서 아무리 능력자라 해도 나노 로봇을 알아차릴 수 있는 자들은 없습니다.

“추적 거리는?”

―반경 100킬로미터를 벗어나지 않는다면 여기서도 추적이 가능합니다.

“좋아, 감시의 눈길이 있으니 이곳에서 지켜보도록 하자고. 누구를 만나는지 말이야.”

미네르바는 가네가와를 만나기 위해 왔던 암사란 자와 밀사란 자에게 나노 로봇을 붙여놓았다. 다른 것과는 달리 매우 특별한 나노 로봇들이 그들을 감시하고 있는 중이다.

능력자들의 힘을 잘 알기에 만든 것으로, 나조차 흔적을 느낄 수 없는 반물질로 이루어진 나노 로봇들이었다. 그것들이라면 능력자들이라도 알아차리지 못할 것이 분명했다.

내가 이곳에 남기로 한 것은 다른 자들이 나를 감시하고 있었기 때문이다. 밀사가 떠나며 남긴 자들이 요소요소에서 나를 감시하고 있는 중이었다. 라운지 안에 있는 감시 카메라도 분주히 움직이고 있었다. 아마도 나에 대한 정보를 캐기 위해서일 것이 분명했다.

CCTV는 이미 조작해 놓았고, 대한민국의 인구 정보를 간직하고 있는 행정안전부를 비롯한 국가기관 내에 있는 전산망을 이미 조작해 놓은 상태였기에 나에 대해 알아내는 것은 쉽지 않을 터였다.

당분간 이곳에서 느긋하게 생각을 정리하며 놈들에 대해 알아볼 작정인 것이다.

호텔에서 나와 차를 탄 암사는 곧장 태사가 있는 곳으로 향했다. 우리나라 굴지의 그룹인 유성그룹 본사로 간 것이다. 유성그룹에 도착한 그는 곧장 회장실로 향했다.

"오셨습니까?"

"안에 계신가?"

비서실에 있는 여직원이 자신을 맞이하자마자 암사는 태사의 행방부터 물었다.

"계십니다. 들어가십시오."

암사를 회장의 개인적인 일을 처리하는 비서로 알고 있는 여직원은 문을 열어주었다.

방 안으로 들어선 암사는 심각한 표정으로 뭔가를 바라보고 있는 태사를 볼 수 있었다.

"무슨 일인가?"

"새로운 소식이 있습니다."

"가네가와 건인가?"

"그렇습니다."

"그것은 이미 밀사로부터 보고를 받았다. 그자가 무엇을 노리고 있는 것인지는 모르지만 조만간 밝혀질 것이니 기다리도록 하고… 새로운 인물이 등장했다고?"

"그, 그렇습니다."

암사는 태사가 이미 알고 있다는 사실에 진땀이 흘렀다. 아무래도 태사는 밀사로 하여금 자신을 감시하게 한 것이 분명했던 것이다.

"알아낸 것은 있나?"

"이곳으로 오는 중에 조사를 지시하고 왔습니다."

이곳으로 오며 자신의 라인을 가동해 한철에 대한 조사를 지시했기에 암사는 빠르게 대답을 했다.

"그 일에 대해서는 잠시 손을 놓도록. 그보다는 동양창업투자에 대한 작업을 네가 맡도록 해라."

"동양창업투자라고 하시면?"

암사는 갑자기 통양창업투자를 맡으라는 태사의 말에 속으로 깜짝 놀랐지만 모르는 척 물었다.

금왕의 자금이 유입되는 것을 알아차리고 동양창업투자에 투자하고 있던 놈들을 이용해 돈을 벌어보려던 것을 태사가 알고 있지는 못할 것이기 때문이었다.

"금왕과 투왕이 사라지고 난 후에 일이 제대로 진행되지 않고 있다. 애송이들이 돈 좀 벌어보겠다고 동양창업투자에 대해 작업을 시작한 모양이다. 미우해양조선을 인수하는 일은 어르신들께서도 중요하게 생각하시니 이쯤에서 벌레들을 제거해야겠다. 그러니 네가 맡아서 깔끔하게 처리하도록. 그리고 경고하지만 다시는 암천문과 개인적인 거래를 할 생각은 말아라."

태사는 말을 마치고는 보고 있던 서류철을 덮어 암사에게 주었다. 한태호를 비롯해 한철을 위해 일하고 있는 사람들의 파일 들이었다.

"깨, 깨끗이 해결하도록 하겠습니다."

암사는 떨리는 손으로 서류철을 잡았다. 가네가와를 상대하며 잇속을 챙기려던 것을 알고 있는 태사에게 두려움을 느꼈던 것이다.

"그럼, 그만 나가봐라. 이번에는 용서하지만 다시는 헛된 생각을 품지 않는 것이 좋을 것이다."

"가, 감사합니다. 다시는 실망시키지 않겠습니다."

태사의 말에 암사는 고개를 깊숙이 숙였다. 용서의 말이 떨어진 이상 후환은 없을 것이기 때문이다.

다만, 이번에 맡긴 일은 깨끗이 처리해야 했다. 이제부터 상대해야 할 애송이들을 이용해 돈을 벌려고 사사로이 세력을 동원했던 것을 감추기 위해서라도 하나에서 열까지 완벽하게 처리해야 하는 것이다.

그렇게 암사가 회장실을 나가고 난 후, 얼마 지나지 않아 밀사가 들어왔다.

"놈에 대해서는 알아봤나?"

"아무래도 김한석이 보호하고 있는 자인 것 같습니다."

"가네가와가 함께 있었다고 하지 않았나?"

암천문과 김한석은 물과 기름이다. 절대로 섞일 수 없는 사이이인 것이다.

그런데 김한석이 보호하고 있는 자가 어떻게 가네가와와 함께 있는 것인지 태사로서는 의문이 아닐 수 없었다.

"국가 기록상에는 전혀 기록이 남아 있는 인물이 아니었습니다. 안개처럼 행적을 찾을 수 없는 모호한 존재입니다. 그런 힘을 가진 곳은 한국 내에서 오로지 우리와 국정원밖에는 없습니다."

"우리는 그런 적이 없으니 그자를 국정원에서 보호하는 것이 틀림없겠군. 김한석의 비호를 받는 자가 가네가와가 함께 있다면 가네가와가 다른 생각을 하고 있는 것인가?"

역시나 흑룡회를 총괄 지휘하는 태사다웠다. 자신의 몇 마디 말에 가네가와의 행적에 이상을 느낀 것이다.

여러 가지 의문점이 있었기에 밀사는 자신이 알아낸 것들을 다시 늘어놓기 시작했다.

"무슨 생각을 하는지 모르겠지만 그자의 수하들이 속속 도착하고 있는 것을 보면 뭔가 일이 있는 것이 틀림없습니다. 암사를 통해 조동원이란 자의 행방을 찾고 있는 것으로 보아 무엇을 획책하고 있는지 반드시 알아내야 할 것 같습니다."

"조동원이라면 김한석의 수족이나 마찬가지인데 가네가와가 그자의 행방에 신경을 쓴다면 우리가 모르는 뭔가가 있다는 이야기인데… 도무지 뭐가 뭔지 모르겠군. 국정원이 암천문과 손을 잡을 리는 만무하고 말이야."

김한석이 정보를 지운 인물이 가네가와와 함께 있고, 가네가와는 김한석의 수족을 찾고 있는 상황이 도무지 이해가 가지 않는 태사였다.

"몽골 쪽으로는 이미 사람을 붙여놓았습니다. 조만간 조동원이 무엇을 하려고 몽골로 향한 것인지 알아낼 수 있을 겁니다. 그러면 국정원 쪽에서 무슨 일이 벌어지고 있는 것인지 어느 정도는 파악할 수 있을 겁니다."

"적절히 조치를 취했군. 그런데 블랙 타이거라고 알려진 자인데 누구를 붙인 건가?"

"더미 중 하나를 붙였습니다."

"더미 중 하나를?"

태사는 의외라는 듯 밀사를 바라보았다.

"그자의 실력도 실력이지만 아무래도 그자가 그리로 향하는 것은 일전의 그 일 때문인 것 같아서 말입니다."

"일전의 일이라면… 바로 그 일을 말하는 것인가?"

"그렇습니다."

몇 년 전 흑룡회는 큰 위기를 맞이한 적이 있었다. 불가사의 한 능력을 가진 한 존재 때문이다. 바로 얼굴 없는 사나이란 정체불명의 능력자였다. 흑룡회에서는 그를 제거하기 위해 백방으로 손을 썼었고, 상당한 피해를 입기는 했지만 끝내는 제거했었다.

정체가 알려지지 않은 자에게 피해를 입은 후, 혹시나 흑룡회를 적대하는 세력이 있을지도 모른다는 판단에 그의 행적을 추적했었다. 그렇게 얼굴 없는 사나이를 추적 과정에서 그가 상당 기간 몽골에 머물렀다는 보고를 받은 기억을 상기한 태사의 얼굴이 심각하게 굳어졌다. 이번 일이 그때의 일과 연계된 것이라면 소홀히 넘길 수 있는 일이 아니었기 때문이다.

"복잡하군. 이렇게 일이 한꺼번에 터질 줄이야."

머리가 아픈 듯 태사는 자신의 머리를 손가락으로 짚으며 자리에서 일어났다.

"혹시 몰라 대원들 전부를 대기시켜 놓은 상태입니다. 전왕은 힘들지만 묵왕을 비롯한 수하들을 곧장 몽골로 출발할 수 있도록 소집해 놓았습니다."

"묵왕까지 소집을 시켜놓은 건가?"

뱀부체인과의 연계를 위해 홍콩으로 가 있는 묵왕 전규석은은 태사도 신임하는 자였다. 무력을 가지고 있지 않은 금왕은 말할 것도 없고, 상당한 무력을 가지고 있는 투왕이라 할지라도 상대할 수 없는 막강한 금력과 무력을 갖춘 이가 바로 묵왕이었기 때문이다.

"그렇습니다. 지시만 내리시면 홍콩에서 곧장 몽골로 향할 겁니다."

"좋아. 어찌 된 일인지 낱낱이 파헤치도록. 만약 얼굴 없는 사나이라 불리는 그놈과 관계된 것이라면 말살까지도 허용한다고 전해라."

"그리 전하겠습니다."

조동원의 말살이라면 국정원과의 전면전이 벌어질 테지만 밀사는 순순히 태사의 명령을 따랐다. 문제가 될 바에는 차라리 사전에 제거하겠다는 뜻임을 알기 때문이다.

"좋아. 그 일은 자네가 알아서 처리하도록. 암사에게 동양창업투자에 대한 일을 맡기는 했지만 어려울지도 모르니 다른 칠사 중 두엇을 붙여놓도록. 그리고 욕심이 지나친 놈이니 허튼짓하지 못하도록 감시하는 것도 잊지 말고."

"법사(法師), 광사(眈師)가 암사를 도와 차질없이 일을 진행하도록 하겠습니다. 그럼, 전 이만."

용무를 마친 밀사는 회장실을 떠났다. 지시한 일을 수행하자면 자신도 몽골로 떠나야 했기 때문이다.

"정말 문제로군. 김한석! 무슨 일을 벌이고 있는 것이냐? 무슨 일을……."

일이 급박하게 돌아가고 있었다. 앤트 가의 움직임은 물론, 암천문의 움직임도 심상치가 않았다. 자신도 모르는 사이에 뭔가가 벌어지고 있는 것이 분명했기에 칠사의 수장인 태사이자 유성그룹의 회장인 박문회는 아파오는 머리를 식힐 수가 없었다.

"아버님을 만나야 하는 것인가?"

박문회는 인상을 찡그리며 알 수 없는 말을 내뱉었다.

박천승!

그의 아버지이자 유성그룹의 전대 회장인 박천승은 이미 죽었다고 알려진 사람이다. 박천승의 죽음 이후 호화로운 그의 무덤이 세간에 화제가 된 적이 있을 정도로 세상은 그를 죽은 자로 인식하고 있었음에도 박문회는 자신의 아버지를 만나야 한다고 말을 하고 있는 것이다.

"끔찍하게 싫어하는 일이지만 어쩔 수가 없다. 언제 죽을지 모르는 자들이지만 그들의 도움을 받는 수밖에."

박문회의 말처럼 유성그룹의 전대 회장인 박천승은 죽은 자가 아니었다. 장로원에 속해 있는 자들 대부분이 그런 자들이다. 막후에서 한국을 지배하다 이제는 다른 것에 집착해 세상을 등진 자들이 바로 장로원에 속한 자들이었던 것이다.

박문회는 그런 그들을 끔찍이 싫어했다. 그들이 원하는 것만 들어줄 뿐 가급적이면 상종하지 않는 그였지만, 일이 심각하게 진행되고 있다는 것을 느낀 이상 이제는 어쩔 수 없이 그들을 만나 봐야 했던 것이다.

"김 비서! 차 대기시켜!"

인터폰을 누른 박문회는 회장실을 나섰다.

Chapter 2
지하 궁전의 암약자들

　박문회가 향한 곳은 가회동이었다. 고색창연한 한옥들이 즐비하게 늘어선 곳으로, 한옥 보존 지구로 지정되어 있는 곳이다.

　가회동으로 들어서 조금 나아가던 그는 차를 멈추게 하고는 차에서 내려 한옥들이 있는 골목길로 혼자 걸어 들어갔다.

　고택이 즐비하게 늘어선 길을 걷던 그는 깨끗하게 수선되어 말끔한 다른 곳과는 달리 조금은 낡아 보이는 한옥으로 들어섰다.

　"오셨습니까?"

　그가 안으로 들어서자 한쪽 눈에 안대를 한 중년의 사나이가 고개를 숙이며 맞았다. 입구를 지키고 있는 자는 전전대 금왕이었던 자로, 눈치가 비상할 뿐만 아니라 투왕에 버금가는 무력을 보유하고 있는 윤태수라는 자였다.

"어르신들은?"

박문회가 차가운 목소리로 물었다.

"모두들 계실 겁니다."

윤태수의 대답을 들은 박문회는 마당을 가로질러 구두를 신은 채 마루 위로 올라섰다. 비밀 통로로 들어가는 일이었기에 신발을 벗을 필요가 없었던 것이다.

마루 위를 가로지른 박문회는 앞쪽에 벽에 걸려 있는 오래된 서화가 있는 곳으로 다가가 그것을 들추었다.

서화를 들추자 나타난 것은 묵(墨)이란 글자가 반듯하게 파인 벽면이었다. 기관을 여는 장치이자 진정한 흑룡회원을 판별하는 장치였다. 박문회는 손가락을 글자에 가져다 댄 후 자신의 기를 내뿜으며 파인 곳을 따라 똑같이 글자를 썼다.

그르륵!

앞을 가로막고 있던 벽이 갈라지며 어두운 공간이 나타났다. 비밀 통로였다. 흑룡회의 가장 중지이자 심장이라고 할 수 있는 곳으로 갈 수 있는 곳이다.

박문회는 벽이 갈라진 곳으로 거침없이 들어섰다. 그가 향하는 곳은 지하였다. 벽을 따라 길게 지하로 길이 이어지고 있었던 것이다. 지하로 완전히 내려오자 길이 다시 평평해졌다. 중간 중간에 붉은 백열전구가 불을 밝히고 있었고, 돌을 이용해 촘촘히 쌓아올린 작은 통로가 길게 뻗어 있었다. 박문회는 조심스럽게 통로를 따라 걸었다.

'경복궁 지하에 우리 흑룡회의 근거지가 있으리라고는 아무도 생각하지 못할 것이다.'

언제나 오는 곳이지만 등골이 서늘한 곳이다. 지나오는 동안 숨어 있는 자들이 자신의 정체에 대해 수없이 확인을 하고 있는 중일 것이다. 만에 하나 조금의 이상이라도 있다면 가차 없이 제거될 것이기에 흑룡회를 이끄는 태사인 박문회로서도 긴장하지 않을 수 없는 일이었다.

경복궁 지하에는 괴물들이 산다. 하나같이 천명을 거역하고 목숨을 이어가는 자들이며, 한 명 한 명이 가히 천지를 진동할 능력을 가진 자들이다.

그들이 가진 힘의 근원도 그렇지만 각자 가진 힘도 태사라는 자신을 무색하게 할 정도다. 전위 조직 중 최고의 무력을 가지고 있다는 투왕조차 한 손으로 상대할 수 있는 자신이었다.

하지만 안에 있는 괴물들은 그런 자신을 손가락 하나로 힘들이지 않고 죽일 수 있는 자들이다. 인간이되 인간이 아닌 존재가 바로 경복궁 지하에 살고 있는 것이다.

몇 년 전 얼굴 없는 사나이로 인해 안에 있는 괴물들 중 몇이 본의 아니게 하늘로 돌아가야 했다. 그를 제거하러 떠났던 장로들 중 몇이 자신의 은거지로 돌아오지 못한 것이다.

하지만 현재 남아 있는 자들만으로도 그들의 힘은 무시할 수 없는 수준이다. 암천문이나 죽련이 섣불리 흑룡회를 건드릴 수 없는 이유도 모두 안에 있는 괴물들에게 있었다.

진정한 본체에 비하면 껍데기라고 할 수 있는 조직이지만 대한민국을 지배하고 있다. 그런 조직을 이끌고 있음에도 자신이 가고자 하는 장소가 가까워질수록 박문회는 손에서 땀이 차오름을 느낄 수 있었다. 자신은 물론 자신이 거느리고 있는 조직조차 순식간에 소멸시킬 수 있는 괴물들이 바로 그들이기에 박문회는 긴장하지 않을 수 없었던 것이다.

삼십여 분을 걸었을까. 목적지에 거의 도달한 통로를 밝히고 있는 전등불 아래서 자신의 몸가짐을 살폈다. 어느 것 하나 책을 잡혀 좋을 것이 없기 때문이다. 얼마 전 자신의 수하인 밀사를 만날 때와는 천양지차의 행동이었다. 그 또한 누군가로부터 명령을 들어야 하는 존재인 것이다.

조금 더 걸어가자 입구가 보였다. 그곳엔 검은 복면을 하고 있는 자들이 나란히 서서 지키고 있었다. 자신과 비견해도 실력이 떨어지지 않는 강자들이다. 오직 장로원의 명에 의해서만 움직이는 자들이었기에 박문회도 예의를 잃지 않았다.

"어르신들을 뵈러 왔습니다."

박문회의 말에 오른쪽에 서 있던 자가 머리에서 발끝까지 한번 훑어보더니 말없이 기관을 작동시켰다. 근정전의 지하로 가는 통로를 연 것이다.

스르르!

그들이 지키고 있던 문이 소리없이 열렸다. 박문회는 두 사람에게 가볍게 고개를 숙여 보인 후 안으로 들어섰다.

안쪽으로 들어서자 지상의 근정전과 완전히 같은 양식으로 만들어진 커다란 대전이 나타났다. 은은히 비치는 희미한 불빛 아래 나타난 대전의 전경은 지상의 그것과 조금의 다름도 없었다.

희미한 불빛이 비치는 용상에 누군가 조용히 앉아 있었다. 흑룡회의 진정한 주인인 회주였다. 누구도 정체를 모르는 그는 용을 형상화한 흑색의 가면을 쓰고 있었다.

'제기랄!! 모든 준비가 끝났건만 아직도 이렇게 떨리다니. 하지만 언제 봐도 무서운 자다. 저 알 수 없는 사이한 기운이란…….'

박문회는 다리가 떨리는 자신을 자책했다. 흑룡회주의 몸에서 흘러나오는 기운을 아직은 감당할 수 없는 자신이 한심했던 것이다.

박문회가 느낀 대로 흑룡회주의 몸에서는 만상을 제압하는 묵직한 기운이 흘러나오고 있었다. 너무 무거워서 숨이 턱턱 막힐 정도로 암울한 기운이었다.

박문회의 시선이 아래로 향했다. 흑룡회주가 앉아 있는 용상 밑으로 길게 늘어서 있는 자들을 보기 위해서다. 밑에 있는 자들은 설명할 필요가 없는 자들이다. 암흑의 제왕들이자 대한민국을 지배하는 막후의 실력자들이다.

그럼에도 당연하다는 듯 그들은 허리를 약간 굽힌 채 흑룡회주가 앉아 있는 자리를 중심으로 도열해 있다. 신하를 자청하듯 장로들이 어둠 속에 묻힌 채 이 열로 서서 흑룡회주를 옹위하듯 길게 늘어서 있었던 것이다.

어둠 속에 서 있는 탓에 얼굴을 알아보기는 힘들었지만 박문회의 가슴이 떨릴 정도로 그들의 기세는 남다른 데가 있었다.

안에 있는 사람들을 확인한 박문회는 대전 안으로 들어서자마자 무릎을 꿇고서는 기듯이 용상 앞으로 다가갔다. 죄를 청하기 위함이었다.

"일이 잘 안 풀리는 모양이구나."

박문회가 용상 앞에 도착하자 무심히 앉아 있던 흑룡회주의 입에서 만인을 압도하는 듯한 위압적인 목소리가 흘러나왔다.

"회주께서 염려하시는 것처럼 암천문이 움직이기 시작했습니다. 또한 앤트 가도 비밀스럽게 움직이기 시작했습니다."

"후후후, 두 조직이 움직인다고?"

흑룡회주가 의문을 드러냈다. 어서 다음 이야기를 꺼내라는 소리였다. 박문회의 떨리는 목소리로 그의 의중에 화답했다.

"회, 회주, 불민하게도 속하는 그들이 움직인 이유를 알아낼 수가 없었습니다. 갑자기 벌어지기도 했지만 그들을 섣불리 건드리기 힘들었기 때문입니다."

박문회는 사실대로 고했다. 회주 이하 장로원을 속일 수 있는 것은 아무것도 없기 때문이다.

"으음, 이미 예상했던 바이니 따로 보고할 것은 없고, 아이

들 중 몇이 행방불명되었다고?'

암천문이나 앤트 가의 정보가 더욱 중요한건만 회주가 행방불명된 사람들을 언급하자 박문회로서도 상당히 곤혹스러웠다. 실종된 이들에 대한 단서가 하나도 없었기 때문이다. 그것은 전적으로 수하들을 관리하지 못한 자신의 책임이었다.

흑룡회주의 질문에 박문회가 신형을 떨며 대답을 했다.

"그, 그렇습니다. 죽여주십시오."

"금왕과 투왕에 이어 전사까지 행방불명이 되었다면 너로서는 큰일이겠구나."

남의 일인 양 무관심한 말투다. 하지만 박문회는 그 안에 서려 있는 회주의 노기를 읽을 수 있었다.

'제기랄! 모두 알고 있는 모양이로군.'

자칫 자신의 지위마저 흔들릴 수 있다는 생각이 들었다. 아니, 이제는 자신의 목숨이 위험할 지경이다. 박문회는 서둘러 변명을 해야만 했다. 아직은 추측이기는 하지만 자신이 살기 위해서는 어쩔 수가 없는 일이었다.

"불행하게도 얼굴 없는 사나이의 흔적이 나타난 것으로 보입니다. 그의 후계자인지, 아니면 그를 따르는 자들인지는 아직 확인할 수 없었습니다. 그와 연계된 김한석이 움직이는 것도 그렇고, 암천문에서도 움직임이 심상치 않은 것으로 보아서는 오랫동안 찾고 있던 것에 대한 단서를 확보한 것이 틀림없습니다. 그들이 비밀리에 움직이는 것을 보면 위험한 상황이 벌어질 확률이 클 것 같습니다."

"호오, 그래?"

회주의 목소리에 흥미가 서려 있다는 것을 인지한 박문회는 속으로 쾌재를 불렀다.

"틀림없습니다. 그렇지 않다면 죽련방과 연합을 완성한 우리를 향해 이빨을 드러낼 리가 없을 테니까 말입니다."

"암천문에서는 하늘의 파편에 대한 단서를 찾았고, 얼굴 없는 사나이와 김한석이 연계해 무엇을 꾸미고 있다는 말이냐?"

"그렇습니다. 그렇지 않다면 그들이 아무도 모르게 실종이 될 리가 없습니다. 그만한 힘을 가진 곳은 그들밖에 없으니 말입니다. 어쩌면 놈들이 꾸미고 있는 일에 접근했기에 제거된 것일 수도 있습니다."

실제 대상은 달랐지만 박문회의 추측은 상당 부분 사실에 근접해 있었다. 나름대로 정보망을 가지고 있는 장로원과 흑룡회주는 박문회의 말을 믿지 않을 수 없었다. 자신들이 따로 수집한 정보를 분석한 결과 역시 그리 예측하고 있었던 것이다.

"어떤 조치를 취했느냐?"

이미 벌어진 일보다 사후 어떻게 대응하느냐가 중요했기에 흑룡회주는 태사가 대처한 방법을 물었다.

"아, 암천문을 비롯해 얼굴 없는 사나이의 종적을 추적하기 위해 묵왕과 가용할 수 있는 인원은 모두 동원한 상태입니다. 저 또한 직접 나설 계획입니다."

"후후후, 조치는 제대로 취했구나. 그로 인해 그나마 목숨을 벌었으니 다행으로 알아라. 하지만 본 회를 노리는 자들이 누구인지, 목적이 무엇인지 빠른 시일 안에 밝혀내지 못한다면 너에게 이번 사태에 대한 책임을 추궁할 것이다."

훗날 책임을 묻겠다고는 했지만 노기가 많이 누그러진 목소리였다. 자신이 대답을 제대로 한 것 같기에 박문회는 머리를 조아렸다.

"명, 명심하겠습니다."

박문회는 흑룡회주는 자신을 완전히 용서한 것이 아니라는 것을 알고 있었다. 그저 한 달이라는 시간을 벌었을 뿐이다. 자신이 직접 나설 수 없기에 참았을 뿐이라는 것을 잘 알고 있었던 것이다.

'이제는 머지않았다. 지금의 굴욕은 반드시 갚아주도록 하마.'

흑룡회주를 속이기 위해서 지금까지 고개를 숙여 온 박문회였다, 이렇듯 대전 바닥에 오체투지를 하며 두려워하는 모습을 보이는 것이 그로서는 참을 수 없는 굴욕이었지만 자신의 원대한 계획을 위해 애써 참았다. 한 달이라는 시간이지만 그 시간이면 자신이 원하는 것을 손에 넣을 수 있었다. 그것만 가지면 용상 위의 자리는 자신의 것이 될 것이기에 굴욕을 참아낸 것이다.

"너에게 암흑전대를 내어줄 테니 이번 기회에 걸리는 것들은 모두 제거하도록."

"가, 감사합니다."

박문회는 그 자리에서 머리를 찧어가며 고마움을 표시했다. 흑룡회주의 오른팔이라고 할 수 있는 암흑전대를 내줄지는 미처 몰랐던 것이다.

'네놈이 죽음을 자초하는구나. 암흑전대를 나에게 내준 것이 너에게는 비수가 되어 돌아올 것이다.'

암흑전대라면 흑룡회주의 말대로 방해가 되는 존재들은 모두 쓸어버릴 수 있었다. 그렇게 되면 한결 여유가 생길 것이고 계획하고 있는 일이 한결 수월해질 수 있을 것이 분명했기에 고맙지 않을 수 없었다.

"됐으니 그만 나가보도록 해라."

더 이상 볼일이 없다는 듯 흑룡회주가 손을 내저었다.

"그럼!"

회주의 말에 박문회는 다시 한 번 오체투지하고는 무릎걸음으로 신형을 뒤로 물린 후 대전을 빠져나갔다.

"어떻게 생각하는가?"

박문회가 빠져나간 후 흑룡회주는 좌중에 있는 장로들에게 의견을 물었다. 비록 자신이 흑룡회를 이끌고 있는 회주라고는 하지만 장로들에게 직접적인 명령을 내릴 수는 없었기에 의견을 구한 것이다.

흑룡회주의 질문에 그와 가장 가까이 있던 노인 하나가 입을 열었다. 흑룡회의 열두 장로 중 가장 강하다고 알려진 박천승에 이어 두 번째 서열을 차지하고 있는 김중열이었다.

“우선 얼굴 없는 사나이에 대해 다시 한 번 확인을 해봐야 할 것 같습니다. 지난날의 실패를 두 번 다시 되풀이하는 일이 없도록 말입니다.”

“그래야겠지. 지난번에는 잘못 판단하는 바람에 일을 그르쳤으니까. 놈이 마련해 놓은 힘들이 움직이는 모양이니 최선을 다해야 할 걸세. 그나저나 태사가 상당히 어려움을 겪을지도 모르는데, 제일장로는 어떻게 생각하는가?”

흑룡회주는 자신의 좌측에 서 있는 제일장로인 박천승을 바라보았다.

“회주께서 거느리고 계시는 암흑전대를 딸려준 것만으로 충분하다고 봅니다.”

“그거야 그렇지만, 태사가 다른 생각을 하고 있는 것이 분명한데 말이야.”

“미국의 아이들과 뭔가를 꾸미고 있는 것이 분명한 것 같습니다. 그리고 그 아이가 장로원에 반감을 가지고 있는 것이 틀림없는 사실이니 회주의 뜻대로 처결하시기 바랍니다. 회를 배신하려 한다면 어쩔 수가 없는 일입니다.”

박문회가 그의 아들이기는 하지만 장로원에 들어온 이상 혈연은 더는 존재하지 않았기에 박천승은 차가운 목소리로 대답했다.

“그렇겠지. 태사는 우리들이 하고 있는 일이 쓸데없는 것으로 보였을 테니까. 태사의 역할은 다른 자들의 이목을 돌리는 것만으로 충분하니 장로원과 반목하는 것은 그만 덮어두기로 하지. 하지만 미국 아이들과 손잡고 하고 있는 일을 좀 더 자세히 알아볼 필요가 있을 것 같네. 잘하면 우리에게도 도움이 될지도 모르는 일이니 말이야.”

“알아서 조치를 취하도록 하겠습니다.”

박천승은 고개를 숙여 고마움을 표시했다. 흑룡회주가 눈을 감아준다는 것만으로도 고마운 일이었던 것이다. 흑룡회주의 묵인이 없다면 아무리 태사라 하더라도 죽음을 면치 못하기 때문이다. 비록 혈연을 끊었다고는 하지만 일말이나마 그에게도 아들을 위하는 마음이 조금은 남아 있었던 것이다.

“이장로, 일의 진척은 어떤가?”

“준비는 차질없이 진행되고 있습니다. 그자가 있는 곳은 이미 파악이 끝났고, 김한석의 움직임도 예의 주시하고 있습니다. 조만간 염원하던 결계의 문이 열리면 모든 것이 본 회의 뜻대로 처리될 것입니다.”

김중열은 흑룡회주의 질문에 공손히 대답을 했다.

“잘해야 될 것이네. 이번 일은 우리의 사활이 걸린 일인만큼 말이야.”

새로운 힘에 대한 단서를 얻고 봉인을 가로막은 결계를 열 방법을 얻은 이상 무엇보다 중요한 일었기에 흑룡회주는 다시 한 번 주의를 주었다.

“각 장로들도 명심하고 있습니다.”

“암천문이 움직인 이상 진짜 하늘의 파편이 나타난 것은 분명하네. 어떻게 다른 것이 나타났는지는 모르지만 그자가 쫓

고 있는 것도 하늘의 파편이 틀림없는 것으로 보이는 이상, 둘
다 놓치지 않도록 주의를 기울이도록 하게."

"이미 안배를 끝내놓았습니다."

"좋아. 그것은 그리 마무리하기로 하고… 일장로는 한 가지
일을 해주어야겠네."

"말씀하십시오."

"금왕이나 투왕, 그리고 전사의 행방을 예의 주시하게."

"셋의 행방을 말입니까?"

이미 박문회의 보고로 어느 정도 이해한 것 같은 흑룡회주
가 갑자기 세 사람의 실종을 주목하라는 뜻이 무엇인지 궁금
한 일장로와 다른 장로들의 눈에 이채가 서렸다.

"아무래도 금제가 깨어진 것 같네. 아무리 소환을 하려고 해
도 아무런 응답이 없는 것을 보면 말이야. 어쩌면 우리가 계획
하고 있는 일보다 그것이 중요할 수도 있으니 일장로가 신경
을 써서 조사해 달라는 말이네."

무심한 척 조용히 듣고 있던 장로들의 시선이 일제히 흑룡
회주에게로 쏠렸다. 금제가 깨어졌다는 것은 흑룡회의 근간이
흔들릴 수 있는 일이었기 때문이다.

"회주께서 말씀하신 것이 사실이라면 큰일이군요. 그들에
게 걸린 금제를 깰 수 있는 존재는 오직 그들뿐이니 말입니
다."

"그렇겠지. 어쩌면 모두 움직이고 있는지도 모르지. 우리처
럼 말이야."

"최선을 다하도록 하겠습니다."

"난 일장로만 믿고 이만 가보도록 하겠네. 자리를 많이 비울 수 없는 몸이니까. 좋은 소식 기대하겠네."

"알겠습니다, 회주."

박천승의 머리가 조아려졌다.

'갔는가?'

그가 고개를 들었을 때는 흑룡회주의 모습은 대전 안 그 어디에도 없었다. 어느새 자리를 떠난 것이다. 흑룡회주가 떠나자 지하 궁전 안에 있던 장로들도 하나둘 자리를 떠났다. 그들의 모습도 소리없이 사라져 갔다. 마치 보이지 않는 허깨비처럼 신형이 하나둘 꺼져 갔던 것이다.

"이장로는 김한석과 그자를 맡게. 나는 실종 사건을 조사해볼 테니 말이야."

"단서는 있으십니까?"

"있네. 금왕이 관리하고 있는 자금들이 아주 치밀한 방법으로 사라지고 있네. 어떤 방법인지는 모르지만 외국으로 나갔다가 완벽하게 세탁을 거쳐 한국으로 들어오고 있는 것이 파악이 되고 있는 것으로 보이네. 그 자금의 끝에 있는 자를 잡으면 셋의 행방도 밝혀지겠지."

"이미 조사를 해놓으신 모양이군요."

"그렇네. 얼추 조사가 끝났지. 하지만 몇 가지 의문스러운 점들이 남아 있어서 정밀하게 확인 중이네."

"그럼 멀지 않아 해결이 되겠군요. 그럼 미국 아이들의 일은 어떻게 하실 작정이십니까?"

"회주의 말씀대로 이용할 것은 이용해야지. 능력을 증폭시켜 사물에 접목할 수만 있다면 앞으로 벌어질 마지막 전쟁에 큰 힘이 될 수도 있으니까."

"그럼 국정원에 있는 아이를 붙여드리도록 하겠습니다. 그 아이가 미국 쪽 아이들하고 연계하고 있으니 성과물을 얻기는 쉬우실 겁니다."

"알았네. 그만 가보도록 하지. 자네도 바쁠 텐데 말이야."

"알겠습니다. 그럼 전 이만!"

말이 끝남과 동시에 김중열의 모습이 홀연 사라졌다. 유령 같은 움직임이었다.

'후후후, 이제 기회가 생기는 것인가?'

김중열이 대전을 빠져나가자 박천승은 묘한 눈길로 흑룡회주가 앉아 있었던 용상을 바라보았다. 그의 눈에는 지금까지와는 달리 강렬한 불길이 솟아오르고 있었다.

용상을 한 번 쳐다보고는 박천승 또한 대전을 나섰다.

다른 이들과 달리 걸어서 대전을 빠져나간 그가 다시 밖으로 나온 곳은 가회동의 한옥이 있는 곳이었다. 박천승은 한옥의 비밀 통로를 나오자 마루 위에서 무릎을 꿇고 앉아 있는 자신의 아들을 볼 수 있었다.

"기다리고 있었더냐?"

"예, 아버님."

"암흑전대를 얻었으면 곧바로 행동하지 않고 왜 이리 지체하고 있는 것이냐? 회주의 명령은 지엄한 것이다."

"아직은 시간이 있습니다. 그리고 드릴 말씀이 있어 이렇게 기다리고 있었습니다."

박천승의 목소리가 냉랭하다는 것을 느꼈음에도 박문회는 자신의 말을 다했다.

"할 말이 있다는 말이냐?"

"그렇습니다."

"그래?"

박문회의 대답에 박천승은 뒤에 서 있는 윤태수를 한번 바라보았다. 무슨 말을 하려는지 몰라도 이곳은 말을 섞을 만한 곳이 아니었다. 흑룡회주의 권역이었기에 그리 안전하지 않다는 것을 알고 있음에도 할 말이 있다는 아들이 이상했다.

"염려하지 마십시오. 지금 나누는 이야기는 그 누구도 알지 못할 테니까 말입니다."

윤태수가 머리를 숙이며 인사를 해왔다. 박문회의 말대로 걱정하지 말라는 뜻이다.

'벌써 내부에 사람을 두었다는 말인가?'

박천승은 아들을 다시 봤다. 조금 전 회주를 만났을 때와는 그 모습이 딴판이다. 그 어디에서도 떨고 있던 그때의 모습은 찾을 수가 없었다. 회주를 전혀 두려워하지 않는 모습이었다.

“말해보아라.”

윤태수를 심복으로 거느리게 됐다면 크게 염려할 바가 없기에 박천승이 물었다.

“제혼의 금제를 얼마 전 풀 수가 있었습니다.”

“그, 그게 사실이냐?”

가슴이 철렁하지 않을 수 없었다. 아들의 말에 박천승이 놀라는 것은 당연했다. 오랫동안 회주의 의도대로 종속의 길을 걸을 수밖에 없게 만들었던 저주의 금제를 풀었다는 말이었기 때문이다.

흑룡회주가 얻고자 하는 힘을 얻기 전까지 다른 방법으로는 제혼의 금제를 푸는 것은 있을 수 없다고 생각하고 있었기에 그의 눈빛은 사실인지 묻고 있었다.

“사실 회주가 알고 있는 미국 쪽의 일은 금제를 풀기 위한 일이었습니다. 강력한 힘을 가진 꼭두각시들을 손에 넣고자 하는 뜻도 있었지만 실상은 금제를 풀기 위한 방편이었습니다. 그리고 얼마 전 금제를 풀 수 있는 방법을 찾아낼 수 있었습니다.”

아들의 설명에 박천승은 믿을 수 없다는 듯 고개를 흔들었다.

“믿을 수가 없구나. 그게 어떤 것인데…….”

세상을 관조하는 자로부터 비롯된 금제다. 그러기에 인간의 힘으로는 풀 수가 없는 것이다. 그럼에도 풀었다고 자신하는 아들의 말을 믿을 수가 없었다.

자신 또한 그동안 무수히 풀려고 노력해 왔었지만 한 번도 성공하지 못한 일이다. 해서 마지막 기대를 하늘의 파편에 담겨 있는 힘에 걸었기에 아들의 말을 도저히 믿을 수가 없는 박천승이었다.

"주천문의 계승자들을 이용한 것이 도움이 됐습니다. 무아의 세계에서 강력한 힘을 발휘하게 만드는 그들의 능력과 미국 쪽 아이들이 만들어낸 약들을 이용해 실험하던 도중 우연치 않게 금제가 풀리는 것을 발견했습니다. 사실 더미들을 완성시키지 않고 시간을 끌었던 것은 보다 완벽을 기하기 위해서였습니다. 회주나 장로원에서는 더미들을 만든다고 알고 있었겠지만 실상은 금제를 푸는 것이 진정한 목적이었던 것입니다."

차분히 설명하는 모습에 박천승은 아들의 말이 진정 사실임을 알 수 있었다.

"하하하, 뭔가 노리고 있다는 것을 알았다만 그것을 해낼 줄이야. 그럼 장로들에게 반목하는 것도 모두 그 때문이었더냐?"

"그렇습니다. 그동안 회와 반목하는 티를 공공연히 낸 것은 회주의 시야를 다른 곳에 돌리기 위함이었습니다. 제가 회나 장로원에 반감을 가지고 있어 더미들의 힘을 이용해 반란을 획책하는 모습을 보인 것은 눈에 보이는 곳에 감추는 것이 오히려 더 안전하기 때문이었습니다. 사실 명령대로 따르기만 한다면 회주에게 알려질 것은 뻔한 일이었습니다. 장로원에서 진행하고 있는 일을 모르는 척 넘어가면서 세상에 나서지 않는 장로들을 원망한 것도 그 때문입니다. 제가 하는 일 속에 그것을 감추어야 했기 때문입니다.”

“으음…….”

아들의 말을 듣고 박천승은 흑룡회주를 비롯한 장로들, 그리고 자신까지 아들이 감쪽같이 속였음을 알 수 있었다.

더미들에 관해서는 이미 보고를 받아 알고 있었다. 병기로서의 가치도 그렇지만 미국 쪽의 물건과 접목한다면 이용할 가치가 상당히 크다는 것을 알기에 회주 또한 두고 보았다가 써먹으려 했었다.

하지만 등잔 밑이 어둡다고, 아들은 더미를 만들어내는 일 속에 다른 것을 숨겨놓고 있었다. 회주의 금제를 깨뜨릴 방법을 마련해 놓고 있었던 것이다.

사대천왕과는 비교할 수도 없는 제혼의 금제가 풀린다면 지금 가지고 있는 힘만으로도 흑룡회주를 상대하는 것은 문제도 아니었다. 이미 자신의 힘은 그를 넘어섰을지도 모르기 때문이다.

회주의 뒤에 있는 자에게는 조금 밀릴지는 모르겠지만 하늘의 파편을 얻고, 다른 장로들이 가세한다면 그 또한 쉽게 제압할 수 있을 것이라는 확신이 들었다. 아무리 강한 자라 할지라도 말이다.

“회주는 보이지 않는 자의 그림자에 불과하다. 넌 그를 감당할 수 있을 것 같으냐?”

“가능할 것입니다. 그자의 망령이 몽골에서 무엇을 찾고 있는지는 모르지만 마지막 하늘의 파편이라는 것이 제 생각입니다. 그것을 우리가 얻게 된다면 충분히 가능합니다. 거기다가 아버님께서 감추고 계신 힘을 꺼내게 되면 더 이상 아버님 위에 있을 자는 없을 것입니다."

자신하는 것을 보니 충분한 준비가 끝난 상태인 것 같았다. 그렇지 않았으면 자신에게 이야기하지도 않았을 것이기에 박천승은 자신의 아들을 다시 한 번 바라보았다.

"그래, 금제를 푸는 방법은 무엇이더냐?"

"이것입니다."

박문회는 손을 내밀었다. 비어 있던 손바닥에 아지랑이 같은 기운이 피어오르며 붉은빛이 선명한 결정 같은 것이 나타났다.

"그게 무엇이더냐?"

"영혼의 결정으로 영력이 응축된 것입니다. 복용하시게 되면 의식 속에 영혼의 결정이 만들어지게 됩니다. 그렇게 만들어진 영혼의 결정으로 제혼의 금제를 덮어씌우기만 하면 금제가 풀리게 되어 있습니다. 저도 이미 복용한 상태입니다. 회주가 알아차릴까 봐 아직 시도하지는 않았지만 언제든지 덮어씌워 금제를 풀 수가 있습니다."

"시험은 마친 것이냐?"

"이곳이 안전할 수 있는 이유도 이미 시험을 마쳤기 때문입니다."

아들의 말에 박천승은 윤태수를 바라보았다. 아들이 하는 말의 의미를 깨달을 수 있었다. 제혼의 금제가 풀리지 않았다면 윤태수가 아들을 따를 리가 없었던 것이다.

'그렇지만 회주가 그들에게 관심을 가졌다면 머지않아 전사를 찾아낼 것이다. 그러고 나면 저 아이가 계획하고 있는 일에도 시선이 미치게 될 터인데, 아직까지 하늘의 파편을 얻지 못한 이상 회주가 알아차리면 곤란할 수도 있다.'

흑룡회주는 실종된 세 사람에게 걸린 제혼의 금제가 깨졌다고 했다. 그로 인해 박천승은 흑룡회주의 시야를 확실히 돌리기 위해 세 사람의 실종에는 아들이 관련됐다고 생각하고 있었다. 아들에게는 금제를 깰 방법이 있기 때문이다.

시야를 돌리기 위해서는 적절한 방법이다. 그렇지만 금왕이나 투왕은 모르겠지만 전사가 문제다. 그는 다음번 회주의 재목으로 지목된 자다. 그런 자가 실종된 일이었다. 아들이 일을 너무 크게 벌렸다는 생각을 지울 수 없었다.

회주가 직접 나선다면 아들이 꾸미고 있는 일이 알려지는 것은 시간문제였기에 박천승은 고민이 되지 않을 수 없었다.

"금왕과 투왕, 그리고 막내인 전사가 사라졌다. 회주의 관심이 그쪽으로 가 있지 않다면 네가 추진하는 일은 성공하기가 어려웠을 것이다. 최대한 그들의 행방을 감추어야 할 것이다."

아무리 비밀을 잘 숨겼다고 해도 세 사람의 실종이 아니라면 회주에게 알려졌을 것이란 것은 틀림없는 사실이었기에 박천승은 아들에게 당부를 했다.

"어느 정도 관련이 있기는 합니다만, 제가 직접 움직인 것은 아닙니다."

"네가 한 일이 아니라는 말이냐?"

"금왕이 행방불명되었을 때도 그렇고 투왕이 행방불명되었을 때도 마찬가지였습니다만, 정보를 흘리기는 했어도 일부러 손을 쓰지는 않았습니다. 아마도 김한석이 손을 썼을 겁니다."

"확실하게 말해라. 직접적인 개입은 없었다는 말이냐?"

흑룡회주가 말한 것과는 상황이 달랐기에 박천승은 사실 여부를 다시 한 번 확인했다.

"그렇습니다. 김한석이 개입해 금왕과 투왕, 그리고 전사를 제거한 것이 틀림없습니다. 그들의 제거한 것이 누구인지 찾으려고 하면 찾을 수야 있었겠지만 그러지 않았습니다. 회주의 시선을 돌리기 위해서는 그러지 않는 편이 좋을 것 같아서 말입니다."

"으음!"

박천승이 신음을 흘렸다. 아들의 말에서 뭔가 느껴지는 것이 있었기 때문이다. 그것은 그가 가진 능력이 보내오는 경고였다.

지금까지 조사한 것을 토대로 생각해 보면 금왕과 투왕에 이어 전사까지 사라진 것은 모두가 하나의 고리를 가지고 있는 것이 분명했다. 그렇다는 것은 자신도 알지 못하는 세력이 등장했음을 뜻했다. 회주가 알려준 정보와 아들의 말을 종합해 보면 그것은 틀림없었다.

암천문이나 앤트 가에서는 금왕과 투왕이라면 몰라도 전사까지 어찌할 수 있는 능력을 가지고 있다고는 믿을 수 없었다. 전사는 회주의 능력 중 일부를 이어받았기 때문이다.

전사가 가진 능력을 제압할 수 있는 자는 드물었다. 설사 제일장로를 맡고 있는 자신이라고 할지라도 전사를 제거하기 위해서는 상당한 희생을 감수해야만 했다. 그런 전사를 제압할 수 있고 금제마저 깨버렸다면, 그런 자는 박천승이 알기로는 오직 하나였다.

얼굴 없는 사나이!

몇 년 전 자신들에 의해 죽은 얼굴 없는 사나이만이 그것이 가능했다. 아들이 김한석이 개입했다고 생각하는 것을 보면 얼굴 없는 사나이 능력을 이어받은 세력뿐만 아니라 그의 능력을 이어받은 후계자가 움직이기 시작한 것을 의미했기에 조속히 조치를 취해야 했다.

"넌 지금부터 세 사람의 실종에 대해서 집중 추적해라. 그리고 누가 그 일에 관여된 것인지 반드시 알아내도록 해라."

"하지만 아버님, 그들의 실종은 회주의 눈을 가리 위한……."

"갈!! 못난 놈, 눈앞의 이득에 큰 것을 놓치고 있다니!! 전사를 제거할 수 있는 능력을 가진 자는 오직 하나뿐이다. 금제를 깰 수 있는 능력을 가진 얼굴 없는 사나이라 불리던 그놈 말이다. 어쩌면 이번 일에 그놈이 개입되어 있을지도 모른다."

"서, 설마!!"

박문회가 놀라 아버지를 바라보았다.

"회주의 말로는 그들 셋의 금제가 깨어진 것 같다고 했다. 설마 했지만 얼굴 없는 사나이가 가졌던 힘이 나타난 것이 분명하다. 너도 알겠지만 그놈은 나를 노리고 있었다. 내가 가진 비밀 때문에 말이다. 그러니 이번 사건을 가장 우선에서 처리해야 한다는 말이다."

"으음, 알겠습니다."

박문회는 사안의 시급함을 절감할 수 있었다. 세 명이 실종된 것도 그렇고, 그들의 금제가 깨어졌다면 얼굴 없는 사나이와 관계가 있다는 박천승의 말은 틀림없는 사실이었다.

지금까지 꼭두각시들을 부리기 위해 흑룡회주가 만들어낸 금제를 깨뜨린 존재는 얼굴 없는 사나이밖에는 없었기 때문이다. 제혼의 금제와는 다른 형태의 것으로 절대로 깰 수 없는 것 중 하나였다.

지난날 흑룡회가 큰 피해를 입었던 것도 얼굴 없는 사나이가 흑룡회 간부들에게 걸려 있었던 금제를 깨뜨릴 수 있었던 것이 원인이었다.

얼굴 없는 사나이는 금제를 깨고 강력한 세뇌를 통해 흑룡회의 간부들 중 몇몇을 자신의 수족으로 만들었다. 그들을 통해 흑룡회의 중요한 비밀들을 알아낸 얼굴 없는 사나이는 흑룡회의 일을 사사건건 방해했다.

얼굴 없는 사나이의 정체가 밝혀지고 난 후, 그와의 전쟁으로 벌어진 결과는 흑룡회로서는 참혹할 정도였다. 금제가 깨진 존재들을 쉽게 찾아낼 수 없었기에 큰 피해를 봤음은 물론이고, 회를 배신한 자들을 알아내고 그들을 처리하기 위해 많은 이들이 죽음의 강을 건넜던 것이다.

이후, 세력을 회복하기 위한 흑룡회주의 행보는 무척이나 과격한 것이었다. 장로들이 가지고 있는 세력들을 자신의 휘하로 끌어들인 것이다.

그동안 각자의 세력으로 인식되던 것이 장로들이 가지고 있는 세력들이었다. 하지만 관례를 무시하고 자신의 휘하로 삼아 버렸던 것이다.

그로 인해 장로들의 반발이 있었지만 흑룡회주는 명령을 강권하지 않는다는 약속과 함께 제혼의 금제를 강화시키는 것을 통해 장로들의 세력들을 빼앗아간 것이다.

얼굴 없는 사나이가 벌인 사건은 흑룡회의 근간마저 흔들릴 뻔한 것이었다. 아직도 그 여파가 남아 있을 만큼 큰 사건이었다. 그런데 얼굴 없는 사나이만이 사용할 수 있는 힘이 나타난 것이다. 더욱 강화된 금제를 깰 수 있을 정도의 힘을 가지고 말이다.

박문회는 세 사람의 실종을 그냥 묵과할 수 없음을 느꼈다. 세력을 빼앗아갔지만 힘이 약화된 흑룡회주를 도모할 방법을 마련한 지금, 얼굴 없는 사나이에게 타격을 받는다면 그동안의 노력이 그야말로 물거품이 될 것이기 때문이다.

"난 그놈이 꾸미고 있는 일이 무엇인지 알아낼 테니, 넌 세 사람의 실종에 대해서 살펴보고 얼굴 없는 사나이의 흔적이 나타났다면 무조건 말살시키고 놈이 가지고 있는 것을 빼앗아야 한다. 그놈 또한 하늘의 파편과 관계된 자일 것이 분명한 만큼 최선을 다해라. 마침 회주가 너에게 암흑전대를 맡긴 만큼 실수가 없어야 할 것이다.”

“알겠습니다.”

박문회는 아버지가 한 말이 어떤 뜻인지 알 수 있었다. 얼굴 없는 사나이도 그랬지만 새로 나타난 자가 누구인지 몰라도 하늘의 파편이 가지는 힘을 지닌 것이 분명했다. 그것이 아닌 이상 금제를 깰 수 없었던 것이다. 하늘의 파편은 자신들이 반드시 얻어야 할 힘이다. 무슨 수를 쓰더라도 확실한 처리를 해야 했다.

또한, 얼굴 없는 사나이로 인해 혼란이 일어난다면 준비된 계획들이 차질을 빚을 것이 분명했다. 자신이 영혼의 결정을 복용시킨 자들이 발각될 수도 있는 것이다.

두 사람의 대화는 조금 더 이어졌다. 앞으로 어떻게 처리를 해야 할지 의견을 조율한 것이다. 대화를 마친 두 사람은 한옥에서 나와 각자의 차량으로 가회동을 떠났다. 각자 할 일이 급하다는 것을 아는 까닭이다.

*　　*　　*

밀사란 자를 통해 침투시킨 나노 로봇에 의해 들어오던 신호가 차단된 공간으로 들어선 이후 갑자기 중단되어 자세한 내용은 알 수 없었다.

하지만 차단된 공간에서 나온 자들의 대화를 통해 알고 싶었던 것을 대부분 알 수 있었다. 장막 뒤에 숨어 칠사를 지배하는 장로라는 자들과 회주라는 존재, 그리고 그 회주를 암중에 지배하고 있다는 존재까지 말이다.

흑룡회 내부에 알력이 존재한다는 것을 알게 된 것은 커다란 성과였다. 놈들도 하늘의 파편을 쫓고 있다는 것도 마찬가지다. 아무래도 놈들이 노리고 있는 것은 할아버지가 찾고 있는 것이 분명했다.

그렇지만 그들과의 전쟁이 쉽지만은 않을 것이라는 예감이 들었다. 자세한 것은 모르겠지만 놈들의 힘이 그리 만만치 않아 보였던 것이다.

차원을 주관하던 자들의 움직임을 막기 위한 방편으로 골든 나이트를 만들기 위해 대부분의 힘을 보내고 있는 마당에 큰 위협이 되지 않을 수 없었다.

암천문을 통해 준비한 것이 있기는 하지만 그것도 모를 일이었다.

다행히 요즈음 마고가 전한 힘을 내 것으로 만드는 데 속도가 빨라지고 있었다. 이런 속도라면 어느 정도 대비가 될 수 있다고 생각했기에 마고가 전한 힘을 완전히 내 것으로 만드는 데 주력하고 있는 중이었다.

문제는 내일 있을 주주총회였다. 놈들은 어떤 식으로든 행동을 해올 것이기에 대처를 해야만 했다. 지금 내가 가용할 수 있는 힘은 그다지 많지가 않다. 미네르바는 골든나이트를 만들고 있는 중이라 큰 도움이 안 된다. 민석 선배와 수하들, 그리고 내가 세뇌한 자들이 있다지만 다른 선배들을 경호하는 것에도 벅찬 것이 현실이다.

해서 사람들을 부르기로 했다. 백무요에 있는 사람들을 말이다. 주천문의 인물들과 지금은 어느 정도 실력을 쌓은 아이들이라면 충분하겠다는 생각이 들었던 것이다.

미우해양조선을 인수하기 위한 작업을 착착 진행하고 있는 동안 아이들과 이제는 차신문의 문도가 된 주천문의 사람들에 대한 수련도 게을리하지 않고 있는 중이었다.

이장 아저씨의 도움으로 선무화를 같이 수련하도록 하는 한편 주천문의 절기들을 익히도록 했던 것이다.

미네르바의 도움으로 뇌를 활성화시킨 탓에 아이들의 수련은 무척이나 빠르게 진행되었다. 며칠 상간에 자신들을 맡았던 주천문도들로부터 모든 절기를 배우더니 이내 다른 사람들로부터도 번갈아가며 절기들을 배웠다. 아주 짧은 시간에 아이들은 주천문의 방대한 절기들을 모두 배울 수 있었다.

비록 수련 기간이 길지 않아 정심함에는 이르지 못했으나 웬만한 것은 능숙하게 펼칠 수 있는 경지에 도달했던 것이다.

주천문의 실제적인 문주라 할 수 있는 천유동은 아이들의 성취에 경악을 하면서도 무척이나 기뻐했다. 자신들의 절기를 이어받은 아이들이 훗날 차신문의 중추를 이룰 것이라는 기대감 때문이었다.

그렇게 어느 정도 성취를 이루었기에 아이들에게 걸려 있는 봉인을 풀어주기로 했다. 주천문의 절기들을 정심하게 수련하는 것도 중요했지만 같이 수련한 선무화 때문에 봉인이 스스로 깨지려 했기 때문이다.

봉인이 해제되는 것은 좋은 일이지만 갑자기 풀려 버려 제어가 되지 않는다면 아이들이 위험할 수도 있기에 풀어주기로 한 것이다.

봉인을 풀면 전혀 다른 수련을 해야 했기에 주천문의 사람들에게는 별도로 수련을 시킨다고 말하고는 아이들을 미네르바가 광에 만들어놓은 공간 왜곡장으로 보내도록 했다.

자신들이 거처하는 광 안에서 아이들이 흔적도 없이 공간 왜곡장으로 사라지는 것을 보며 천유동을 비롯한 주천문의 사람들이 꽤나 놀랐었지만 그저 그뿐이었다. 그들도 차신문에 공간을 단절하는 결계가 존재한다는 것을 알고 있었기 때문이다.

공간 왜곡장으로 들어간 후, 아이들의 봉인을 하나하나 풀었었다. 미네르바의 도움을 받은 상태에서도 아이들의 봉인을 푸는 데는 하루가 넘게 걸렸다. 생각지도 않게 아이들이 주천문의 비술을 배우며 가지고 있는 힘이 대부분 활성화되어 있었기 때문이다.

이미 팽창할 대로 팽창해 어디론가 터져 나가기 직전의 상태였다. 나도 꽤나 강해지기는 했지만 이로 인해 힘을 제어하며 봉인을 푸느라 시간이 걸렸던 것이다.

　봉인을 완전히 푼 후에 아이들의 수련은 미네르바에게 맡겼다. 내가 알고 있는 차신문의 절기들은 하나도 없었고, 그나마 차신문의 힘에 대해 정확히 알 수 있는 제법문은 찾지 못했기에 미네르바에게 배워 수련했던 데블나이트를 가르치도록 했다. 아이들이 가지고 있는 힘이라면 충분히 도움이 될 수 있을 것이라는 판단이 들었기에 수련하도록 한 것이다.

　주천문도들에게도 수련을 하도록 했다. 개인의 성취를 더 높이라는 취지였다.

　아이들을 가르치고 영험한 백무요의 영기를 받아서인지 주천문도들은 이전에는 깨닫지 못했던 것을 속속 깨닫고 있었다. 처음 집으로 찾아왔던 때에 비해 그들의 성취가 두 배 정도는 높아졌지만 앞으로의 일을 위해 아이들이 수련하는 동안 개인적인 수련을 하도록 한 것이다.

　오행의 힘을 가진 아이들은 나에게 무척이나 도움이 될 것이다. 데블나이트를 통해 각자가 각성한 능력을 완벽히 펼칠 수 있는 상태였기 때문이다.

　물의 능력을 지닌 예쁘장한 민서는 힘을 다룸에 있어 무척이나 자유로워졌다. 때로는 강력함으로, 때로는 부드러움으로 어떤 종류의 힘이라도 물처럼 다룰 수 있는 상태였다.

　거기다 주천문의 기공을 익혀 힘을 다룸에 있어 가히 최고라 할 만한 성장을 이루었다.

금속의 힘을 마음대로 다룰 줄 아는 씩씩한 장운이는 주천문에서 전해오는 여러 가지 권법을 익혔다. 총알도 튕겨내는 강력한 몸에 바위도 단숨에 부술 수 있는 권각을 가지게 된 장운이의 힘은 내가 봐도 든든할 정도다.

다른 아이들도 마찬가지다. 흙을 마음대로 다루는 투박한 민영이는 작은 동산 하나를 순식간에 만들어낼 수 있는 능력을 가지게 됐다. 흙을 이용해 어떠한 형상이든 만들어낼 수 있는 민영이는 주천문의 인형술을 익혀 강력한 병사들을 순식간에 원하는 수만큼 만들어낼 수 있는 능력을 지니게 됐다.

따뜻한 마음을 지닌 승진이는 방원 20미터를 순식간에 용광로로 만들 수 있게 됐다. 어떤 금속이라도 단숨에 녹여 버리는 강력한 불의 기운이다. 이에 더해 주천문에서 전해 내려오는 폭뇌술(爆雷術)을 익혀 불의 폭탄을 만들어내게 되었으니 호랑이가 날개를 단 격이다.

언제나 파릇파릇한 은경이는 주천문에서 전해지는 암기술을 익혔다. 조그만 나뭇가지나 나뭇잎들이 바위를 펑펑 뚫어버리는 강력한 것으로 말이다. 거기다 식물과 대화할 수 있는 능력을 가지고 있다. 식물들이 전해주는 이야기를 듣고 세상의 모든 것을 파악할 수 있는 능력을 말이다.

여기에다가 아이들 모두 데블나이트를 익혔다. 내가 봐도 상당한 수준의 경지에 이르러 있어 이번 일에 도움이 될 것이 분명했다.

아이들을 부르기 위해 주변에 있는 나무에게 내 뜻을 전했

다. 이곳으로 오도록 말이다. 나무들이 전하는 소리는 바로 은
경이의 귀에 들어갈 것이다. 그리고 내일 내가 원하는 곳으로
올 것이다.

＊　　　＊　　　＊

유성그룹으로 돌아온 박문회는 자신의 정보 라인을 모두 가
동시켰다. 정문호와 관련된 일들은 미궁에 빠져 있지만 금왕
과 투왕이 관련된 것들은 약간의 정보가 있기에 그것들을 통
해 금제를 깬 자가 누구인지 알아보려 했던 것이다.

정보는 두 시간이 채 되지 않아 들어왔다. 금왕의 자금이 움
직인 것과 관련된 것으로 보이는 정보였다. 금왕이 실종된 이
후, 상당한 자금의 이동이 한 회사로 집중된 것을 박천승이 암
암리에 그의 정보 라인을 통해 보내온 것이다.

장로원에서 처분을 결정한 미우해양조선의 최대 주주 중 하
나인 동양창업투자를 인수하기 위해 움직이는 자들에게 자금
이 모이는 것을 확인한 박문회는 결정적인 증거는 없었지만
한얼이라는 단체가 얼굴 없는 사나이와 밀접한 관련이 있다는
것을 직감적으로 알아낼 수가 있었다.

주식회사 한얼의 창립 멤버들에 대한 정보는 금방 모아졌
다. 그리고 확신할 수 있었다. 금왕과 투왕, 전사의 실종에 한
얼이 관련되어 있음을 확인한 것이다.

얼굴 없는 사나이를 추적하던 중 그의 자금이 들어간 것으

로 보이는 학교를 발견할 수 있었는데 한얼에 관여된 자들이 모두 그 학교 출신이었던 것이다.

"후후후, 날로 잡수시겠다는 것인가? 그것 가지고 미우해양 조선을 먹을 수는 없을 텐데……."

흑룡회주가 미우해양조선을 인수하려는 뜻은 모르겠지만 매우 중요한 일이라고 알고 있었다. 최대 지분을 가지고 있는 동양창업투자를 인수한다고 해서 미우해양조선까지 가질 수 있는 것은 아니었다. 흑룡회주의 뜻에 따라 권력을 가진 자들이 그것을 용납하지 않을 것이기 때문이다.

"확인을 해봐야 하겠지만 놈들이 그자와 관련이 있는 것이 분명한 것 같으니 회주가 알기 전에 미리 손을 써야겠군."

얼굴 없는 사나이와 관련이 있다는 것을 흑룡회주가 알기 전에 손을 써야 했다. 하지만 그전에 반드시 확인을 해야 했다. 섣불리 건드렸다가는 또다시 잠적할 수 있기에 얼굴 없는 사나이가 남겨놓은 세력인지, 아니면 그의 사주를 받은 자들인지 확인을 해야 했던 것이다.

정보 라인을 통해 들어온 것은 금왕과 한얼에 대한 것뿐만이 아니었다. 암사에게 한얼에 대한 처리를 맡기기 전에 이미 암사가 보낸 자들이 그들과 한 번 부딪쳤다는 정보도 함께였다.

한얼의 본거지로 추정되는 사무실에 암사가 사람을 보냈고, 그로 인해 한번 충돌이 있었다는 보고서를 보며 박문회는 상당히 흥미를 느꼈다.

"욕심을 부린 모양인데… 후후후, 그 녀석이 벌인 일이 실패를 하기는 했지만 상당히 유용한 정보다. 놈들의 힘을 어느 정도 짐작할 수 있게 됐으니까."

돈 냄새에 민감한 암사였다. 욕심이 많기에 허락되지 않은 힘까지 동원한 모양이었다. 자신에게 허락도 받지 않고 경찰을 동원한 것이다. 경찰까지 동원했음에도 들인 노력에 비해 너무도 허무할 정도로 아무런 성과가 없었다.

그것은 공권력을 막을 만큼 한얼도 힘을 가지고 있다는 것을 뜻했다. 보통 자들이 아니라는 소리다.

거기다 사무실로 갔던 자들도 전부 당하고 돌아왔다. 손을 섞을 만한 자가 거의 없는 강한 자들이었음에도 말이다. 공권력에다가 거기에 상응하는 무력까지 가지고 있다면 틀림없이 얼굴 없는 사나이와 직접적인 관련이 있는 것이 틀림없었다.

얼굴 없는 사나이가 남긴 세력이라는 것에 확신이 선 박문회는 서류철을 놓고는 그의 책상 앞에 무릎을 꿇고 고개를 들지 못하고 있는 자를 바라보았다.

자신의 뜻에 반해 욕심을 부렸던 암사는 박문회가 보낸 자들에 의해 이미 잡혀 들어와 있었던 것이다.

"암사, 어떻게 생각하나?"

"주, 죽을죄를 지었습니다. 한 번만 용서해 주십시오, 태사!"

암사는 어찌할 바를 몰라 했다. 모든 것을 태사가 파악한 이상 죽음밖에는 남은 것이 없었기 때문이다.

돈이 될까 해서 암암리에 금왕이 작업을 하고 있다는 동양창업투자에 대한 조사를 했었다. 그러다가 자신의 시야에 포착된 개천회의 일원으로부터 금왕도 모르게 지분을 인수하는 자들이 있다는 정보를 얻어내 조사한 결과 한얼에 대해 알게 되었다.

한얼이라는 회사에 대해 파악하고 난 후, 암사는 좋은 건수라고 생각했다. 마침 금왕과 투왕이 실종되고, 칠사 중 한 명인 전사까지 실종되어 어수선한 것을 잘만 이용한다면 뜻하지 않게 횡재를 할 수도 있겠다는 생각이 들었다. 한얼이 보유한 자금이 상당하다는 것이 파악되었기에 조금만 힘을 쓰면 그것이 모두 자신의 될 것이라고 판단했던 것이다.

그래서 암사는 태사에게 알리지도 않고 흑룡회가 가진 힘을 동원했다. 어지러운 정국으로 인해 태사가 사용하지 말라고 지시한 공권력을 임의로 동원한 것이다.

상당한 금액을 약속하고 진행된 일이었다. 금방 끝날 것이라고 생각하고 진행한 일이었는데 그만 일이 틀어져 버렸다. 아무것도 얻은 것 없이 수습도 하기 전에 자신에게 허락되지 않은 힘을 동원한 것이 태사에게 들킨 이상 남은 것은 죽음뿐이라는 것을 알기에 태사에게 용서를 빌지 않을 수 없었던 것이다.

"어떻게 알게 됐나?"

“무, 무슨 말씀인신지?”

“아주 교묘하게 지분을 인수한 것 같은데, 이자들을 어떻게 알게 됐냐는 말이다.”

“개천회의 일원 중 하나를 잡았었습니다. 동양창업투자에 대해 알아보고 있던 자인데 그를 통해 한얼이라는 회사가 지분을 인수하고 있다는 것을 알게 됐습니다.”

“그랬군. 개천회의 일당 중 하나를 잡았는데 그것도 보고조차 하지 않았다는 것인가?”

“그, 그게……”

핑계를 대려고 했는데 자신도 모르는 사이에 감추고 있었던 사실까지 실수로 말하고 말았다. 자신의 실수에 암사는 어떻게 변명을 해야 할지 몰라 말을 더듬거렸다. 태사인 박문회가 개천회를 어떻게 생각하는지 아는 까닭이다.

‘크으, 제기랄! 이제는 꼼짝없이 죽었군.’

지금은 어떻게 할 수 있는 상황이 아니었다. 평상시라면 이렇게 박문회에게 머리를 조아릴 정도는 아니었지만, 자신이 가지고 있던 힘은 이미 자신을 잡아온 자들에 의해 금제를 당했다. 그야말로 무장을 완전해제당한 자신으로서는 박문회를 상대할 힘이 아무것도 없었던 것이다.

“암사! 넌 너무 욕심을 부려 넘어야 하지 말아야 될 선을 넘어버렸다.”

“요, 용서해 주십시오.”

자신의 머리 위로 다가오는 박문회이 손을 보면서 암사는

용서를 빌었다. 하지만 박문회의 눈동자는 싸늘하기만 할 뿐
이다.

"후후후, 용서? 너 또한 회의 배신자들을 처단해 봐서 알 터!
배신자는 용서가 되지 않는다는 것을 모르지는 않을 것이다."

암사의 머리 위에 손을 얹은 박문회의 목소리는 싸늘하기
그지없었다.

"하, 하지만!!"

"잘 가라! 이제 회의 이름으로 너를 처단한다."

암사가 무엇인가를 말하려 했지만 박문회는 배신자에 대한
집행을 멈추지 않았다.

"으아아악!"

암사의 입에서 처절한 비명이 들려왔다. 고통으로 인해 툭
튀어나온 눈동자와 일그러진 얼굴이 마치 지옥에서 기어나온
아귀 같았다. 극한의 고통을 느끼는 듯 암사는 몸을 잘게 떨
었다. 자신의 의지와는 다르게 고통으로 인해 경련이 일어난
것이다. 박문회는 그런 암사에게 비웃음을 던지고는 손을 뗐
다.

암사의 몸이 바닥에 널브러졌다. 아직 숨이 붙어 있는지 간
간히 호흡을 내뱉었지만 암사는 더 이상 사람으로 불릴 수 있
는 모습이 아니었다.

눈동자는 하얗게 백태가 끼어 있었고, 입으로는 거품을 흘
리고 있었다. 의식 속에 있는 모든 것이 지워진 것이다.

"후후후, 제법이군. 욕심만 많은 줄 알았는데 나와 거의 대

등한 힘이라니.”

박문회는 만족한 웃음을 흘리며 쓰러진 암사의 이마를 바라보았다.

암사의 이마는 붉게 부어 있었다. 암사가 가지고 있는 힘이 빠져나오면서 생긴 자국이었다. 흑룡회주의 금제이기도 하지만 암사의 힘의 원천이도 한 것이 박문회에 의해 빠져나오며 생긴 자국이었다.

“이제 쓸모가 없는 놈이니 처리해 버려라.”

암사를 뒤로하고 자신의 자리에 앉은 박문회는 암사의 처리를 지시했다.

스르르!

말이 끝남과 동시에 암사의 곁에 누군가 나타났다. 사람임에는 분명했지만 온통 검은색 기운으로 물들어 있어 누구인지 알아볼 수가 없는 모습을 하고 있었다. 흑룡회주가 박문회에게 붙여준 암흑전대의 대주였다.

얼굴을 식별할 수 없을 정도로 검은 기운에 휩싸인 암흑전대의 대주는 암사의 몸에 손을 가져다 대었다.

스스스!

암사의 몸이 조금씩 사라지기 시작했다. 산 채로 암사를 소멸시키는 것이었다. 이지를 완전히 상실한 암사의 입에서는 비명 소리조차 흘러나오지 못했다.

“놈들에 대한 정보는?”

암사가 사라지고 나자 박문회는 자신 앞에 암흑전대의 대주에게 물었다.

"이자를 잡아오며 사무실을 뒤져 보았지만 아무도 없었습니다. 남아 있는 흔적도 완전히 지워 버린 것으로 보아 능력자가 그들 사이에 있는 것이 분명합니다."

"시간이 얼마 지나지 않았는데도 벌써 완전히 자취를 감추었다는 말인가?"

"그렇습니다."

"용의주도한 놈들이군. 벌써 사무실을 완전히 비우다니 말이야. 자네들이 찾지 못할 정도로 흔적을 지운 것도 그렇고, 상당한 힘까지 갖추고 있는 것 같으니 상대하기 조금 어려울 수도 있겠군."

"저희들이 나선다면 걱정을 더실 수 있을 것입니다."

"암흑전대를 이렇게 빨리 쓰게 될 줄은 몰랐는데 어쩔 수 없겠지. 자네들이 아니면 놈들을 잡아내는 것이 어려울 테니까."

"생사를 장담하지는 못하겠지만 어떤 놈들인지 확실히 정체를 파악하도록 하겠습니다."

"자네들을 믿어보도록 하지. 하지만 한 놈이라도 놓치면 곤란한 상황이 발생할 수도 있으니까 최선을 다하게. 그리고 자네들이 움직였다는 것이 세상에 알려지면 곤란하니 주의하도록 하고"

"암흑전대의 사전엔 실수란 없습니다. 깨끗하게 처리될 것입니다."

"자네들만 믿지."

박문회의 대답에 조용히 고개를 숙인 암흑전대의 대주가 홀연히 사라졌다. 처음부터 아무것도 없었던 것처럼 사무실 안에는 박문회만 홀로 남았다.

Chapter 3
대각성(大覺性)!

　박문회가 흑룡회주로부터 인계받은 암흑전대원들에게 지시를 내리고 있을 무렵, 한철은 손님들을 맞이하기 위해 분주했다.

　백무요로부터 올 사람들을 위해 잠자리를 준비하고 있었던 것이다. 다들 자는 시간이라 소리를 죽였지만 소란스러움으로 인해 잠에서 깬 태호와 유준은 한철이 잠자리를 준비하는 방으로 찾아왔다.

　유준은 잠자리를 준비에 분주해하는 한철에게 이유를 알 수 없어 물었다.

　"한철아, 이 오밤중에 누가 온다고 이렇게 잠자리를 준비하는 거냐?"

“귀한 손님들이 오는 중이다. 나를 도와주는 사람들이지. 내일 주주총회에서 큰 힘이 될 사람들이다.”

“내일 주주총회 말이냐?”

“그래. 아무래도 기분이 찜찜해서 원군을 요청했다.”

기분이 찜찜하다는 소리에 태호는 뭔가를 느낀 듯 한철을 바라보며 물었다.

“그자들이 움직이는 모양이구나.”

“그런 것 같습니다. 누군가 우리 계좌를 확인했다는 정보가 있습니다. 그리고 우리가 이곳으로 온 뒤 누군가 사무실을 뒤진 것 같습니다. 해서 몇 가지 준비를 하려고 사람을 불렀습니다.”

암사와 만난 이후 누군가 사무실을 뒤졌다. 미네르바도 정체를 파악할 수 없는 자들이라는 사실이 조금은 찜찜한 한철이다.

“연구소에 있는 사람들이라 봐야 그리 도움이 되지 않을 텐데, 어떻게 할 생각이냐?”

한철이 부를 만한 사람들이라고는 지하 연구소에서 한참 연구에 매달리고 있을 동료들뿐이었기에 태호는 의문이 섞인 목소리로 물었다.

“선배, 그분들이 오는 것은 아닙니다. 저를 도와주시는 분들이 있는데 상당한 능력자들입니다. 내일 뭔가 벌어질 것 같아 그분들에게 도움을 청했습니다.”

“그래?”

한철을 돕고 있다는 사람들이 누구인지는 모르지만 아마도 상당한 사람들이 틀림없을 것이 분명했다. 지난번 사무실에서 들은 이야기로 미루어볼 때 누구인지 무척이나 궁금했다.

때마침 밖에서 차를 주차하는 소리가 들려왔다.

"한철아, 차 소리가 들리는 것을 보니 네가 기다리던 사람들이 왔나 보다."

"그런 것 같군요."

한철이 이불을 펴던 것을 멈추고는 자리에서 일어났다. 태호와 유준 또한 밖으로 나가는 한철을 따라나섰다.

밖으로 나오자 주차장에는 라이트를 켠 여섯 대의 차량이 멈추어져 있었다. 한철이 차를 향해 손을 들자 사람들이 하나둘 내리기 시작했다.

대부분 나이가 들어 보이는 반백의 노인들과 그에 비해서 무척이나 젊어 보이는 중년인 하나, 그리고 무척이나 앳되어 보이는 아이들 다섯 명이 차에서 내리자 태호와 유준은 의아했다.

방금 전, 자신들을 도우러 사람이 올 것이라고 했는데 눈에 보이는 그들은 기대와는 전혀 다른 사람들이었기 때문이다.

"선배님, 저분들은 주천문이라는 고대 비문의 후예들이십니다. 나를 도와주시고 계시죠."

"주천문? 그리고 고대 비문이라니, 무슨 말이냐?"

알 수 없는 소리에 태호가 물었다.

"주천문에 대해서는 저분들이 설명을 해주실 겁니다. 밤이

늘었으니 일단 숙소에서 주무시도록 하지요. 선배님께서 제가
마련해 놓은 곳으로 안내를 해주십시오."

"그래, 우선 그렇게 하도록 하자. 벌써 새벽 세시가 넘었으
니."

시간이 늦었기에 한철의 의견에 찬성한 태호는 한철이 준비
한 잠자리로 사람들을 안내했다. 나이가 들어 보이는 사람들
이 태호의 안내를 따라 안으로 들어갔다.

아이들은 비롯해 천유동과 한천구는 태호를 따라 들어가지
않고 한철의 곁에 남았다.

"어느 정도 성취가 있으신 모양입니다."

다들 충만한 기운을 가지고 있었기에 한철이 물었다.

"덕분에 상당한 성취를 이룰 수 있었습니다. 모두가 문주님
덕분입니다."

한천구가 감사하다는 듯 고개를 조아렸다.

"별말씀을… 그런데 전과는 달리 사람이 조금 늘어난 것 같
습니다."

백무요에서 봤을 때보다 주천문의 사람들이 배로 늘어나 있
었기에 한철은 궁금함을 감추지 않았다.

아이들을 가르치던 사람들도 그렇지만, 새로 합류한 것으로
보이는 주천문도들도 범상치 않은 기운을 풍기고 있었던 까닭
이다.

"그것은 제가 말씀을 드리겠습니다. 어떻게 된 일인지 모르
겠지만 주천문도 중 자신이 가진 능력을 뛰어넘어 각성한 이

가 몇 달 사이에 제법 많이 나타났습니다. 백무요의 영험함 때문인지는 모르겠으나 지리산을 중심으로 암중에 배치한 문도들 중에서 각성을 많이 했습니다. 혹시나 하는 생각에 문도들 전부를 지리산 인근으로 집결을 시키고 있는 와중에 은경이에게 문주님으로부터 연락을 받았다는 말을 듣고 같이 각성한 문도들을 따로 추려 합류시키게 되었습니다. 아이들의 말로는 이번에 부르신 일이 심상치 않을 것 같다는 소리에 조금이나마 힘이 되고자 합류시킨 것입니다.”

“그랬군요. 큰 힘이 될 것 같습니다. 그러면 백무요 주변은 어떻게 했습니까?”

주천문도들이 백무요를 중심으로 지리산 인근에서 결계를 펼치며 감시를 해왔다는 것을 알고 있었던 한철은 경계 상태를 물었다. 미네르바도 그렇고, 자신도 백무요에 신경을 쓸 만한 힘이 없었기 때문이다.

“각성한 문도들을 전부 데리고 온 것은 아닙니다. 백무요의 안전도 중요하기에 몇은 남고, 이곳으로 온 사람들을 대신해서는 무도들 중 제법 실력이 출중한 자들로 교체를 하고 왔습니다. 각성한 사람들보다는 못하지만 그들도 꽤 실력이 있는 사람들이니 무사히 백무요를 지킬 수 있을 겁니다.”

“그렇군요. 덕분에 큰 힘이 될 것 같습니다. 이번에는 아무래도 흑룡회의 본진과 싸움이 붙을 것 같으니 말입니다.”

“본진이라는 말씀이십니까?”

흑룡회에 대해서는 들은 바가 있지만 본진이라는 말에 천유동이 의아함을 표시했다.

흑룡회라는 단체가 결성된 이후 처음을 제외하고는 본진이라 불릴 만한 세력이 세상에 나선 적은 한 번도 없었다는 것을 아는 까닭이다.

"그럴 것 같습니다. 제가 좀 깊은 곳까지 두들긴 모양입니다. 자세한 이야는 안에 들어가서 하시지요."

한철의 말에 천유동은 이제부터 본격적으로 흑룡회와의 전쟁이 시작된 것을 알 수 있었다.

주위의 이목이 있기에 안으로 들어가려는 것을 알고 사람들이 한철의 뒤를 따랐다.

"모두들 계시니 함께 듣는 것이 좋겠군요. 모두 이리들 오십시오."

안으로 들어서자 사람들이 자신의 방으로 아직 들어가지 않고 기다리고 있었다. 다 같이 들으면 좋겠다는 생각에 한철이 사람들을 불러 모은 후 흑룡회에 대해서 설명을 해주었다.

설명을 다 들은 천유동은 상당히 위험할 수도 있다는 생각이 들었다.

"그렇다면 각오를 좀 해야겠군요, 문주님."

"그럴 겁니다. 거기다 시간이 촉박합니다. 내일! 아니, 오늘 오후 네시에 주주총회가 열릴 테니 준비하는 데 시간이 없을지도 모릅니다."

적들은 주주총회에서 도발을 해올 것이 분명했다. 한철의 말대로 그에 대한 준비를 하기에는 매우 촉박한 시간이었다.

"걱정하지 마십시오. 백무요에 들면서 주천문의 모든 것을 들고 들어갔었습니다. 이번에 오면서도 만반의 준비를 해왔고 말입니다. 준비한 법기들을 나누어 주기만 하는 되는 일이니 준비하는 데는 시간이 그리 걸리지는 않을 겁니다."

"그렇습니까?"

"예, 하지만 주천문도들이 제대로 된 힘을 발휘하기 위해서는 문주님의 도움이 필요합니다."

"제가 도울 일이 있다면 돕겠습니다. 무엇을 도와드리면 됩니까?"

"별것은 아닙니다. 주천문도가 힘을 발휘하기 위해서는 천왕존신이신 문주님의 언령이 필요합니다."

"언령이오?"

"그렇습니다."

언령이 필요하다는 천유동의 말에 옆에 있던 한천구가 고개를 끄덕이며 대답을 했다. 천유동의 말대로 주천문도가 제대로 된 힘을 발휘하기 위해서는 한철의 허락이 필요했던 것이다.

"천왕존신이신 문주님은 주천문도들이 가진 힘의 원천이나 다름없습니다. 차신(借神)을 통해 힘을 얻는 주천문도들은 본신이신 원령의 직접적인 언령이 함께한다면 몇 배나 힘이 상승하니 말입니다. 그러니 문주님께서 저희에게 언령을 내려주시면 감사하겠습니다.”

“으음!”

한철은 조금 고민이 들었다. 한천구가 하는 말의 뜻이 무엇을 가리키는 것인지는 알지만 지금 자신이 가지고 있는 힘의 크기로 봤을 때 언령을 사용할 수 있을 것인지에 의문이 든 것이다.

“문주님!”

한철의 고민을 아는 듯 한천구가 미소를 지으며 입을 열었다.

“부르셨습니까?”

“언령이라 해서 고민하시는 모양이신데 너무 걱정하지 마시기 바랍니다. 그저 문주님께서 저희들의 이마에 손을 얹은 후, ‘이제 너희들은 나의 권속이다. 앞으로 의지와 힘을 함께 나눌 것이다’ 라고 말씀만 하시면 됩니다.”

“그럼, 언령이라고 하는 것이?”

“그렇습니다. 대차신령(樹借神靈)이라 불리는 비전의 법술이지요. 문주님의 기운을 옷 삼아 새로운 존재로 거듭나는 주천문 최고의 법술입니다.”

“안 됩니다. 언령이라는 것이 대차신령이라면 여러분의 원기가 상할 수도 있습니다.”

한천구의 말에 한철이 강하게 우려를 드러냈다. 주천문의 모든 것을 전수받은 한철은 대차신령이 가지는 위험성을 잘 알고 있었기 때문이다.

대차신령은 차신의 일종인 강신술(降神術)이다.

강신술이라는 것이 차원이 다른 존재들을 몸에 강림하게 하는 것으로, 아무래도 무리가 따르는 법술이다. 강림하는 존재로 인해 본신의 원기가 상하는 것이다.

대차신령이라고 하는 주천문의 법술도 마찬가지다. 그리고 보통의 강신술보다 더 많이 원기를 상하게 하는 것이 바로 대차신령이다.

한번 쓰게 되면 멈출 수가 없는 것이 대차신령이다. 본인의 의지와는 상관없이 끝까지 법술은 끝을 향해 달려간다. 사람이 가진 힘의 원천을 마치 건전지를 쓰듯 다 써버려야 법술이 풀리기 때문이다.

대찬신령을 펼치게 되면 생명을 유지시키는 원기가 고갈되어 죽음에 이르게 되거나, 잘해야 폐인이 되는 것으로 끝나기에 한철이 반대한 것이었다.

"그렇지가 않습니다. 천왕존신이신 문주님을 만나기 전에 대차신령을 펼쳤다면 문주님께서 말씀하신 것처럼 원기가 상해 죽을 수도 있지만 지금은 아닙니다."

"그렇지가 않다는 말씀입니까?"

자신이 알고 있던 것과는 다른 이야기였기에 한철이 궁금증을 드러냈다.

"그렇습니다. 보통 때라면 그저 강신술과 다름없는 과정을 거치겠지만 지금은 아닙니다. 천왕존신이신 문주님께서 언령으로 축복을 해주신다면 저희들에게는 그 언령이 그저 껍데기나 사념이 아닌 진체가 되어 저희들에게 머물게 됩니다. 그렇게 되면 자신의 원기를 뽑아 쓰는 것이 아니라 천지사방에 존재하는 힘을 끌어다 쓰게 됩니다. 비록 지치기는 하겠지만 원기가 상할 염려는 없을 겁니다."

"정말입니까?"

한철도 모르는 사실이었기에 사실 여부를 물었다.

"그렇습니다. 확실하지가 않아 문주님께 알려드리지 않았지만, 이번에 저희 주천문의 비고에 있는 법서를 통해 사실을 확인했습니다. 천왕존신과 같은 존재가 세상에 존재하지 않았기에 불가능한 것이라 여기고 선조들께서 봉인을 해놓으신 법서를 통해서 말입니다."

"그렇군요. 그렇다면 그렇게 하도록 하겠습니다. 고작 말 몇 마디지만 그렇게 된다면 저로서도 마다할 이유가 없지요."

한천구의 말대로라면 하지 않을 이유가 없었다. 원기의 손상 없이 전력을 몇 배나 상승시킬 수 있는 것이었기에 말이다.

한철이 승낙을 하자 다섯 아이를 비롯해 한천구 이하 주천문도들이 한철의 앞에 가부좌를 틀고 앉았다.

"유준아!"

"예, 선배님."

"저거 혹시 무당들이 하는 거 아니냐?"

　옆에서 한철과 주천문도들의 대화를 주고받는 것을 지켜보던 태호가 유준에게 물었다. 자신들을 도우려고 온 사람들이 세간에서 말하는 박수무당인 것 같다는 생각이 들었기 때문이다.

　"그런 것 같습니다. 강신술이니, 대차신령이니 하는 것이 아무래도 그쪽 계통에서 사용되는 말이니 말입니다. 하지만 실재로 가능하다니, 믿지 못할 이야기로군요."

　자신이 가지고 능력 때문에 무가(巫家)에 대해서도 많이 알아보았던 유준이었다. 실제로 행하는 사람이 있다는 것을 들어 알고 있었지만 강신술이라는 것이 믿지 못할 이야기라고 생각했다.

　그런데 자신의 가장 친한 친구인 한철이 강신술을 행한다는 이야기를 듣자 조금은 섭섭한 마음이 들었다. 그동안 한철에 대해 잘 알고 있다고 생각하고 있었는데, 이제 보니 자신이 알지 못했던 것이 많았던 것이다.

　"유준아, 나도 얼마 전에야 배운 것이니 너무 섭섭해하지는 마라."

　자신의 생각을 알아차린 것인지 한철이 설명을 해주자 유준은 한철을 바라보며 물었다.

　"얼마 전에?"

　"그래 한 두어 달 됐다. 저분들을 통해서 알게 된 것이지."

　"그랬냐?"

　자신이 오해를 했다고 생각한 것인지 유준은 멋쩍은 듯 머리를 긁적였다.

"후후후, 그래. 너하고도 관련이 있는 것이니까 잘 봐두도록
해라. 선배님도요."

"유준이도 그렇고, 나도 관련이 있다는 이야기냐?"

자신과 유준이 관련이 있다는 소리에 태호가 눈을 크게 뜨
며 물었다.

"그렇습니다. 이제부터 벌어지게 되는 일을 보시게 되면 저
절로 아시게 될 겁니다."

"보면 알게 된다고?"

"그렇습니다. 그럼 전 대차신령을 시전해야 돼서요."

태호와 유준의 궁금증을 뒤로한 채 한철이 다섯 아이 앞으
로 다가갔다.

"그동안 수련을 잘했느냐?"

부드러운 음성이 한철의 입에서 새어 나왔다.

"천왕존신의 염려 덕분에 주천문의 법술과 새로이 알려주
신 것들을 모두 익힐 수 있었습니다."

아이들 중 나이가 제일 많고 땅의 기운을 다룰 줄 아는 민영
이 대표로 대답을 했다. 다른 아이들도 민영의 대답에 고개를
끄덕였다.

"후회하지는 않느냐?"

한철이 아이들에게 물었다.

이번 일로 인해 어떤 고난을 겪을지 모르는 일이었다. 주천
문도가 되면서 많은 고난을 겪은 아이들이기에 자신의 의지로

행하는 것인지 물은 것이다.

"저희들이 가지고 있는 인연의 끝자락이 천왕존신과 이어졌다는 것을 알고 있습니다. 그리고 그 인연이 오래전, 세상을 위해 몸을 던진 존재와 관련이 있다는 것도 이미 알고 있습니다. 저희들이 운명이 안배한 존재들이라는 것을 알게 된 이상 천왕존신을 따르는 것이 도리입니다."

"음!"

민영의 말을 들으며 다섯 아이의 각성이 범상치 않은 것임을 확인한 한철이 침음성을 터뜨렸다. 이 아이들도 마고의 안배에 의해 탄생한 존재들이라는 사실을 알고 있다는 것 때문이었다.

"그래, 우리들의 인연은 그토록 오랜 세월을 이어져 온 것이었구나. 세상이 어떻게 변할지는 모르겠지만, 우리 힘을 합쳐 원래대로 되돌려 놓도록 하자구나."

"뜻대로 될 것입니다, 천왕존신이시여."

다섯 아이가 머리를 숙이며 동시에 대답을 했다. 의지의 발현인지 아이들의 입에서 흘러나온 음성이 주위에 조그마한 파장을 만들어내고 있었다.

"그럼 시작하도록 하자. 먼저 마음을 정갈히 하도록 해라."

한철의 말에 아이들이 자세를 바로 했다. 한철은 아이들 중 민영에게로 다가갔다. 다섯 가지 기운 중 중심이 되는 흙의 기운을 가진 민영에게 대차신령을 먼저 시전하기 위해서였다.

"이제 너는 나의 권속이다. 내가 가지는 의지와 힘을 이제부터 함께 나눌 것이다.”

민영의 정수리에 손바닥을 얹은 한철이 차분한 목소리로 읊
조렸다.

“저, 저거 봐라.”

한철의 행동을 지켜보고 있던 태호가 말을 더듬었다.

“으음, 저런 것이 실제로 가능할 줄이야.”

한철의 손바닥에서 황금색의 기운이 흘러나와 사내아이의
머리로부터 흘러내리고 있었다.

마치 금으로 된 물을 쏟아붓는 듯 머리로부터 몸으로 쏟아
져 내리는 황금색의 기운은 장엄한 서기를 뿌리고 있었다. 정
말이지 눈으로 보고 있으면서도 믿지 못할 노릇이었다.

믿지 못할 일은 계속해서 일어났다. 한철이 아이들의 머리
에 손을 얹고 같은 말을 반복하며 아이들마다 흑백적청황(黑白
赤青黃)의 기운이 황금색의 기운처럼 머리로부터 물처럼 흘러
내려 몸을 감쌌던 것이다.

주천문도라 불리는 이들도 마찬가지였다. 그들도 각자 다섯
가지의 기운이 머리로부터 흘러내려 몸을 감쌌다. 아이들의
머리에서 흘러내린 것보다 진하지는 않았지만 각자 가지고 있
는 속성이 있는 듯 다섯 가지의 기운이 그들의 머리에서 흘러
내려 몸을 적셔갔던 것이다.

모든 이들이 다섯 가지 빛 중 하나에 감싸여 있는 모습은 정
말이지 장관이었다. 영화에서 보던 것처럼 기이하게 변해 버

린 사람들을 바라보는 태호와 유준은 묘한 감정에 휩싸였다.

"으으으!!"

"크으!"

사람들을 보고 있던 태호의 입에서 비명 같은 신음이 흘러 나왔다. 그것은 유준도 마찬가지였다. 빛줄기가 점점 더 강해 져 절정에 이르자 뭔가 알 수 없는 기운이 두 사람의 머릿속에 서 요동을 치고 있었기 때문이다.

태호와 유준은 자신들과 관련이 있다는 한철의 말이 무엇인 지 그제야 알 수 있었다. 한철과 사람들의 몸에서 전해져 오는 기이한 기운에 의해 그들의 머릿속에서 일고 있는 기이한 힘 도 점차 격렬하게 반응을 하기 시작했던 것이다.

두 사람이 몸을 떨며 신음을 흘리자 대차신령이 끝난 한천 구와 천유동이 두 사람에게 다가와 가부좌를 틀게 했다. 이제 각성이 시작되었기에 한철로 하여금 대차신령의 언령을 받게 하기 위해서였다.

"이 두 사람도 해야 되는 것입니까?"

한천구와 천유동의 모습을 보며 한철이 물었다. 미네르바에 게 각자 특별한 능력을 지니고 있다고 듣기는 했지만 그동안 유준이나 선배들에 대해서는 각성을 시킬 생각이 없었기 때문 이다.

"문주님, 각성이 시작된 이상 이대로 두면 폐인이 될 겁니 다. 어째서 이분들에게 각성이 시기가 찾아온 것인지는 모르 겠지만 이 정도라면 저 아이들에 비해 손색없는 기운을 가지고 있는 사람들입니다. 자칫 폐인이 될 우려가 있으니 대차신령을 시전하시는 것이 좋을 것 같습니다.”

나이가 먹은 만큼 노련한 한천구가 이미 두 사람의 상태를 파악한 것이다.

“그렇다면 할 수가 없군요.”

한철은 폐인이 될 수 있다는 말에 한천구의 뜻을 따르기로 했다. 두 사람에게 좋지 않게 된다는 것은 한철로서도 싫었기 때문이다.

먼저 유준의 정수리에 손을 얹고 언령의 주문을 외웠다. 유준의 상태가 더 급한 듯 보였기 때문이다.

그러자 이내 유준의 머리에서도 기운이 흘러나왔다. 그것은 아이들과 주천문도들에 의해 지금까지 나타났던 기운과는 속성이 전혀 달랐다. 흑백적청황의 오색의 기운이 아니라 보이지 않는 투명한 기운이 넘치듯 흘러나왔던 것이다.

“저건 어떤 기운일까요?”

유준의 모습을 보면서 천유동이 한천구에게 물었다.

“글쎄다. 생전 처음 보는 기운이로구나. 오행의 그 어디에도 속해 있지 않은 기운인 것 같다.”

유준이 흘리는 기운이 무엇인지 파악할 수 없었던 한천구는 천유동을 바라보며 설명했다.

“으음, 제가 보기에 저 기운들은 완전 무속성입니다. 어디에도 속해 있지 않고, 어디에도 속해 있는 그런 기운 말입니다.”

"그런 것 같구나. 천왕존신의 존체가 인세에 현신한 것도 놀라운데 저런 기운을 가진 이가 세상에 존재하다니, 정말이지 놀랍기만 하구나. 인연이라고 할 수밖에는 없는 일이다."

세상에 존재할 수 없는 기운이었기에 한천구는 머리를 흔들었다. 한철을 만난 이후 불가사의한 현상만을 목격하는 것이 아직도 현실로 여겨지지 않았던 것이다.

그런 기분은 한철이 태호에게 대차신령을 시전할 때도 마찬가지였다. 태호의 머리에서는 너무도 선명한 연녹색의 기운이 흘러나왔던 것이다.

아무리 천왕존신이라고는 하지만 천지의 근간인 오행을 벗어나는 기운을 가진 자들에게도 대차신령을 시전하는 모습을 보며 한철이 더 이상 인간으로 여겨지지 않았다.

"휴우! 힘이 좀 드는군요."

유준에 이어 태호에게 대차신령의 법술을 끝낸 한철이 숨을 크게 내쉬며 입을 열었다. 이마에 땀방울이 맺힌 것이 상당한 기운을 쓴 것처럼 보였다.

"문주님, 아직 끝나지 않은 것 같습니다."

한철의 말에 천유동이 눈빛으로 한쪽을 가리키며 말했다.

"그런 것 같군요."

한철도 천유동의 시선을 따라가다가 천유동의 말처럼 아직 끝나지 않았다는 것을 알 수 있었다. 어느새 선배들이 홀에 나와 있었던 것이다. 그들의 모습은 조금 전 태호나 유준의 모습과 그리 다르지 않았다.

한철은 나머지 사람들에게도 대차신령을 시전하기로 했다. 이대로 놔둘 수는 없는 일이었기 때문이다.

대차신령을 시전하는 동안 힘은 빠져나가지는 않았지만 한철로서도 상당히 힘든 일이었다. 언령이 깃든 말을 내뱉으며 상당한 정신력이 소모되었기 때문이다.

하지만 마음을 가다듬으며 홀로 나온 선배들에게도 모두 대차신령을 시전했다.

"얼마 있지 않아 모두 깨어날 것입니다. 그러니 문주님께서도 조금 쉬십시오."

모두 것이 끝나자 창백한 모습의 한철을 바라보며 한천구가 쉬기를 권유했다.

"그러는 것이 좋을 것 같군요."

조금 쉬는 것이 좋을 것 같았다. 자신도 모르는 사이에 다리가 떨리고 있었기 때문이다.

한철은 한천구의 권유대로 방에 들어가 가부좌를 틀고 선무화를 통해 주문 수행법에 몰두 했다. 그렇게 선무화를 통해 무아지경에 든 이후 점차 기력을 회복할 수 있었다.

방으로 들어간 한철은 선무화로 점차 기력을 회복하고, 무아지경에 들 수가 있었다. 그리고 지금까지 보지 못했던 자기 자신을 볼 수 있었다. 나와는 무관한 관조자로서 자신 스스로를 볼 수 있었던 것이다.

관조자로서 본 나는 단단한 껍질에 싸여 있는 알과 같은

존재였다. 너무도 단단해 깰 수 없는 껍질을 가진 존재 말이
다.

　쩌적!!

　나를 둘러싸고 있는 껍질들이 점차 갈라지고 있었다. 천둥
과 같은 소리를 내며 갈라지고 있었다.

　갈라지려는 껍질이 미네르바가 의식을 통제해 온 4단계 차
폐라는 것을 알 수 있었다. 불완전하게 이루어진 각성이 이제
야 새로운 단계로 나가는 것이 분명했다. 이것은 더 높은 단계
로의 도약이다.

　어째서 이런 현상이 일어나는 것인지 알 수는 없지만 조금
전 대차신령을 시전했던 것과 무관하지 않다는 생각이 들었
다.

　대차신령을 시전하며 내가 무척이나 피곤했던 이유는 언령
의 자극을 받아 의지가 많이 흔들렸기 때문이다.

　그런 의지를 바로 세우고 모두에게 언령을 베풀었던 것이
원인이 분명했던 것이다.

　이상한 일이다. 나도 모르게 내가 변해가고 있다. 아무리 마
고의 잔재 사념이 남긴 것을 넘겨받았다고는 하지만 아직 전
부 전해진 것은 아니다. 그럼에도 미네르바의 4단계 차폐를 온
전하게 해제해 버린 것이다.

　거기다가 이번에 주천문도들과 아이들, 그리고 유준을 비롯
한 여러 선배들에게 대차신령을 시전하면서도 또 변했다. 그
동안 주천문의 법술을 수련에 매달려 왔다고는 하지만 한도를

넘어가는 발전이었다. 4단계 차폐를 넘어서는 그 무엇인가를
느낀 것이다.

내가 발전했다고 느끼는 것은 선무화를 시전하는 동안 새로
운 사실을 알게 된 때문이다. 아마도 내가 초월의 경계를 넘어
선 것이 틀림없었다. 그렇지 않았다면 알 수 없는 것들이었으
니 말이다.

얼마 전, 천조의 분신이 가지고 있는 힘은 보았었다. 그때는
일개 분신이 가지는 힘이 상당하다고 생각했었다.

그러나 초월의 경계를 넘어선 지금, 그때 보았던 천조의 힘
을 생각해 보니 그것은 그저 사념의 잔재에 지나지 않았다. 차
원의 주관자들이 가지는 힘은 내가 보았던 힘들과는 다른 것
이었던 것이다.

절대적인 힘을 지녔을 자들 때문에 솔직히 겁이 난다. 아니,
나와 같은 힘을 지녔을 차원 주관자들을 자신의 힘으로 복속
시키고 새로운 힘을 얻기 위해 오랜 봉인에 들었다는 라와 시
바가 가지게 될 힘이 두렵다.

그들이 깨어난다면 어쩌면 나조차 감당할지 모른 다는 느낌
때문이다. 미네르바가 골든나이트의 완성을 서두른다고는 하
지만 완성이 된다고 해도 대적하지 못할 것 같은 기분이다.

인간의 능력으로는 도저히 상상할 수 없는 능력을 가지게
되었기에 기뻐하는 사람들을 보면서도 계속해서 두려운 마음
이 든다. 그들과의 전쟁에서 살아남을 사람이 별로 없을 것이
라는 생각이 들기 때문인지도 모른다.

어찌 되었든 두려움은 떨쳐 버려야 한다. 골든나이트도 그렇고 마고가 남긴 마지막 힘의 잔재도 그렇다. 아직은 나에게도 기회가 있기 때문에 정신을 바짝 차리고 있어야 한다.

마고의 마지막 힘이 나를 어떻게 변화시킬지 모르지만 그토록 오랜 세월 안배되어 온 힘이라면 그들을 막을 방법이 존재한다고 봐야 한다. 그렇지 않았다면 남겨지지도 않았을 것이기에 말이다.

괘씸하게도 나를 속이고 음모를 꾸민 사람들을 위해서도 힘을 내야 하는 것이다. 나를 따르게 된 이 사람들은 물론, 인류의 생존이 달려 있다는 것을 알기에 말이다.

그렇지만 정말이지 못 말릴 사람들이다. 저 사람들은, 내가 무엇이라고…….

*　　　*　　　*

한철이 선무화를 통해 새로운 존재로 각성하는 과정에 있을 무렵, 유준을 비롯한 한철의 선배들은 대차신령이 완성되어 깨어났다. 자신들이 미처 모르고 있었던 힘을 전부를 각성한 상태로 깨어난 것이다.

얼마 되지 않아 대차신령으로 각자가 각성한 힘이 어떤 종류인지 스스로 파악할 수는 없었지만 그들이 가지게 된 힘들은 상당한 것이었다. 지금까지 한철이 보아왔던 그 어떤 능력자들보다 강한 힘이었다.

새로운 존재로 거듭난 다음 의식을 차린 한철은 그들의 상태를 단번에 알 수 있었다. 자신이 그들의 힘을 전부를 끌어내지 못했음에도 이 정도라면 한번 해볼 만하다는 생각이 들었다.

'이제 나가야겠구나. 저들의 바람을 저버릴 수 없으니.'

한철은 마음을 정한 후 방을 나섰다. 한철이 방에서 나오는 것을 바라보던 아이들이 무릎을 꿇었다. 뒤를 이어 주천문도들 또한 무릎을 꿇고 고개를 조아렸다.

유준을 비롯한 여러 사람들은 그런 모습을 보며 의아해했다. 마치 사이비 종교의 광신도들이 교주를 보는 것 같은 모습이기 때문이다.

"한철아, 저들이 왜 저러는 것……."

"조금 있다가."

유준이 의아함을 품고 한철에게 묻자 한철이 손을 들어 제지했다.

"일어나라, 권속들아."

한철의 입에서 부드러운 음성이 흘러나왔다. 지금까지 들어왔던 한철의 음성과는 느낌이 전혀 다른 음색이었기에 의아한 듯 주천문도들과 아이들을 바라보고 있던 사람들의 시선이 일제히 한철에게 쏠렸다.

"감사합니다, 천왕존신이시여."

한천구를 비롯한 사람들이 자리에서 일어났다. 바닥에서 일어서는 그들의 몸에서는 각자의 속성을 따라 오색의 빛이 흐르기 시작했다.

"진정, 이것을 원한 것이었는가?"

"그렇습니다. 주천문의 사람들은 천왕존신을 위해 모든 것을 바쳤습니다. 그것이 영혼의 소멸이라 해도 기꺼이 감당할 것입니다. 천왕존신께서 스스로 각성하신 지금, 저희들은 더 이상 원이 없나이다."

"나를 속인 것은 괘씸하나, 차원을 주관하는 자들의 전쟁이 시작된 이상 그것은 덮도록 하겠다. 오늘 그들과의 첫 번째 전쟁이 시작될 것이다. 생사의 경계는 언제나 나와 함께 넘어야 할 터, 최선을 다해 준비하도록 해라. 난 나의 권속들이 무참히 소멸되는 것을 원치 않으니 말이다."

"천왕존신의 지엄하신 명을 엄숙, 봉행하겠나이다."

한천구의 대답을 끝으로 주천문도와 아이들의 모습이 희미해지기 시작했다.

"어! 어?"

사람들이 점차 사라지는 모습을 보면서 유준을 비롯한 일행은 의아할 수밖에 없었다. 지금 보이고 있는 그들의 모습은 인간이 아닌 존재였기 때문이다.

자신들도 새로운 능력을 가지게 된 줄은 알고 있었지만 눈앞에서 보았던 것 같은 능력은 없었기에 태호를 비롯한 사람들의 의문은 점점 커져 갔다.

"한철아, 어떻게 된 일이냐?"

태호는 다급하게 한철을 향해 물었다.

“태호 선배를 비롯한 여러분은 모두 능력자입니다.”

“능력자?”

“그렇습니다. 흔히들 초능력자라고 하는 그런 능력자 말입니다.”

“초능력?”

“여러분은 지금 막 각성을 했기에 잘 모르시겠지만 지금부터 제가 전해 드리는 것을 통해 각자의 능력이 무엇인지 어느 정도 아시게 되실 겁니다. 그리고 조금 전 사람들이 어째서 사라진 것인지도 말입니다.”

한철은 의아해하는 사람들을 향해 손을 흔들었다. 종속의 인을 새기지는 않았지만 자신이 쏟아낸 언령의 힘이 작용해 각성한 사람들이었기에 의지로써 자신의 뜻을 전하는 것은 한철에게는 무척이나 쉬운 일이었던 것이다.

의지를 통해 선무화와 내가 가지고 있는 지식 중 일부를 유준이와 선배들에게 전했다. 차원에 대한 정보와 함께 내가 대적하게 될 존재들에 대한 정보였다. 정보를 전달하는 속도는 그저 뜻이 일면 끝이 나는 것이었다.

적에 대한 정보를 전달하고 선무화에 대한 정보가 전해지는 순간, 유준이를 비롯한 선배들을 즉시 가부좌를 틀고 앉아 선무화의 구결대로 자신의 몸을 관조했다.

내가 얻었던 깨달음이 고스란히 전해진 것이었기에, 선무화는 의지를 통해 전해지는 순간 대성한 것이나 마찬가지였기에 다들 순조롭게 운용하고 있었다.

선문화의 구결을 통해 자신들의 힘을 일깨우는 것을 보며 차원에 대한 정보를 전했다. 이제는 숨길 것이 하나도 없기에 그동안 내가 알게 된 정보를 모두 공개했다. 하지만 골든나이트가 아직 완성되지 않았기에 미네르바에 대한 정보는 숨겼다. 아직은 공개할 때가 아니었던 것이다.

주천문의 법술도 모두 공개했다. 내가 알고 있는 부분은 모두 전했다. 기계를 의지대로 다룰 수 있는 유준을 제외하고 각자 가지고 있는 능력을 활용하는 데 주천문의 법술만 한 것들이 없었기 때문이다.

백무요에서 전해 내려오는 법술이 있기는 하지만 내가 알고 있는 것이 하나도 없기에 어쩔 수 없는 선택이었다.

하지만 그것만으로도 이들의 힘을 막을 존재는 거의 없을 것처럼 보였다. 수련의 절차를 거쳐야 발휘할 수 있는 힘이지만 지금도 어느 정도는 힘을 발휘할 수 있기에 도움이 될 것이 분명했다.

정보와 지식의 전수가 끝난 후, 주천문도들이 사라진 이유를 전했다. 이제 인간이되 인간이 아닌 존재로 변해 버린 사연을 전해주었던 것이다.

대차신령은 강신술이다. 주천문주의 말대로 보통의 강신술과는 다른 것이다. 이를 통해 얻게 되는 힘은 상상을 불허할 정도다.

하지만 다섯 아이도 그렇고, 주천문도들은 나에게 한 가지 속인 것이 있다. 내가 대차신령을 시전하는 동안 그들도 나도 모르게 한 가지 법술을 시전하고 있었다는 것이다.

응신령(應身零)!

자신을 희생해 새로운 존재로 거듭나는 법술로, 주천문에서도 최후의 비전으로 통하는 법술을 암암리에 펼친 것이다.

응신령은 사실 주천문의 법술이 아니다. 아주 오랜 옛날, 백무요에서 주천문으로 전해진 법술이다. 어떻게 해서 백무요의 법술이 주천문에 전해진 것인지는 모르지만 응신령은 자신의 희생을 전제로 하는 것이기에 백무요의 법술 중에서도 최후의 법술에 속하는 것이었다.

이제 아이들과 주천문도들은 더 이상 사람이 아니다. 령으로 존재하는 자들인 것이다.

보통 사람이 이해하기 편하게 귀신같은 것으로 보면 되지만 정확히 따지자면 귀신은 아니다. 귀신은 원한이나 욕념의 잔재물이지만 응신령에 의해 탄생한 존재들은 스스로의 의지를 가지고 있기 때문이다.

응신령을 통해 탄생한 존재는 누구보다 순수한 의지를 가지게 된다. 태초의 의지와 같은 형태의 의지를 말이다.

자세히 설명하자면 도가 극에 이르러 원형신을 이루듯 자신의 희생을 바탕으로 강제로 원형신을 이루는 법술인 것이다. 이제 그들은 도가에서 말하는 신선과 같은 존재가 되어버린 것이다.

세상에 있을 수 없는 존재를 만들어내는 것이기에 응신령이 성공하기 위해서는 까다로운 조건이 필요하다.

우선 나와 같이 언령을 사용할 수 있는 존재가 있어야 하고, 삼천신장(三千神將) 중 대장령인 천왕이나, 삼십삼천을 이끄는 천주의 강림이 있어야 한다는 실현 불가능한 조건이 선행되어야 한다. 그리고 마지막에 자신을 희생하는 순수한 의지도 있어야 하는 것이다.

앞의 두 가지를 내가 가지고 있었다고는 하지만 희생의 의지 없이는 이룰 수 없는 것이다. 아이들과 주천문도들이 자신을 희생해 얻게 된 것은 스스로 얻은 것이나 마찬가지였다.

선무화와 내가 전한 지식을 통해 자신들의 상태와 조금 전에 벌어졌던 현상을 알게 된 유준이를 비롯한 선배들이 하나둘 깨어났다.

응신령을 모르기에 주천문도들과 같은 존재가 될 수는 없었지만 세상에 존재하지 않는 특별한 힘을 가지고 있기에 모두들 새로운 존재로 거듭나기 전의 주천문도들과 비슷한 힘을 가지게 되었다는 것을 알 수 있었다.

"한철아, 그동안 고생했다."

태호는 부드러운 눈길로 한철을 바라보며 말했다.

"아닙니다. 그동안 속여서 죄송합니다."

이제야 모든 것을 알게 되었기에 태호의 눈에는 한철에 대한 안쓰러움이 담겨 있었다. 천지가 개벽할 비밀을 간직하고 혼자서 고군분투했을 것이 마음 아팠던 것이다.

"속이고 싶어서 속인 건 아니잖아? 그동안 궁금했었는데 이제 속이 다 시원하다."

창운이 어깨를 두드리며 한철을 위로했다.

"두들겨 패주고 싶지만! 워낙 큰일이니 이번만 참는다. 앞으로 속이면 죽을 줄 알아!! 일이 그렇게 진행되기 시작했다면 어차피 그냥 있어도 산다는 보장은 없는 거잖아. 그러면 가만히 있다가 당하는 것보다는 그놈들과 싸우다가 죽은 것이 낫지. 우리가 죽는 것을 막기 위해 너 혼자 놈들을 상대하면 내가 좋아할 줄 알았냐?"

유준은 조금 삐친 듯했다. 얼마 전 사무실에서도 진실을 말해주지 않았다는 것이 조금 열이 받았던 것이다.

"그래, 미안하다. 어쩔 수가 없었다. 그런 존재들의 싸움에 솔직히 끌어들이고 싶지 않았다. 하지만 이렇게 모두 각성한 것을 보면 어쩌면 너나 선배들도 이번 싸움을 위해 예비되어 온 존재들임이 분명하다. 내가 잘못 생각한 것이지."

한철은 유준이의 말을 들으며 그동안 혼자 고민해 온 것이 미안했다. 이토록 갑자기 각성할 줄은 몰랐지만 생각해 보면 아무런 이유 없이 능력들이 갑자기 생기지 않았을 것이기 때문이다.

"그럼, 다른 선배들은 어떤 것 같으냐? 만약 빼먹는다면 죽이려 들 것이 뻔한데."

"오늘 주주총회가 끝나고 이번 일이 무사히 끝나면 한 번 알아볼 생각이다. 어쩌면 그분들도 능력자들일지 모르니까."

미네르바에게 들은 것이 있는 한철은 한얼연구소에서 연구에 매진하고 있을 다른 선배들에게도 대차신령을 시전해 보기로 했다. 각자 특별한 능력을 가지고 있다고 들었기에 앞에 있는 이들과 같이 각성할 가능성이 많았던 것이다.

"한철아, 그건 그렇고, 이제 슬슬 준비해야 되지 않냐?"

태호는 한철을 일깨웠다. 주주총회가 머지않았기 때문이다.

"시간이 많이 늦었네요. 최대한 빨리 준비를 끝내고 주주총회가 열리는 곳으로 가야 할 것 같습니다. 만약의 사태에 대비해 주천문의 사람들도 준비가 끝났으니 놈들이 어떻게 나오나 지켜보기로 하지요."

"그래, 우리가 가진 힘이라면 놈들이 어떻게 나온다고 해도 충분할 것이다. 이런 능력이라면 말이야."

한철의 말에 주먹을 불끈 쥐는 태호의 손에는 연녹색의 기운이 흐릿하게 흘러나왔다. 상상하지 못한 거대한 능력을 손에 쥔 태호의 눈빛은 활활 타오르는 불꽃처럼 살아 있었다.

주주총회가 열릴 장소로 가기 위한 준비는 오전이 지나기 전에 끝났다. 다들 지금까지 준비해 온 자료를 한 번 훑어보며 결전의 의지를 다졌다. 지금까지 생각해 오던 것과는 다르다는 것을 아는 까닭인지 모두들 진지하게 임하고 있었다.

미네르바를 통해 준비한 새로운 자료들도 보여주었다. 나에게 덤벼들었던 자들을 통해 얻었던 정보들을 나름대로 정리한 것이다. 다들 인간의 한계를 뛰어넘은 상태인지라 자료를 읽고 검토하는 데는 그리 시간이 오래 걸리지 않았다.

자료를 다 검토한 후에는 다들 표정이 굳어졌다. 차원이 다른 존재들에게도 결의를 보이던 이들이 말이다.

그럴 만도 했다. 내가 미네르바를 통해 보여준 자료에는 적이라고 할 수 있는 자들이 기록되어 있었는데, 그들의 존재가 생각과는 달리 엄청나다는 것을 느낀 탓이었다.

지구상에 존재하는 거의 모든 국가의 정보 단체들과 그동안 회자되어 왔던 음모론에 등장하는 수많은 세력들이 망라된 정보였으니 말이다.

유준이와 선배들이 자료를 검토하고 있는 동안 나는 별다른 준비를 할 것이 없기에 점심 식사를 준비했다. 점심 식사를 끝내고 가도 시간이 충분하기는 했지만 될 수 있는 대로 간단한 것을 준비했다.

야채와 해물을 이용해 만든 튀김과 회덮밥, 그리고 맑은 장국을 준비했다. 식사가 준비되자 모두들 모여 밥을 먹었다. 간단하게 준비했는데도 다들 긴장한 탓에 식욕이 없는지 깨작댔다. 비장한 것도 좋지만 다들 그러고 있으니 기분이 별로 좋지는 않았다.

"다들! 먹고 힘내요. 아직 시작도 안 했습니다. 지금 상대하게 될 놈들이 가지고 있는 힘에 비하면 지금 본 것은 빙산의 일각도 되지 않습니다. 그러니 힘내요. 그런 놈들은 충분히 상대할 수 있는 능력들을 가지게 됐으니까요."

목소리에 기운을 담았다. 비록 얼마 되지는 않지만 미네르바가 말한 우주의 절대 힘 네 가지를 모두 담았다. 그렇지만 여전히 다들 입맛이 없는지 밥 먹는 것이 시원치가 않았다.

"현실적이지 않은 존재들은 그렇다 치고, 이들을 상대할 방법은 있는 것이냐?"

답답했는지 유준이가 물어온다. 그렇다면 내가 준비한 것을 조금 보여줄 필요가 있었다. 그리고 각자가 가진 능력이 어떤 것인지 확실히 알려줄 필요도 있었다.

"한지예 씨, 준비한 것을 가져와 봐요."

미네르바의 화신인 한지예에게 준비한 것을 가지고 오도록 했다. 한지예가 한쪽에서 노트북을 들고 왔다. 우선 유준이의 능력이 어떤 것인지 알려줄 필요가 있어서였다.

"노트북은 왜?"

"그거 켜고 난 뒤에 접속한다고 생각을 해봐라. 많이 해본 것이니까 가능하겠지."

"그거야……."

유준은 머뭇거렸다. 자신의 능력에 대해 피해 의식을 가지고 있었던 터라 선배들에게 보이기 껄끄러웠던 것이다. 그러나 이내 선배들도 자신과 같이 능력을 가지게 됐다는 것을 알고는 노트북을 작동시킨다고 생각했다.

'엄청난 성능이다.'

노트북이 바로 켜졌다. 생각과 동시에 파워가 들어오고 딜레이 되는 시간없이 곧바로 바탕 화면이 나타났다. 슈퍼컴퓨터도 다뤄본 유준은 지금 자신이 가동시킨 노트북이 심상치 않은 물건이라는 것을 직감할 수 있었다.

"후후후, 알아차린 모양이구나. 지금 네가 사용하고 있는 컴퓨터는 지금까지 나온 것과는 차원이 다른 것이다. 기억 용량은 거의 무한대라고 할 수 있고, 처리 속도는 사람이 생각하는 속도와 맞먹는다. 아니, 정보를 정확하게 표현하는 것에 있어서는 더 빠르다고 할 수 있지. 천상천을 가동시키는 터미널 컴퓨터 중 하나다."

"천상천을 가동시키는 터미널이 뭐냐?"

천상천이라는 말에 유준이 의문을 드러냈다.

"일단 선배들에게도 줄 것이 있으니 잠시만 기다려라. 한지예 씨, 다들 나눠 주도록 해요."

한철의 말에 한지예가 노트북과 함께 가져온 상자에서 팔찌 같은 것들을 꺼내 들었다. 천상천이 가동되기 시작하면 각자에게 나누어 주려고 한철이 준비한 것들이었다. 한철의 손에 차여져 있는 미네르바의 분신과 같은 종류의 것으로 자아의식에서 조금 차이가 나는 물건이지만 거의 대등한 기능을 갖추고 있는 것이었다.

"다들, 그것을 팔목에 차도록 하세요. 유준이 너도."

한철의 말에 다들 질문없이 팔목에 팔찌들을 찼다.

"네 앞에 있는 노트북은 원래 없어도 되지만 선배들의 능력이 너하고는 달라서 가지고 온 것이다. 아직은 떠오르는 정보들을 화면과 함께 인식할 수 없으시니까. 참고로 다들 손목에 차고 있는 팔찌들은 여기 있는 노트북의 성능을 능가하는 것입니다. 그러니 집중하시고 의식으로 전해지는 느낌에 주목하십시오.”

손목에 차고 있는 것이 컴퓨터라는 소리에 다들 팔찌를 한 번씩 쳐다본다.

“유준아, 천상천이라고 한번 불러봐라.”

천상천을 완전히 기동시킬 준비가 끝났기에 한철은 유준이에게 천상천을 부르도록 했다.

“천상천!”

유준이는 지체없이 천상천을 불렀다. 외침과 동시에 노트북 화면으로 여러 가지 정보들이 눈이 아플 정도로 순식간에 떠오르다 사라지고 있었다.

“으음, 이건!”

천상천이 기동하고 얼마 후, 유준이 신음을 흘렸다. 자신의 의식 속으로 흘러들어 오는 정보로 인한 것이다.

“현존하는 기계 문명의 산물은 그 어떤 것이라고 하더라도 천상천을 피해가지 못한다. 네가 가지고 있는 능력과 결합한 천상천의 능력이라면 더욱 그렇다. 각국의 극비 정보들이 보관된 슈퍼컴퓨터는 말할 것도 없고, 지구 상공 위를 돌고 있는 모든 인공위성까지. 이제 세계 최고의 정보망이 네 손안에 쥐어진 것이다. 지구 전역을 커버하는 전설의 인드라망이 말이다.”

“어떻게 패스워드 없이 직통으로 정보를 볼 수 있는 것이냐?”

믿을 수 없다는 듯 유준이가 물어왔다. 하지만 미네르바에 대해서는 아직 말해줄 수가 없기에 다른 방향으로 말을 돌리기로 했다.

"후후후, 그것은 기술적인 문제라서 자세히 설명해 줄 수는 없고, 그보다는 네가 원하는 정보를 한번 생각해 봐라."

"그래, 그렇다면……."

유준이가 정보에 대해 생각한 것인지 노트북 화면에 정보가 곧바로 떠오르기 시작했다. 세계에서 제일 뚫고 들어가기가 어렵다는 CIA 중앙컴퓨터에 저장되어 있는 정보였다. 한철이 조금 전에 전해주었던 자료 중에 있던 정보로 미국의 힘을 좌우한다는 군산복합체에 관한 정보였다.

"후후후, 진짜 중요한 정보들은 사실 컴퓨터에 보관되어 있지는 않다. 대부분 종이 문서에 기록되어 있지. 그것은 어느 나라의 정보국도 마찬가지다. 하지만 그것도 조만간 모두 알아내 너에게 전해질 것이다. 주요 정보들이 보관되어 있는 곳들은 이미 파악이 끝났으니까. 그리고 네가 가진 능력과는 달라서 아직 익숙해져야겠지만 선배들도 세상의 그 어떤 정보도 실시간으로 받아볼 수 있을 것이다."

한철의 말은 충격으로 다가왔다. 자신이 들여다볼 수 있는 정보로 나라 간에 전쟁이라도 손쉽게 일으킬 수 있다는 것을 알 수 있었기 때문이다.

"그렇다면 싸워볼 만하겠군. 그들이 어떤 상대라고 하더라도 말이다."

유준은 세계 정보를 한 손에 쥐고 있다는 한철의 말에 자신들이 가지고 있는 힘이 어느 정도인지 느낀 듯 자신있는 표정을 지어 보였다.

그런 것을 느낀 것은 유준만이 아니었다. 유준이 집중하고 있는 정보들이 모두의 의식 속에 전해진 것이다.

"느껴지는 것과 같이 다른 분들도 마찬가지입니다. 조금 숙달되시면 선배님들도 원하시는 정보들을 실시간으로 얻으실 수 있을 겁니다. 그것은 우리에게 커다란 힘이 될 것입니다. 그리고 아직은 시간이 조금 걸리겠지만 모두를 위해 제가 준비한 선물이 있습니다. 놈들을 상대하기 위해 우리에게 부족한 무력을 충당하고도 남을 강력한 무기가 우리에게도 생길 테니 해볼 만한 싸움이 될 겁니다."

"강력한 무기라니?"

한태호가 궁금한 듯 물었다. 어떤 것이 준비되었는지 다들 궁금한 듯 한철을 쳐다보았다.

"조금 기다려 주십시오. 아직은 완성되지 않았지만 얼마 안 있어 모두에게 줄 선물을 완성되니까 말이죠."

"자신하는 것을 보니까 기대가 되는데. 웬만한 것이라면 이렇게 뜸을 들이지 않을 테니까 말이다."

"보시게 되면 무척이나 흥미로울 겁니다. 공상에서나 가능했던 것이니까요."

한철이 유준이와 선배들을 위해 준비하고 있는 것은 전사라 불리는 흑룡회의 칠사 중 하나인 정문호가 다루었던 오메가의 업그레이드 버전이었다.

오메가와는 달리 젠트리온 연합의 특수한 기술이 가미되어 사람이 탑승할 수 있도록 만들어지고 있는 것으로 한철도 기대하는 바가 큰 것이었다.

기체는 대부분 완성되었지만 골든나이트가 기동을 하기 시작해야 사용할 수 있는 것으로 아직은 조금 기다려야 하기에 유준이와 선배들에게 운만 띄운 것이다.

"하하하, 그럴 겁니다. 우연히 얻게 되었지만 아주 대단한 것이죠. 자! 이렇게 보셨다시피 우리의 준비도 만만치가 않으니 다들 즐겁게 식사하고 가보도록 하자고요. 놈들이 어떻게 움직이든 간에 충분히 대처할 수 있으니까요."

"좋아. 그럼 먹어보도록 할까. 다들 비장한 분위기라 군침을 삼켜야만 해서 아쉬웠는데 말이야. 그럼 먹어보자고."

한태호가 수저를 들더니 비벼놓은 회덮밥을 허겁지겁 입에 떠 넣었다. 중간 중간 젓가락으로 튀김을 집어 입으로 가져가는 것을 보니 분위기 때문에 못 먹었다는 것이 사실인 것 같았다. 분위기가 반전된 탓인지 다들 분주히 밥을 먹기 시작했다. 그렇게 식사는 금방 끝이 났다.

Chapter 4
암흑결계(暗黑結界)!

"놈들은?"

동양창업투자가 입주해 있는 건물에 마련된 한 사무실에서 상황을 주재하고 있는 박문회는 나지막하게 속삭였다. 스스로가 만들어놓은 아공간에 숨어 있는 암흑전대주에게 물은 것이다.

"끝내 사무실에는 나타나지 않았습니다. 이제 조금 있으면 시작할 텐데 이곳에서 놈들을 잡아야 할 것 같습니다."

"놈들의 근거지를 찾았어야 일을 쉽게 끝낼 수 있었는데, 아쉽군."

박문회의 목소리에는 진한 아쉬움이 섞여 있었다. 주주총회가 시작되기 전에 처리하면 아주 손쉽게 일을 처리할 수 있었는데 뜻대로 되지 않은 까닭이다.

"아직도 근거지를 찾아내지 못했다면 만만치 않은 놈들이
군."

지금까지 적에 대해 파악한 정보를 토대로 추측해 보면 적
의 힘도 상당한 것이었다. 암흑전대의 능력으로도 아직까지
근거지를 알아낼 수 없다면 그것은 틀림없는 사실이었다. 박
문회는 정확한 판단을 내리기 어려웠다. 대략은 파악했지만
상대에 대한 자세한 정보를 파악하기 힘들었기 때문이다.

"혹시, 놈들이 우리를 노리고 있는 것인가? 후후후, 그것은
아닐 것이다. 공개적으로 일이 진행되면 피차 출혈만 생기는
일일 테니까."

어쩌면 이번 일이 흑룡회를 노리는 것일 수도 있다는 생각
이 들었지만 그것은 아닌 것이 분명했다. 정체가 세상에 드러
나는 순간, 흑룡회는 앞뒤를 가지지 않고 무자비하게 손을 쓴
다는 것을 얼굴 없는 사나이의 세력이라면 알고 있을 것이기
분명했던 것이다.

그렇다고 이쪽에서 막나갈 수도 없었다. 흑룡회의 실체가
조금이라도 드러나는 것은 흑룡회주뿐만 아니라 자신도 원하
는 것이 아니었기 때문이다.

일단은 상대에 대한 정보를 최대한 빨리 알아내는 것이 우
선이었다.

"만만치 않은 놈들인 것 같다. 준비는 철저히 했나?"

주주총회가 열리는 장소에서 일을 벌일 수밖에 없기에 준비

상황을 물었다. 실수로 인해 흑룡회의 실체가 알려질 가능성도 있기에 박문회는 암흑전대가 준비한 상황을 체크해야 했던 것이다.

"놈들이 모두 들어서면 암흑전대 전원이 참여하는 암흑결계가 펼쳐질 겁니다. 공간을 완전히 차단하는 상태로 펼쳐질 것이기에 안에서 벌어지는 일은 외부로 새어나갈 가능성은 조금도 없을 겁니다. 암흑결계가 완성되고 난 후, 태사님께서 뜻하신 바대로 일을 진행하시면 될 것입니다."

"암흑결계까지 펼친다는 말인가?"

"그렇습니다. 그러니 너무 염려하지 않으셔도 될 것입니다."

암흑결계는 흑룡회주가 암흑전대에게 전한 힘을 사용해 펼쳐지는 것이었다. 그것은 암흑전대가 가지고 있는 진정한 힘이었다. 암흑결계가 펼쳐진다면 자신조차 절대 빠져나갈 수 없기에 박문회는 준비된 상황이 만족스러웠다.

"저들인가?"

암흑전대의 대주에게서 보고를 받고 있던 박문회는 CCTV로 비춰지는 화면을 바라보며 물었다. 건물 현관 로비로 한태호를 비롯한 한얼의 주요 멤버들이 들어오고 있었기 때문이다.

"그렇습니다. 저희가 파악한 한얼의 주요 인원 전부가 들어온 것 같습니다."

"후후후, 빠진 자들이 없다니, 따로 신경을 쓸 필요가 없어 잘됐군. 어찌하는지 지켜보다가 모두 사로잡도록 하게."

"예, 태사!"

박문회의 명령을 받은 암흑전대주가 사무실에서 사라졌다. 감쪽같이 일을 처리하기 위해서는 그가 직접 작전을 지휘해야 하기 때문이었다.

암흑전대주가 자리를 이탈했다는 것을 느낀 박문회가 모니터로 다시 시선을 돌렸다. 모니터를 바라보는 박문회의 눈은 마치 먹이를 노리는 늑대의 눈빛을 닮아 있었다. 진득한 살기와 탐욕이 서린 눈이었다.

지금 들어오고 있는 한태호 일행을 통해 흑룡회주가 자신들에게 펼쳐 놓은 금제를 깨는 방법을 알아내기만 한다면 박문회로서는 더할 나위 없이 좋은 일이었다.

그렇게 되면 오랫동안 고민해 오던 한 가지 난제를 깨끗하게 해결하는 것이었으니 말이다.

영혼의 결정이 금제를 해제하기는 하지만 그것을 만들기 위해서는 상당히 많은 능력자들의 희생을 필요로 했다. 단계에 따라 다르지만 자신이나 장로들의 경우라면 적어도 다섯 명의 희생이 필요한 것이다.

박문회의 세력은 그다지 큰 편이 아니다. 흑룡회주에게 강제로 빼앗기기도 했지만 얼굴 없는 사나이와의 전쟁 때 제일 많은 피해를 본 이가 바로 그였기 때문이다.

때문에 그에게는 자신을 뒷받침할 자들이 무엇보다 필요했다. 영혼의 금제를 해결하는 데 능력자들을 희생시키기보다는 자신의 세력으로 키우는 것이 어떤 면으로 보나 나은 선택이었기에 박문회는 얼굴 없는 사나이가 남긴 금제 해제법이 무엇보다 절실했던 것이다.

박문회는 지금 들어오는 한태호 등을 이용해 배후를 잡을 생각이었다. 들어오는 자들의 면면에 대해서는 이미 조사가 끝났다. 하나하나 상당한 자들이었다. 덫 안으로 알아서 기어든 한태호 일행이 대한민국에서 다들 한가락씩 하는 자들이니 오랫동안 쫓고 있었던 것에 대해 뭔가 알고 있는 것이 있을 것이라고 생각한 것이다.

“저놈들의 뒤에는 반드시 배후가 있을 것이다. 그렇지 않으면 지금까지 아무도 모르도록 이렇게 조직적으로 움직일 리가 없으니까.”

금왕과 투왕의 금제를 제거한 자들이 누구인지는 확실히 파악하지는 못했지만 분명 얼굴 없는 사나이와 관련이 있을 것이 분명했다. 확인된 것은 아니지만 지금 주주총회장으로 들어오고 있는 한태호 등과도 밀접한 관계를 맺고 있을 것이 틀림없을 것이라 확신하고 있었다.

그렇기에 박문회로서는 지금 건물 안으로 들어오는 한태호 일행은 그저 먹음직스러운 먹이로 보일 뿐이었다. 금제의 해제라는 메리트가 없었다면 건물로 들어오기 전에 이미 벌써 세상에 사라지게 했을 하찮은 존재들이었던 것이다.

하지만 이런 불편함을 감수한 것은 흑룡회주의 속박에서 벗어날 수 있는 길이 단축되기 때문이다. 금제를 해제할 수 있는 방법을 아는 자만 찾아낸다면 한 줌 핏물로 녹아버릴 자들이었던 것이다.

"아쉽군. 그놈의 끄나풀만 아니었으면 그런대로 써먹을 만한 놈들인데……."

얼굴 없는 사나이와 연관이 없었다면 하나같이 끌어들이고 싶은 인재들이었다. 그러나 얼굴 없는 사나이와 관련이 있을 수도 있는 인물들이었다. 관련이 없다고 해도 문제를 만들어 낸 이상 반드시 제거해야 할 자들이었다.

"후후후, 조금 있으면 시작하겠군. 마음대로 날뛰어보거라. 모든 것을 알아낸 후가 되기는 하겠지만, 네놈들에게는 죽음밖에는 없을 테니까."

모니터에서 눈을 떼지 않고 있는 박문회의 시야로 하나둘 객석에 앉는 한태호 일행이 보였다. 그의 눈에서 스산한 살기가 흘러나왔다.

'후후, 이제 네놈이 뿌린 씨앗들이 잘 자라주었으니, 내가 모두 거두어들여 아주 유용하게 써먹어 주마. 아주 유용하게 말이다. 그나저나 저놈들을 다 잡은 후에는 놈이 남긴 것에 대해 알아내려면 시간이 조금 걸릴 테니 일단 개천회부터 조져야겠군. 암사가 얻어낸 정보가 있으니 놈들을 잡는 것은 여흥거리도 되지 않을 테지만 귀찮아지는 것보다는 나을 테니.'

이미 완벽한 덫 안에 들어왔기에 한태호 일행에 대한 걱정은 하지 않는 박문회였다. 그만큼 이번에 투입된 암흑전대의 능력을 믿는 까닭이다. 자신조차 빠져나갈 수 없는 올가미는 이미 쳐져 있기에 느긋한 마음으로 다음 일을 생각하고 있었던 것이다.

　숨어 있는 자들의 기운이 느껴지는 것을 보니 예상대로다. 놈들은 이미 어느 정도 우리에 대해 눈치를 채고 있었던 것이다. 전에 사무실로 왔던 자들과는 비교도 되지 않는 자들이 주주총회가 열리는 강당을 에워싸고 있는 것을 보니 틀림없는 것 같다.

　암중에 자세히 살펴보니 꽤나 대단한 놈들이다. 너무도 깊어 속을 파악할 수 없는 어두운 기운을 흘리는 자들이니 말이다.

　놈들도 주천문도들과 같이 아공간을 이용할 줄 아는 자들인 것 같다. 자신의 의지로 공간을 여는 자들이라면 피해가 커질 수도 있기에 조금 무리를 하기로 했다.

　"다들 아시겠지만 놈들은 흑룡회의 본진이라고 할 수 있는 자들입니다. 그러니 피해를 줄이기 위해 제가 먼저 상대를 하도록 하겠습니다. 여러분은 놈들이 치고 있는 결계 외곽을 물샐틈없이 포위해 주시기 바랍니다. 놈들은 놀랍게도 여러분과 거의 대등한 능력을 소유하고 있습니다. 제 능력으로도 다 잡을 수는 없을 테니 빠져나가는 놈들도 있을 겁니다. 안에 있는 자들을 모두 잡아야 합니다. 그래야 앞으로의 일이 수월해집니다. 여러분께서는 최선을 다해 놈들이 빠져나가지 못하도록 해주시기 바랍니다."

"문주님께서 혼자 상대하시겠다는 것입니까?"

혼자서 상대하겠다는 말에 천유동이 걱정스러운 듯 물었다.

"그렇습니다. 그리 염려할 바는 되지 못하는 자들입니다. 아이들과 함께라면 충분히 상대할 수 있는 자들이니 걱정하지 마시고, 맨 꼭대기 있는 층에 있는 자나 놓치지 않고 잡아주십시오."

"놈에 대한 준비는 끝났습니다. 놈은 주천문이 얼마나 무서운 존재인지 이제 곧 알게 될 겁니다."

이 양반이 좀 화가 난 모양이다. 명색이 대그룹의 총수란 놈이 흑룡회의 태사라니, 그럴 만도 했다.

그동안 놈의 집안이 어떤 식으로 부를 쌓아왔는지 알기에 더욱 분노하는지도 몰랐다. 민족의 고혈을 짜 먹으며 커온 자들이었으니 말이다.

유성그룹에 대한 놈의 지분은 채 3퍼센트도 되지 않지만 그것만 해도 상당한 재산이다.

하지만 놈이 가진 진정한 부에 비하면 그것도 그저 푼돈에 지나지 않는다. 놈이 숨겨둔 재산의 규모가 가히 사람의 상상을 초월하는 수준이기 때문이다.

놈의 진정한 재산은 세상에 당당히 밝힐 수 없는 것들이라 타인의 명의를 빌려 은닉하거나, 금왕 등을 통해 상당 부분 지하 금융계로 흘러들어 가 있었다.

거기다가 전사로부터 얻은 정보로 볼 때 어딘가에 숨겨놓았을지 모르는 막대한 황금이나, 자신의 수족 명의로 가지고 있는 부동산만으로도 놈은 대한민국의 재계 서열이나 전 세계 부호의 순위를 단번에 바꿀 만큼 어마어마한 자산가다. 놈이 가진 재산은 대여섯 개의 유성그룹을 세울 만큼 어마어마한 것이었던 것이다.

놈의 재산 중 유동성 자산은 대부분 금왕이 관리하고 있었다. 놈이 무엇을 노리는지 모르겠지만 금왕조차도 자금의 진정한 주인이 누구인지 모르고 있었다.

내가 대부분 가로챈 상태라 어쩌면 그로 인해 놈이 나의 존재에 대해 알게 되었을지도 모르지만 상관은 없다. 어떤 준비를 했든 간에 어차피 이곳에서 놈을 끝장낼 생각이니 말이다.

"이제 시작할 모양이로군요. 어차피 끝난 게임이지만 놈들이 어떻게 나오나 지켜보다가 시작하기로 하지요."

"알겠습니다. 그럼."

제자와 함께 사라지는 기운을 느끼며 놈들에게 집중을 했다. 놈들도 본격적으로 시작을 하려는지 분주히 움직이고 있었다.

한철이 느끼고 있듯 흑룡회주가 태사인 박문회에게 붙여준 암흑전대원들은 주주총회장을 중심으로 곳곳에 포진해 있었다. 그들은 속칭 암흑결계라 불리는 흑룡회에서 전해 내려오는 대천암흑대진(對天暗黑大陣)이라는 결계진을 치고 있었다.

대천암흑대진은 옛날 군영에서 전해지는 진법과는 차원이 다른 것이다. 강림진(降臨陣)의 일종으로 일정한 공간 안에 다른 차원의 공간을 만들어낸 후, 신의 힘을 빌려 적을 상대하는 진법이다.

공간이 만들어지면 시전자들은 각자 신력을 빌려 자신의 몸을 신격화시키게 되는데 거의 무적이라고 할 만큼 강한 힘을 보유하게 되는 것이다.

이때 진을 펼친 자들이 얻게 되는 힘들 대부분이 어두운 계열로, 이름에서 보이듯 대부분 암흑의 힘이 주를 이룬다.

평상시에도 인간을 초월한 존재들이 신의 힘을 빌렸으니 그야말로 이름 그대로 하늘을 상대하기 위한 결계인 것이다.

한철은 이들을 상대하기 위해 선무도의 마지막 단계인 천인(天印)을 주주총회장 곳곳에 새겼다. 골든나이트로 인해 힘이 완전하지 않기에 다섯 아이의 도움을 받아 의지로 결계 만들어놓은 것이다.

천인을 새긴 것은 자신의 힘과 아이들의 힘을 최대한 증폭시키기 위해서다. 아직 활성화되지는 않았지만 암흑전대가 만들어낸 대천암흑대진의 요소요소에 잠복해 있다가 때가 되면 그 위력을 발휘할 수 있도록 조작해 놓은 상태였다.

거기다가 천인이 깨질 것을 염려해 주천문도들까지 대기시켜 놓았다. 주천문도들은 천인에 그들의 힘을 불어넣게 되는데, 대부분 오행의 기운을 가진 탓에 천인은 진정한 하늘의 권능을 발휘하게 된다.

하늘의 힘이 발휘되면 모든 어두운 것은 제대로 된 힘을 발휘하지 못하기에 한철은 느긋하게 총회가 시작되기를 기다리고 있었다.

'이제 완전히 차단을 했군. 벌써 손을 쓸 수도 있는데 가만 히 있는 것을 보니 아직은 지켜보겠다는 이야기인데…….'

안에 있는 사람들은 모르고 있었지만 주주총회장은 이제 세 상과 완전히 격리되었다. 안에서 무슨 일이 벌어지든 밖에서 는 알 수가 없는 외딴 공간이 되어버린 것이다.

─함장님, 밖에 대기하고 있던 자들이 출입구를 차단하고 있습니다. 그들은 어떻게 할까요?

미네르바의 음성이 한철의 뇌리로 흘러들었다. 결계가 펼쳐 지자 주주총회장으로 들어오는 출입구를 막아서는 자들이 있 기에 어떻게 처리할 것인지 물었던 것이다.

"누구지?"

─태사란 자가 개인적으로 거느린 조직원들 같습니다. 특별 한 무기를 가진 것은 없지만 상당한 자들입니다.

"그럼, 민석 선배에게 맡겨. 알아서 처리할 테니까. 놈들을 처리하는 것이 끝나면 다들 끌어내서 안 보이는 곳에 억류하 도록 하고, 근처에는 오지 않도록 부탁을 해줘. 그리고 미네르 바는 주변 상황을 체크해 주면서 기자들이 알지 못하도록 차 단을 해주고."

제일 우려가 되는 것은 기자들이었다. 자칫 기사화되었다가 는 곤란을 당할 것이 뻔하기에 미네르바의 화신한 한지예가 처리하도록 했다.

─알겠습니다, 함장님.

"그럼, 놈들이 자신들의 결계가 이미 깨졌다는 것을 눈치챌 수도 있으니까 이만 교신을 끊고, 일이 끝난 후 보자고."

—알겠습니다. 조심하십시오.

미네르바를 통해 바깥 상황에 대한 지시를 내린 한철은 서서히 기운을 끌어올려 준비를 했다. 공간을 격해 숨어 있는 자들이라 보통의 방법으로는 상대할 수 없기에 반물질을 이용한 파티클뷰렛건을 일단 준비해 두고 있었다.

"지금부터 동양창업투자 주식회사의 제21차 임시주주총회를 시작하겠습니다."

친분이 있는 자들 사이에 인사를 주고받느라 조금 시끄러웠던 주주총회장이 사회자의 멘트로 조용해졌다. 마침내 동양창업투자의 주주총회가 시작된 것이다.

"이번 임시 주주총회는 주주분들의 요구로 이루어진 것으로, 이미 공지한 것과 같이 앞으로의 경영 방향과 경영진의 신임을 묻고자 열리게 되었습니다. 그럼 총회 제안자이신 한태호님의 의사 진행 발언이 있겠습니다."

사회자의 멘트가 끝나자 한태호는 자리에서 일어나 단상으로 올라갔다. 경영 일선에서 뛰었던 사람답게 단상으로 올라가는 모습이 여유가 있어 보였다.

"안녕하십니까, 동양창업투자의 지분을 소유하고 있는 한태호입니다. 제가 뜻이 맞는 여러분과 함께 이번 임시 총회 소집을 요구한 이유는 그동안 동양창업투자의 경영진들이 주주들의 뜻과는 맞지 않게 임의적으로 회사를 운영한 데 대한 책임을 묻기 위해서입니다.”

“아니!! 그게 무슨 말입니까? 임의적이라니! 그렇게 거짓을 말해도 되는 겁니까? 사실이 아닐 경우 그 책임을 질 수는 있는 겁니까?”

한태호의 말이 채 끝나지도 않았는데 객석에 앉아 있던 자 중 하나가 일어나 사실 무근일 경우 책임을 져야 한다며 큰 소리를 질렀다. 현 경영진이 심어놓은 자 중 하나였다.

“하하하, 글쎄요. 사실이 아니라면 제가 이 자리에 올라올 수 있었겠습니까? 잠시만 기다리십시오.”

한태호의 말이 끝나자 한얼에서 나온 사람들은 주주들에게 복사된 서류들을 나누어 주기 시작했다. 현 경영진이 그동안 자행해 온 비리와 자금 흐름에 관한 사항을 담은 자료들이었다.

“지금 나누어 드리는 자료들은 그동안 경영진에서 분식회계를 통해 주주들의 이익을 외면한 채 자신들의 이권을 챙긴 내용은 물론, 정치권에 전해진 비자금 목록에 대한 자료들입니다. 보시면 아시겠지만 그동안 해먹어도 무척 많이 해먹었더군요. 동양창업투자의 설립 취지를 외면한 채 사채업에 준하는 일들도 서슴없이 저질러 온 것을 보면서 전 제가 이회사의 주주라는 것이 창피할 정도였습니다.”

분노를 실은 한태호의 설명이 이어지자 객석 사이에서는 소란이 일어났다. 자료들의 내용상 주주들이 가져가야 할 이익의 반 이상이 경영진의 농락으로 다른 곳에 쓰인 것이 명백했던 것이다. 나누어진 자료들의 내용이 구체적이고 상세할 뿐아니라, 맥을 정화하게 짚고 있어 누구라도 한눈에 경영진의 비리를 알 수 있게 만들어진 것이었던 것이다.

"이게! 사실이라는 증거가 있습니까?"

연단에 앉아 있던 경영진 중 하나가 자료를 손으로 치며 사실 여부를 채근했다.

"그야 없을 리 만무하지요. 보시고도 믿지 못하시겠다니 확실한 자료를 증거로 들지요."

"이것 말고도 증거 자료가 있다는 말이요?"

"물론이지요. 지금 말씀하시는 분이 김영근 전무님이시죠?"

"그렇소만!"

"프리젠테이션을 해드릴 테니 잠시만 기다리시죠."

연단 좌측 벽면에는 자료 설명을 위해 프리젠테이션 화면이 설치되어 있었다. 한태호의 말이 끝난 후 화면에는 동영상이 비쳐지고 스피커를 통해 대화 소리가 소리가 흘러나오기 시작했다.

"저, 저건!! 어떻게……."

동양창업투자의 실세 중 한 명이자 전무인 김영근의 입에서는 믿을 수 없다는 듯 탄식이 흘러나왔다. 자신이 이번 임시 총회에 대비해 지역구 국회의원에게 부탁을 하며 뇌물을 주고 있는 동영상이었던 것이다.

경영진이 교체되면 여러 가지 압력을 행사해 퇴진시킬 수 있도록 해달라는 부탁과 함께 그에 따른 대가로 추후 일정 금액을 정치자금으로 보태겠다는 내용이 흘러나오자 그의 얼굴은 사색이 되었다.

"저것뿐만이 아닙니다. 김 전무님께서는 경영진에 합류한 후 재산이 꽤나 많이 느셨더군요. 판교 인근의 부동산과 강남 일대의 빌딩 등 회사에서 지급하는 연봉으로는 도저히 구입할 수 없는 재산을 보유하고 계시더군요. 그것은 다른 임원진들도 마찬가지입니다. 해서 저는 주주 여러분께 현 경영진의 퇴진과 함께 검찰에 고발할 것임을 정식 안건으로 상정하는 바입니다."

확실한 증거와 함께 고발까지 언급되자 장내가 술렁였다. 자칫 회사가 위태로울 수도 있는 내용이었기 때문이다. 의견이 분분히 오갔지만 더 이상 할 말이 없는 듯 한태호는 연단에서 내려와 자리에서 앉았다.

한태호가 연단을 비우자 현 대표이사인 전문석이 나섰다. 박문회의 이종사촌으로, 동양창업투자를 장악하고 있는 자였다.

"한태호 씨가 이번에 상정한 안건에는 동의할 수가 없습니다. 지금 보고 있는 동영상은 김 전무의 개인적인 비리에 얽힌 사사로운 일이지 경영진과는 무관한 일이기 때문입니다. 제시한 자료 역시 임의로 제출한 것이니만큼 믿을 수 없는 일입니다. 자세한 것은 조사해 봐야 알겠지만, 저에 대한 의혹도 제기

된 만큼 책임지고 검찰에 정식으로 수사를 의뢰하고 저 또한 조사를 받도록 하겠습니다.”

전문석의 말에 한태호가 손을 들어 사회자에게 동의를 구하고 자리에서 일어났다. 경영진을 교체하지 않고 조사를 받겠다는 것은 그사이 수습을 하겠다는 이야기였기에 전문석의 의도를 사전에 차단하려는 것이었다.

현 경영진에서는 한태호의 발언을 막고 싶었지만 의혹을 제기한 당사자인만큼 고의로 막을 수가 없었다.

“조사야 어차피 진행될 것이고, 사실 여부를 떠나 난 지금 경영진을 더 이상 믿을 수 없으니 지분 대결로 이 사안을 마무리 짓고 싶습니다.”

한태호로부터 지분 대결이 제시되자 경영진 중 몇몇의 안색이 조금 나아졌다. 어떻게든지 경영권을 사수하면 그 뒤의 일은 돈을 쓰거나 권력자들을 이용해 무마하면 되는 일이었기 때문이었다.

“지분을 통해 경영진의 불신임과 고발에 대해 결정하자는 안건이 상정되었습니다. 주주 여러분께서 많으신 관계로 거수로써 의견을 표시해 주시기 바랍니다. 찬성하시는 분은 손을 들어주십시오.”

경영진의 눈짓을 받은 사회자가 빠르게 장내를 향해 멘트를 날렸다. 사회자의 말에 찬성을 표시하는 주주들은 한태호 일행과 몇몇 사람뿐이었다. 객석에 있는 주주들 중 십분의 일도 되지 않는 숫자였다. 한태호 일행과 손을 든 몇몇을 제외하고는 모두 경영진 쪽 사람이었기 때문이었다.

"몇 분 되지 않는군요. 그럼 지분을 확인하도록 하겠습니다."

사회자의 멘트가 있자 계수 요원으로 있는 자가 다가와 한태호 일행의 지분을 확인했다. 그러더니 빠르게 사회자 쪽으로 다가가 귓속말로 자신이 확인한 사항을 전했다.

계수 요원의 말을 전해 들은 사회자는 안절부절못하고 경영진을 바라보았다. 한태호 일행이 가지고 있는 위임장의 수치가 예상을 초월한 것이었기 때문이다.

전문석은 그런 사회자를 보며 의아한 생각이 들었다. 자신들이 확인한 우호 지분이라면 별다른 문제 없이 해결할 수 있을 텐데 불안한 모습을 보이는 사회자에게 의구심이 들었던 것이다.

전문석은 얼른 발표하라는 뜻으로 눈짓을 했다. 계속되는 재촉에 사회자가 마이크를 잡고는 계수 요원이 확인한 사항을 장내에 알리기 시작했다.

"찬성을 표시하신 분들의 지분을 살펴보면 전체 지분 중 97.9퍼센트입니다."

"어!!"

"사실인가?"

연단에 있던 임원들이 일제히 일어나며 믿을 수 없다는 소리를 연달아 내뱉었다. 그들이 확인한 자료와는 상반된 수치였기 때문이다.

"잠깐!!"

예상치 못한 결과에 장내가 소란스러울 때 모든 이들을 침묵시키는 목소리가 터져 나왔다. 상황을 보기 위해 장내로 들어 선 박문회였다. 모든 사람의 시선이 그에게로 쏠렸다.

박문회는 사람들의 시선을 아랑곳하지 않고 한태호 일행을 날카롭게 노려보더니 연단 위로 올라갔다.

"재미있군. 그리고 대단하다. 어떻게 이렇게 완벽하게 일을 진행시켰는지 말이야. 그런데 어쩌지? 후후후, 이런 사태는 내가 원하지 않는 일이라서 말이야."

마이크를 잡은 박문회는 한태호 일행을 향해 비아냥거리듯 입을 열었다. 기자들이 없다는 사실 때문인지 그의 말은 거침이 없었다.

"엄연히 주주총회를 통해서 결정되는 사항이오. 유성그룹 회장님께서 어째서 이 자리에 나선 것인지는 모르겠지만 상관할 일이 아니라고 보는데요. 별다른 흑심이 없다면 말이오."

한태호가 연단 위로 올라선 박문회를 질타했다.

"호오, 나를 알고 있다는 말이지. 역시, 그랬었군. 그렇다면 우리를 건드린 것이 얼마나 무모한 일이었는지 너도 잘 알고 있겠군."

"무모? 후후후, 흑룡회가 아무리 강력한 힘을 지니고 있다고 해도 여기서는 통하지 않을 텐데 꽤나 자신만만하군. 역시, 개과에 속한 족속은 주인의 위세를 너무 믿는 것 같단 말이야."

"뭣이!!"

놀리는 듯한 한태호의 말에 박문회의 인상이 일그러졌다. 한태호 일행이 흑룡회의 존재를 알고 있었다는 것이 그의 신경을 건드린 것이다.

"으으득! 알고서도 덤빈다는 말이지? 그렇다면 본때를 보여주는 수밖에! 암흑전대는 결계를 펼치고 안에 있는 자들을 모두 제압해라."

박문회는 이를 갈더니 숨어 있는 암흑전대원들에게 지시를 내렸다. 어차피 장내에 있는 자들에 대해서는 세뇌를 할 예정이었기에 거칠 것이 없었다.

사람들은 느닷없는 사태에 우왕좌왕하기 시작했다. 느닷없이 나타난 유성그룹의 총수와 그에 맞서는 한태호의 설전에서 심상치 않은 기운을 느낀 것이다.

사람들의 혼란과 함께 음산한 기운이 주주총회장을 물들이더니 주위가 점차 어두워지기 시작했다.

"아아악!!"

"이, 이게 무슨 일이냐?"

"컥!!"

"크윽!!"

갑작스러운 사태에 사람들이 고함과 함께 비명을 질러댔다.

아비규환의 혼란도 잠시, 사람들의 비명과 고함은 금방 잦아들었다. 대천암흑대진으로 인한 장내를 잠식한 어둠의 기운을 견디지 못하고 모두 기절해 버린 것이다.

정신을 차리고 장내에 남아 있는 인원은 한태호와 같이 온 일행과 박문회뿐이었다.

정보를 통해 이미 확신하고는 있었지만 정신을 차리고 있는 것을 보며 자신의 예측이 사실임을 확인한 박문회는 싸늘한 미소를 지었다.

"후후후, 암흑결계 안에서 견딜 수 있는 것을 보니 네놈들도 능력자였었군. 얼굴 없는 사나이가 남긴 떨거지들인가?"

"당신이 하는 말이 무슨 이야기인지 모르겠군."

"네놈들에 대해서는 이미 조사가 끝난 상태다. 잠시 후, 모든 것을 불게 될 테니 부인해도 소용없다. 어디 한번 발악을 해봐라. 여흥으로 즐겨줄 테니."

한태호의 부인에도 불구하고 박문회는 자신의 말을 이어나 갔다. 그의 눈은 즐거움 때문인지 번들거리고 있었다. 내부의 일만 주관해 오다가 오랜만에 몸을 풀 기회가 온 때문이다.

암흑결계 안에 갇힌 지금, 한태호 일행은 그야말로 독 안에 든 쥐와 별다를 바 없었다. 도망을 갈 수 없는 상태니 제압을 한 후에 얼굴 없는 사나이에 대한 정보를 차근차근 캐내면 되는 일이었다.

동양창업투자에 대한 지분도 세뇌한 후에 양도받으면 되는 것이었기에 박문회는 오랜만에 찾아온 유희의 기회를 놓치고 싶지 않았던 것이다.

"문주님, 준비가 끝났습니다. 이제 저놈은 언제든지 제압할 수 있습니다.”

박문회를 감시하고 있던 한천구로부터 소식이 들려왔다. 기회를 노리고 있던 한철로서는 반가운 소식이었다. 결계를 치면서도 여우마냥 자신이 빠져나갈 구멍을 만든 박문회를 잡기 위한 덫이 완성되었기에 더 이상 보고 있지 않아도 되었다.

“하하하, 미친 새끼로군.”

한철의 입에서 욕이 튀어나왔다. 그동안 대기업의 총수라는 가면을 쓰고 민족의 정기를 갉아먹어 오던 자에 대한 분노의 표현이었다.

“호오, 한번 반항을 해보겠다는 것이냐?”

나이가 제일 어려 보이는 한철의 말에 박문회가 흥미로운 듯 시선을 돌렸다.

“미친 자식, 이따위 결계로 우리를 가두어놓았다고 생각하다니, 자신이 함정에 빠진 줄도 모르고 까불고 있군.”

“응?”

한철의 말에 이상함을 느낀 박문회는 주변을 둘러보았다.

‘어린놈이 머리를 쓰려 하는군.’

주위를 돌아본 결과 암흑전대가 친 결계는 아무런 이상이 없었다. 박문회는 한철이 자신의 심기를 흩트리려 한다고 생각했다.

“쥐새끼가 서른여섯 마리인가? 제법 많이도 숨어 있군. 숨어 있는 쥐새끼는 때려잡아야 하는 법이지. 암! 가랏!!”

한철의 몸에서 기이한 기운들이 사방으로 뻗어나갔다. 반투

명하게 변한 파티클뷰렛으로 만든 반물질 입자 탄환들이 암흑
전대를 향해 쏘아진 것이다.

"저, 저건!!"

한철을 바라보던 박문회의 눈이 더할 나위 없이 크게 떠졌
다. 파티클뷰렛에서 느껴지는 힘이 자신이 가지고 있는 비장
의 기술 중 하나와 유사한 형태를 띠고 있다는 것을 한눈에 알
아볼 수 있었던 것이다.

겹쳐진 공간까지 한꺼번에 베어낼 수 있는 공간의 검과 같
은 형태의 기운이 느껴졌던 것이다.

퍼퍼퍼퍽!

아무것도 없는 허공에서 입자 탄환들이 무엇인가에 부딪치
는 소리가 묵직하게 들려왔다. 입자 탄환들이 암흑전대가 만
들어놓은 아공간을 뚫고 타격을 가한 것이다.

충격으로 인해 암흑전대가 펼친 아공간이 해제된 것인지 검
은 기운으로 휩싸인 그들의 신형이 허공중에 하나둘 나타나기
시작했다.

"으음, 네가 얼굴 없는 사나이의 후계자인가?"

공간을 잠식하듯 진동하는 음성이 박문회의 입에서 흘러나
왔다.

"그렇다. 네놈들이 찾고 있던 사람이 나다. 나 또한 네놈들
을 오랫동안 찾고 있었지."

"후후후, 횡재로군. 네놈들을 잡아 배후를 캐내려고 했는데
그놈의 후계자를 이렇게 빠르게 볼 수 있게 됐으니 말이야."

예상치 못한 자를 잡을 수 있게 됐다는 생각 때문인지 박문회의 얼굴에는 미소가 맴돌았다.

"하하하, 나로서도 잘된 일이다. 태사라고 했던가? 네놈이 아버님을 돌아가시게 만든 원흉 중에 하나라고 들었는데, 나로서도 잘된 일이다."

"그렇긴 하지. 그놈을 제거할 때 나도 같이 있었으니까. 그런데 이걸 어쩌나? 복수를 하려고 하는 모양인데 부자가 내 손에 죽게 되었으니 말이야."

"과연, 그렇게 될까?"

"후후후, 네놈은 암흑전대를 제압했다고 생각하는 모양이다만! 네놈이 쓴 공간의 검으로는 소용없는 일이다. 그들은 이미 공간을 초월한 존재들이니까."

암흑전대주로부터 이상이 없다고 보고를 받은 터라 박문회는 비웃음을 흘리며 한철 일행을 노려보았다.

"물론 알지. 저놈들이 그렇게 쉽게 죽을 놈들이 아니라는 것을 말이야. 암흑령이 된 놈들이 그렇게 쉽게 죽으면 쓰나. 후후후."

"네, 네놈이 암흑령에 대해서도 알고 있다는 말이냐?"

한철이 흑룡회의 진실한 힘인 암흑령에 대해서도 알고 있자 박문회는 놀란 듯 되물었다. 자신도 얼마 전에야 간신히 알게 된 회주의 비밀이었기 때문이다.

"전사란 놈이 의외로 많은 것을 알고 있더군. 흑룡회주의 직속이라는 암흑전대를 네놈이 데리고 올 줄은 몰랐지만 말이야.”

“그럼, 알고도 들어왔다는 말이냐?”

“물론이다. 호랑이를 잡으려면 호랑이 굴로 들어가야 하는 것은 당연한 이치니까.”

“으음…….”

예상치 못한 전개에 박문회가 신음을 삼켰다. 암흑전대가 포진해 있다는 것을 알고도 들어왔다면 이미 준비를 하고 있었다는 말이 성립되기 때문이다.

방금 보여준 능력을 보면 그것은 사실임이 분명했다. 그토록 많은 수의 공간의 검을 발휘한 것도 그렇고, 한 치의 오차도 없이 암흑전대의 아공간을 부숴 버린 것은 아무나 할 수 있는 것이 아니었던 것이다.

‘어쩔 수 없는 것인가? 회주가 알게 되면 곤란한 상황이 벌어질지도 모르는데…….’

오히려 자신이 함정에 빠진 것이 분명했지만 박문회로서는 아직까지 자신이 있었다.

자신의 힘도 만만치 않은데다가 비밀리에 숨겨진 패를 꺼내기만 한다면 아무리 역으로 함정을 팠다고 해도 단번에 역전을 시킬 수 있었기 때문이다.

‘아니다. 섣불리 그 힘을 썼다가는 모든 것이 틀어질 수도 있으니 아직은 아니다. 암흑전대가 본격적으로 움직인 것도 아니니 좀 더 상황을 지켜보기로 하자. 여차하면 내가 나서도 되니까.’

“자신만만하군. 그럼 암흑전대의 힘을 한번 겪어보도록. 시
작해라.”

박문회의 지시가 끝나자마자 사방이 암흑으로 완벽하게 휩
싸였다. 아공간이 깨어져 모습을 드러낸 암흑전대가 본격적으
로 힘을 발휘하기 시작한 것이다.

그로 인해 한태호 일행은 아무것도 볼 수가 없었다.

박문회의 생각대로 암흑전대가 형성한 아공간이 깨어지기
만 했을 뿐, 그들은 아무런 피해를 입지 않고 있었다. 결계 또
한 깨진 것이 아니라 더욱 공고히 다져진 상태였다. 그저 보이
는 대로 모습만 드러났을 뿐이었던 것이다.

암흑이 찾아온 곳에 강렬한 살기가 몰아쳤다. 암흑전대원들
이 뿌리는 살기였다. 사실, 아공간이 깨어진 이후 그들은 분노
하고 있었다. 자신들을 하찮게 여기는 것 같은 한철의 말이 그
들을 자극한 것이다.

“슬슬 시작하는군. 선배님들은 한곳으로 모이십시오. 아이
들이 보호해 줄 것입니다.”

한철은 공격이 임박했음을 느끼며 장내에 있는 사람들을 한
곳으로 모이도록 했다. 그러는 편이 보호하기 수월했던 것이
다.

“너희들은 사람들을 보호해라.”

한철은 응신령을 통해 새로운 존재로 거듭나 자신의 몸에
머물고 있는 다섯 아이에게 부탁을 했다.

스르르!

오색의 기운이 한철의 몸에서 흘러나오며 사람의 모습으로 변화하기 시작했다. 오행의 기운을 가진 아이들이었다. 사람들이 한곳에 모인 것을 확인한 한철이 이제 원형신으로 변해 버린 아이들을 불러내 보호하도록 한 것이다.

아직은 자신들이 가진 힘을 완벽히 사용하는 데 어려움을 겪고 있는 한태호 일행을 위해서였다.

아이들은 빠르게 다섯 방위를 점했다. 그리고 자신들이 가진 힘을 이용해 커다란 기막을 형성했다. 아이들의 몸에서 뻗어 나온 오색의 기운이 하나로 어우러지며 암흑으로 물든 공간을 점차 밀어냈다.

아이들이 펼친 보호막이 완성되는 것과 동시에 사방에서 붉은 귀화가 넘실거리기 시작했다. 암흑령의 힘을 끌어올리기 위해 이제까지 감고 있었던 암흑전대원들의 눈이었다.

붉은 귀기가 서린 그들의 눈이 허공을 천천히 떠돌았다. 한철을 중심으로 회전하기 시작한 것이다.

휘이익!

회전하는 속도가 점점 빨라졌다. 암흑전대의 회전이 가속화될수록 강한 압력이 한철과 사람들에게 집중됐다.

"조금 전 내가 날려 보낸 것들이 네놈들이 펼친 아공간을 깨기 위해서라고만 생각했다면 오산이다. 차앗!"

한철은 아이들이 펼친 보호막이 강한 압력을 견딜 정도로 단단하다는 것을 확인한 후였기에 한철은 자신이 준비한 것을 발동시켰다.

쾅!!

콰콰쾅!!

연이은 폭발음이 장내에 울려 퍼졌다. 한철이 기합만 질렀음에도 허공에서 섬광과 함께 강력한 폭발이 일어난 것이다. 암흑전대가 만들어낸 어둠의 기운이 강한 폭발을 견디지 못하고 출렁이기 시작했다.

지금 터지며 폭발음을 낸 것은 한철이 미리 준비하고 있던 고스트익스플로젼이었다. 적에게 직접 닿지 않더라도 가까운 곳에서 폭발을 일으키는 데블나이트의 기술이다.

사실 처음 한철이 날려 보낸 파티클뷰렛으로 만들어진 입자 탄환들은 아공간을 깬 후 곧바로 폭발해야 정상이었다. 반물질로 화한 것이라 목표가 닿으면 엄청난 에너지를 쏟아내기 때문이다.

하지만 파티클뷰렛은 폭발하지 않았다. 파티클뷰렛으로 날려 보낸 입자 탄환들이 암흑전대라는 목표에 명중하지 못했기 때문이다.

암흑전대원들은 갑자기 날아오는 한철의 공격을 느끼자마자 위험을 감지했다. 위험을 감지하는 순간, 막을 수 없는 것이라는 것을 본능적으로 알아차린 그들은 우선 자리를 피했다. 아공간이 깨어지는 것과 동시에 공간 이동을 통해 신형을 감췄던 것이다.

한철이 만만치 않음을 느낀 탓인지 암흑전대원들은 신형을 피한 후 다시 다른 아공간 속으로 숨어들어 버렸다. 그들은 그렇게 사라지면서도 적의 시야를 붙잡아놓기 위해 허공중에 허상을 남기는 것을 잊지 않았다.

하지만 모습을 드러낸 존재들이 허상임을 곧바로 간파한 한철이었다. 한철은 박문회와 대화를 하면서 다른 공간으로 숨어든 암흑전대를 찾았다. 처음과는 달리 다시 숨어든 암흑전대원들을 찾기란 쉽지가 않았다.

공격하기가 그리 쉽지 않다는 것을 확인한 한철은 자신이 파티클뷰렛으로 발사했던 반물질 입자 탄환들을 고스트익스플로젼으로 바꾸었다. 암흑전대가 몸을 숨겼기에 자신의 공격도 숨긴 후 기회를 봐서 타격을 가하기 위해서였다.

그렇게 한철이 암흑전대원들을 조용히 찾고 있다가 그들의 존재를 확인할 수 있었던 것은 박문회의 공격 명령 때문이었다. 박문회의 명령으로 자신들이 가진 힘을 쏟아내는 탓에 본체를 감지할 수 있었던 것이다. 그리고 본체를 찾자마자 고스트익스플로젼을 폭발시켰던 것이다.

폭발의 여파로 인한 섬광 속에서 암흑전대원들이 모습이 얼핏 보이기 시작했다. 강력한 폭발 속에서도 암흑전대원들은 그다지 피해를 입은 것 같지는 않아 보였기에 한철은 이번 싸움이 그리 쉽지만은 않겠다는 생각이 들었다.

'으음, 정말 대단한 능력을 지닌 놈들이다. 산 하나는 통째로 없애 버릴 수 있는 힘인데 전혀 피해가 없다니……'

한철은 암흑전대가 만만치 않은 존재라는 것을 확인하고는 더욱 힘을 끌어올렸다. 보통의 힘으로는 상대할 수 없다는 확신 때문이다.

파팟!

한철의 몸이 빠르게 사라졌다. 결계를 형성하고 있는 자들에게 자신의 몸을 이용해 직접적인 타격을 가하기 위해서였다.

한철은 로테이트크루즈를 이용해 암흑전대를 쫓았다. 워낙 빠르게 교차하며 다른 공간을 생성하고는 숨어드는 탓에 찾기가 쉽지 않았지만 모습이 약간이나마 드러난 이상 암흑전대를 처리한다는 것은 그로서도 환영할 만한 일이었던 것이다.

"가랏!!"

한철의 손에서 오색의 빛줄기가 뻗어 나왔다. 데블나이트의 기술 중 하나인 라이징그레어였다. 마고의 힘이 깃들어 있는 빛줄기로 이루어진 칼날이 허공을 갈랐다.

"크윽!"

암흑의 공간이 갈라지며 빛줄기가 비치는 것과 동시에 신음이 흘러나왔다. 한철이 뻗어낸 칩의 칼날이 암흑전대원 중 하나를 베어버리며 그가 이루고 있던 대천암흑대진의 결계를 함께 잘라낸 것이었다.

한철의 라이징그레어에 당하기는 했지만 암흑전대원도 만만치 않았다. 그의 힘이 상실돼 갇혀진 공간이 외부와 연결된 것은 잠시였다. 상처를 입기는 했지만 외부로 열려진 결계를 다시 닫아버리고는 어느새 몸을 피한 것이다.

'저놈은!!'

빠르게 움직이는 한철을 지켜보고 있던 암흑전대의 대주는 한철이 대원 하나를 베어내는 것을 보며 놀라지 않을 수 없었다. 자신들의 주인이 오랫동안 기다려 왔던 힘 중 하나가 나타났기 때문이다. 한철이 사용한 빛의 칼날에서 잃어버린 자들이라 불리며, 차원을 주관하던 존재가 가지는 힘을 느낀 것이다.

"모두들 심연 속에 감추어진 진정한 어둠의 힘을 펼쳐라! 지금부터 봉인을 푼다."

한철의 공격 속에 마고의 힘이 서려 있다는 것을 알아내자마자 그는 수하들에게 의지를 전했다. 평상시 사용하는 힘으로는 한철을 당해낼 수 없다는 것을 느낀 것이다.

"……"

"놈은 마고의 후예다."

암흑전대원들은 그의 지시에 잠시 움찔하기는 했지만 이어지는 말에 봉인을 풀었다. 박문회에게 오기 전 흑룡회주로부터 차원을 주관했던 존재들이 나타났을 수도 있다는 말을 들었기에 그들에게 서슴없이 힘의 봉인을 풀었다.

마고의 후예라면 지금 상태로는 대적이 불가능하다는 것을 알고 있는 것이다.

지시가 떨어진 후, 봉인을 풀어버리자 사방을 잠식한 암흑의 기운이 빠르게 변화하기 시작했다. 암흑을 붉게 물들이던 귀기 서린 눈동자들도 어느새 모두 사라지고 어둠이 내린 공간 안에 암흑의 기운이 도드라지고 있었던 것이다.

암흑전대가 장악한 어둠의 공간 안에 더욱 짙은 어둠으로 암흑과 차별화된 어둠이 나타나고 있었다. 지금까지 공간을 잠식하던 어둠과는 너무도 선명하게 대비가 되어 그것은 마치 어둠이 빛을 내는 것과 같은 모습이었다.

이런 현상은 암흑전대원들이 자신이 가진 기운의 형태를 바꾸어 버림으로 인해 일어난 것이었다. 그들이 가진 기운은 계명(啓明)이라 불렸던 차원의 주관자가 가지고 있는 능력의 원천 중 하나였던 것이다.

'어, 어째서?'

결계의 중간에서 한철과 암흑전대의 싸움을 지켜보던 박문회는 암흑전대가 변화하는 양상으로 인해 놀라고 있었다. 변화하고 있는 이들은 더 이상 자신이 알고 있던 암흑전대가 아니었기 때문이다.

흑룡회주의 힘 중 일부인 암흑령을 받아들여 탄생한 자들이라고 알고 있었는데 지금 암흑전대의 몸에서 발산되고 있는 힘은 그로서도 처음 보는 것이었던 것이다.

'이들도 그들의 잔재인가?'

박문회가 놀란 것과 마찬가지로 한철도 놀라고 있었다. 지금까지와는 전혀 다른 이질적인 힘들이 암흑전대에게서 느껴졌던 것이다.

차원을 주관하다가 사라져 버린 자들 중 하나의 힘이 암흑 전대에게서 느껴졌다. 흑룡회 또한 얼마 전 만나보았던 천조의 사념과 마찬가지로 차원 주관자의 힘을 간직하고 있었던 것이다.

'가네가와에게 붙어 있던 사념이 가지고 있던 힘과는 차원이 다른 힘이다. 제길, 이대로는 모두가 위험하다.'

초월의 영역에 들어섰다고는 하지만 마고가 남긴 것을 모두 얻지 못한 이상, 아직은 완전하지 못한 힘을 가지고 있는 한철이었다. 지금으로서는 차원을 주관하는 자의 사념을 상대하기가 쉽지 않은 상태인 것이다. 천조의 잔재와 대결할 때와는 달리 지금처럼 거의 완전체에 가까운 사념이라면 자신의 패배는 불을 보듯 뻔했기에 조치를 취하지 않을 수 없었다.

위험을 느낀 한철은 자신의 의지를 모두에게 보냈다.

"보통 놈들이 아니니 두 분은 바깥으로 빠져나가서 결계를 이루는 분들과 함께 모두 피하도록 하십시오. 그리고 너희들은 최대한 결계를 강화해라."

"빠져나가라라는 말씀입니까? 그러면 저놈은 어떻게 해야 합니까?"

결계의 경계 부분에서 박문회를 잡기 위해 기회를 보고 있던 한천구가 한철에게 의지를 보내왔다.

"지금 이곳을 장악하고 있는 놈들은 차원 주관자의 화신들입니다. 자칫 위험할 수 있으니 모두 피하도록 하십시오. 몸을 피한 후에는 모두 은좌로 가서서 기다리십시오. 놈이 몸을 뺀

다면 쫓지 말고 그대로 이곳을 벗어나십시오. 태사를 잡는 것
은 나중 일입니다.”
　“알겠습니다.”
　한천구는 한철의 목소리에서 다급함을 느꼈기에 대답을 마
치고는 빠르게 몸을 움직였다.

　제기랄! 생각을 잘못했다.
　천조를 상대했음에도 이런 경우를 생각하지 못한 것은 내
불찰이다. 잘못된 판단으로 인해 아이들과 선배들이 위험해진
것이다. 그나마 다행인 것은 주천문도들이 외곽에 있어 몸을
피하도록 할 수 있었다는 것이다.
　내가 가지고 있는 힘을 전부 짜내면 놈들을 상대할 수는 있
겠지만 그 이후가 문제다. 우주의 절대힘이라는 네 가지 힘은
거의 골든나이트에게 전해지고 있어 마고가 전해준 힘으로 놈
들을 상대해야 하는 까닭이다.
　놈들이 가진 힘도 차원 주관자의 힘이고 내가 가진 마고의
힘도 차원 주관자의 힘이다. 같은 차원 내에서 겹쳐지게 되면
차원의 경계를 허물어뜨릴 수 있는 강력한 파장이 발생하는
사태까지 불러올 수 있는 일이었던 것이다.
　막아보는 데까지는 막아보겠지만 그 파장의 여파가 어디까
지 미칠지 나로서도 짐작이 가지 않았던 것이다.
　어찌 됐거나 놈들이 힘을 개방한 이상 나도 여유가 없기에
마고가 전해준 힘을 일으켰다. 그리고 관조자로서의 의지를

일으켜 어둠으로 물든 공간을 바라보았다.

놈들이 보인다.

가장 순수한 어둠으로 물든 그들의 모습은 차라리 아름답기까지 했다.

놈들의 모습이 겹치듯 하나로 뭉쳐지고 있었다. 수십 개로 나누어진 그들은 빠르게 뭉쳐지며 강한 힘을 내뿜었다. 하나이던 존재가 본래의 모습으로 되돌아가고 있는 것이다.

놈의 기세가 강해지기에 힘을 끌어올리고는 있지만 어쩌면 밀릴 수도 있겠다는 생각이 들었다. 흩어져 있을 때보다 합쳐지고 있는 놈들의 힘이 따라갈 수 없을 정도로 점점 강해지고 있었던 것이다.

놈들의 힘에 대항하기 위해 뻗어낸 마고의 힘이 점차 오그라들기 시작했다. 역시, 놈들의 힘은 내게 전해진 마고의 힘보다 순수하고 강했다.

내가 할 수 있는 최대한 선무화를 운용했다. 더 이상 밀리게 되면 나는 물론이고, 아이들과 선배들도 모두 소멸되고 말기에 우주의 절대힘을 끌어들이기 위해서였다.

우우웅!

두 가지 힘이 맞서는 공간이 진동하기 시작했다. 어둠으로 물든 존재와 오색의 빛으로 물든 존재의 싸움은 어둠이 훨씬 유리했다.

암흑전대가 펼치는 어둠은 점점 세력을 넓혀가는 반면에 오색의 빛으로 둘러싸인 한철의 기운은 조금씩 수그러들고 있었던 것이다.

오색의 빛이 한철의 몸으로 밀려들기까지 어둠은 확장을 계속했다. 빛을 잡아당겨 삼켜 버리는 블랙홀처럼 빛의 공간을 잠식해 들어갔다.

번쩍!

거의 수그러들던 빛의 공간이 갑자기 환하게 밝혀졌다. 그리고는 빠르게 어둠을 몰아냈다. 한철이 어느 정도 기운을 회복한 것이다. 한철이 계명이 뿜어내는 기운을 밀어낸 것은 그가 원하던 것처럼 네 가지 우주의 절대 힘 때문이 아니었다.

그에게 힘이 되어준 것은 한철이 보호하고 있던 아이들과 선배들의 힘이었다. 그들에게 흘러나온 각양각색의 기운이 한 줄기 빛으로 합쳐져 한철에게 쏘아지고 있었던 것이다.

그뿐만이 아니었다. 어둠으로 물든 공간이 점차 흐려지기 시작했다. 어둠으로 물든 구름을 뚫고 태양빛이 비치듯 어둠의 공간 사이를 뚫고 들어오는 빛들이 한철을 비추고 있었다. 주천문도들이었다.

몸을 피하라는 한철의 당부와는 달리 한천구와 천유동은 주천문도들과 함께 대천암흑대진으로 만들어진 결계 밖에서 주천문의 결계를 펼쳐 천인에 힘을 실어 넣어 계명으로 화한 존재에게 압박을 가하고 있었던 것이다.

쩌저적!!

점차 공간이 일그러지기 시작했다. 팽팽하게 맞서는 두 가지 힘 때문이었다. 본래 차원 주관자들이 가지는 힘에는 못 미치지만 그에 필적하는 힘이 격돌하자 불안전하게 유지되던 차원 간의 균형이 깨어지고 있었던 것이다.

차원의 균형은 깨지고 있었지만 암흑전대원들이 완전히 하나로 합쳐져 새로운 존재로 거듭난 뒤 뿜어내는 힘과 한철을 통해 뻗어지는 사람들의 힘은 팽팽하게 균형을 이루었다.

어느 하나 밀리지 않는 균형이 이루어진 후 주변의 공간이 일그러지는 현상은 더욱 빠르게 진행되었다.

주위를 가득 메운 어둠이 밀려 나갔다. 한철의 기운이 자신과 대등하게 맞서자 암흑의 존재인 계명이 공간 결계를 위해 펼쳐 두었던 힘을 거두어들인 것이다. 이대로는 한철을 제압할 수 없다는 것을 자각하고는 힘을 강화하기 위해 결계를 유지하기 위해 풀어놓았던 힘을 흡수한 것이다.

암흑이 사라진 주주총회장에는 기절한 채 누워 있는 자들의 모습이 드러났다. 미처 피하지 못하고 결계 안에 갇힌 자들이었다.

'사람들이 남아 있었다는 것을 잊어버렸구나. 이대로라면 저들을 보호하지 못한다. 놈이 결계에 남아 있는 기운을 흡수하는 동안에 이들을 대피시켜야 한다.'

한철은 암흑의 존재가 결계에 남아 있는 기운을 흡수하는 틈을 타서 자신의 의지를 사용해 쓰러져 있는 사람들을 빠르게 이동시켰다.

사람들의 안전이 확보되자 한철은 암흑의 존재가 뿌리고 있는 힘에 일부나마 남아 있는 우주의 절대힘을 끌어올려 정면으로 대응했다. 이제 실력 대결만이 남은 것이었다.

콰드득!

우득!

결계가 사라지자 한철과 암흑의 존재가 뿌리는 두 가지 힘이 맞물린 곳에 있는 모든 것들이 부서지고 있었다. 쓰러져 있던 사물과 의자들이 힘의 파장을 견디지 못하고 점차 먼지처럼 변해 사라진 것이다.

Chapter 5
균형차원의 붕괴

　암흑의 존재가 나를 향해 뿜어대고 있는 힘은 천조와는 다
른 힘이다. 차원을 주관했던 자의 힘인 것이다. 선무화를 극한
으로 운용하고 놈의 힘에 맞섰다. 비록 놈이 뿜어내는 힘과 팽
팽히 맞서기는 하지만 조금은 힘들 것 같다. 놈과는 달리 나는
힘의 파장이 밖으로 퍼져 나가는 것도 막아내야 하기 때문이
다.

　힘이 점점 떨어져 간다. 이대로 가다가는 모든 것이 끝장날
것이 분명하다. 나는 물론이고 아이들과 선배들, 그리고 주천
문도들 모두가 소멸할 것이 틀림없다. 있는 힘을 모두 끌어올
리고 그나마 모든 사람이 나에게 힘을 보태줘 견디고는 있지
만 빨리 방법을 마련해야 했다.

"크으, 미네르바, 어떻게 좀 해봐!"

놈들이 펼친 결계가 완전히 깨진 탓에 원활한 소통이 가능했기에 우선 미네르바에게 도움을 요청했다. 미네르바로서도 방법이 없겠지만 지금은 지푸라기라도 잡아야만 했다.

—함장님, 조금만 기다리십시오. 골든나이트의 완성을 조금 지체하더라도 힘을 함장님께 다시 돌리겠습니다.

"아니, 그건 하지 마! 그렇게 되면 모두 끝장이니까."

—예?

당연히 미네르바가 의문을 표시했다.

"저놈, 마고의 수족이었던 놈이야. 놈의 파장은 나와 같아. 자칫하면 미네르바가 전하는 힘이 저놈에게 전이될 수도 있어."

—저 존재가 차원을 주관하던 존재라는 겁니까?

"그래, 이제야 확실히 알겠지만 계명이라는 존재야. 마고와 같은 파장을 가지고 있지."

—함장님과 파장이 같다면 그럴 수도 있겠군요. 그럼 다른 방법을 찾아보도록 하겠습니다.

놈을 상대하기 위한 방법을 찾기 위해 미네르바가 교신을 멈추었다.

미네르바에게 말했듯이 나와 마주하고 있는 암흑의 존재는 계명이 분명하다. 놈에게서 전해지는 파장이 그렇게 말하고 있다. 비록 어둠으로 물들어 있지만 마고가 전한 지식대로라면 틀림없었다.

어둠을 밝히는 존재이자 지식의 근원이 바로 계명이다. 가이아의 품을 떠나 마고의 의지하에 놓였던 차원의 주관자 중 하나인 계명이 이렇게 다른 존재로 변하다니, 놀라운 일이다.

계명은 마고에게서 전해진 지식과는 상반된 암흑의 기운을 가지고 있다. 마고의 지식에도 없는 어둠의 힘이다. 하지만 암흑의 기운은 마고의 힘을 사용하고 있는 나와 같은 파장으로 이용하고 있었다.

미네르바가 골든나이트를 만드는 것을 중단하고나면 우주의 절대 힘이라는 네 가지 기운이 내게로 돌아올 것이다. 내가 흘리는 힘의 파장을 따라 돌아온 것이기에 문제가 될 소지가 충분히 있었다.

극과 극을 달리는 존재는 언제든지 상대방에게 물들 수 있다. 오히려 반대편 성향에 물드는 경향이 강하다. 이렇게 힘이 얽혀 있다면 나보다는 강하기에 파장이 같은 저놈에게 흡수될 가능성이 더욱 컸다. 명과 암은 배척하기도 하지만 항상 같은 곳에 존재하기에 잡아당기는 성질도 있기 때문이다.

놈을 막아내는 것도 문제이기는 하지만 다른 것은 더 큰 문제다. 가이아가 사라지고 라와 시바, 그리고 마고가 봉인된 후 간신히 균형을 이루고 있던 지구 차원이 흔들리고 있다는 것이다.

세 개의 차원이 균형을 이루며 교차하던 것이 이제 서서히 분리되고 있었던 것이다. 이렇게 되면 다른 차원의 주관자들도 깨어나게 된다. 어쩌면 라와 시바의 각성을 앞당기게 될지도 모르는 일이었다.

　그렇게 된다면 그야말로 큰일이다. 아직 준비도 완전히 끝내지 못한 상태에서 그들이 깨어난다면 그야말로 인류의 전멸은 물론, 지구 차원이 소멸될지도 모르는 일이었기 때문이다.

　―함장님.

　한철이 힘겹게 버티며 방법을 마련하기 위해 생각을 거듭하고 있을 때 미네르바의 목소리가 뇌리로 흘러들어 왔다.

　"바, 방법을 찾아낸 거야?"

　―한 가지 방법이 있기는 합니다.

　"뭐지?"

　방법을 찾아냈다는 소리에 한철은 반색하며 물었다.

　―지난번 얻게 되신 천부경의 힘을 사용하십시오.

　"천부경?"

　―그렇습니다. 저 존재가 함장님과 같은 파장을 가지고 있다면 천부경에 담겨 있다가 함장님이 가지게 되신 힘을 이용해 놈의 힘을 빼앗은 다음 그것을 다시 사용하실 수 있을 겁니다.

　"그게, 가능한 거야?"

　―계산을 해본 결과 선무도와 선무화를 최대한 운용하신다면 충분히 가능합니다. 그러니 어서!

　미네르바의 다급한 목소리에 한철은 다급히 천부경에서 얻었던 힘을 끌어올렸다. 미약하지만 언제나 내부에 있어 항시 관찰해 오던 힘인지라 끌어올리는 것은 그리 어렵지 않았다.

　우우우웅!

천부경의 힘을 끌어올리자 한철의 신형에서 공명하듯 소리가 울려 퍼졌다. 힘을 끌어올리자 이상하게도 계명에게 맞서 대항하기 위해 계속해서 돌리고 있는 선무화가 반응을 한 것이다.

한철은 선무도를 시전하기 시작했다. 몸이 아닌 의지의 움직임이었지만 그것은 분명한 선무도였다.

인간에게 내재되어 있는 잠력을 끌어올리는 잠승(潛昇)을 이용해 선무화와 반응하는 천부경의 힘을 끌어올리고, 자연의 기운을 감싸 안는 포연(包燃)을 이용해 자신에게 전해지는 사람들의 힘을 빠르게 섞었다.

선무화를 통해 섞여들어 가는 힘들은 제화(濟化)를 통해 각자의 특성이 조화를 이루도록 만들었다. 힘이 안정되어 가자 한철은 주연(周緣)을 통해 계명의 힘을 인식하고는 천천히 화승(化拼)을 시전했다.

'된다. 이제는 저놈이 뿌리는 힘을 받아들이면 된다. 이대로라면 미네르바의 말대로 놈의 힘을 흡수해 반격할 수가 있다.'

선무도의 다섯 번째 단계인 화승을 시전하기 시작한 한철은 계명의 힘을 받아들여 자신의 힘과 섞을 수 있다는 것을 발견하고는 쾌재를 불렀다. 미네르바의 제안대로 계명의 힘을 흡수해 되돌릴 수 있을지도 몰랐기 때문이다.

한철은 받아들이기 시작한 계명의 힘을 이용해 차곡차곡 힘을 쌓아갔다. 선무도의 여섯 번째 단계인 천단(天壇)이다. 그러자 한철의 힘이 한결 증폭되기 시작하며 암흑의 존재로 변해 버린 계명의 힘을 일순간 밀어내 버렸다.

'이제부터 놈에게 천인(天印)을 새기면 된다. 하늘의 인이 네 놈을 심판할 것이다.'

미네르바의 생각대로 계명의 힘을 수용하고 되돌리는 것이 가능해지자 한철은 자신의 몸으로 선무도의 마지막 단계인 천인을 시전하기 위해 정신을 집중했다. 한철이 뿜어대는 광휘로운 기운이 점차 암흑을 밀어내기 시작했다.

한철의 기운이 증폭되자 암흑의 계명도 자신의 힘을 더욱 증가시켰다. 이전과는 달리 빠르게 승부를 보려는 듯 거칠고 강력한 기운으로 한철을 몰아쳤다.

그러나 계명의 그런 시도는 그저 잠시간의 효과만 가져올 뿐이었다. 한철이 약간 주춤하다가는 다시 반발해 계명의 힘을 밀어내었던 것이다.

한철은 쏟아지는 계명의 힘을 흡수해 증폭되는 힘만큼 다시 반발시켰다. 반발이 계속될수록 계명은 이전과는 비교도 할 수 없을 만큼 강력한 힘으로 한철에게 몰아닥쳤지만 선무도로 인해 힘의 균형이 무너진 이상 이제는 소용이 없는 일이었다. 계명으로서는 그야말로 악순환의 연속이었다.

시간이 지날수록 한철은 암흑의 계명에서 전해지는 힘을 더욱 잘 쓰게 되었다. 선무도와 선무화가 어느새 하나로 융화되어 기운을 뜻하는 대로 쓸 수 있었던 것이다.

균형이 깨어져 이제는 거꾸로 한철이 계명을 압박하는 형태가 되어버렸다. 힘의 범위에서 밀리자 계명은 자신의 생존을 모색해야 했다.

그렇지만 그것은 계명의 바람일 뿐이었다. 안에서는 한철을 비롯한 선배들과 합쳐진 다섯 아이의 힘이, 바깥에서는 주천 문도들의 천인을 통해 쏟아내는 힘이 겹쳐져 포위된 형국이었기에 빠져나갈 수 없었던 것이다.

계명은 점차 힘을 잃어갔다. 한철에게 자신의 힘을 조금씩 빼앗기고 있었던 것이다. 계명의 힘이 줄어들수록 한철은 강해지고 있었다. 비록 계명의 가지고 있는 힘 중 절반 정도밖에는 되지 않지만 미네르바에게 우주의 절대힘을 나누어 주기 전과 비슷한 수준이 될 수 있었다. 차원을 주관하던 자의 힘이란 그토록 큰 것이었다.

'이제는 어쩔 수 없는 것인가?

더할 나위 없이 강해지기는 했지만 한철의 기분은 그다지 좋지가 않았다, 계명을 상대하기에도 벅찼던 지구 차원의 균열을 완전히 막을 수 없었기 때문이다. 계명의 힘을 흡수하고 되돌리는 동안 지구에 중첩된 차원이 분열하는 현상이 가속화되어 버린 것이다.

중첩된 지구 차원의 균형이 깨지는 것을 막기 위해서는 모든 것을 쏟아부어야 하지만 그럴 수가 없었다. 계명을 상대하고 있는 상태에서 그것은 불가능한 일이었다.

차원은 이미 비틀어져 버려 균형이 깨진 탓에 시기적으로도 이미 늦어버린 상태다. 초기라면 모를까, 이미 진행이 많이 된 상태라 원래의 상태로 되돌리기 위해서는 가지고 있는 모든 힘을 전부 소비해야 했다.

지금이라도 계명의 힘을 흡수하는 것을 중단하고 모든 것을 쏟아붓는다면 가능하기는 하겠지만 아직 계명을 완전히 제압한 것은 아니었다. 자칫 계명이 달아난다면 그것은 더 큰 재앙을 불러일으키는 일이 될지도 모르는 일이었다. 한철은 차원의 균형을 바로잡는 것을 포기할 수밖에 없었다.

*   *   *

"응?"

한철과 암흑의 존재가 극한의 대결을 벌이기 시작한 후, 자신의 아지트에 있던 헨리는 의지와는 상관없이 자신의 몸이 떨리는 것을 느꼈다. 감당할 수 없는 힘의 파장이 느껴졌기 때문이다.

한철이 대결을 벌이고 있는 곳과 멀리 떨어져 있음에도 헨리가 있는 주변의 공간이 일그러지고 있었다. 보통 사람은 모르겠지만 헨리와 같은 능력자들이라면 충분히 느낄 만큼 공간의 변화가 있었다.

이런 공간의 변화는 능력자들이 낼 수 있는 힘의 범위를 넘어가는 파장이었다.

"서, 설마!!"

헨리는 뇌리로 스치는 것이 있어 경악하지 않을 수 없었다.

일어나서는 안 되는 일이 일어나고 있다는 것을 알아차린 것이다.

얼마 전, 가문의 일에 대한 아버지와의 통신을 통해 헨리는 자신이 모르던 새로운 사실을 알 수 있었다.

두 번째 금제를 푼다는 자신의 결심이 아버지를 통해 가문의 원로회의에 알려지고 난 후, 가문이 세워진 진정한 목적에 대해 알려주라는 원로원의 결정이 내려졌던 탓에 헨리의 아버지이자 앤트 가의 가주인 헤밀턴이 비밀을 말해주었던 것이다.

헨리는 헤밀턴으로부터 라와 시바에 대한 설명을 들을 수 있었다. 초월자를 넘어선 존재들이 세상을 지배하기 위한 힘을 얻기 위해 봉인에 들었고, 그런 그들이 머지않아 깨어난다는 이야기였다.

세상을 지배하기 위한 그들의 전쟁이 머지않아 시작될 것이고, 그로 인해 인류의 소멸은 물론, 지구가 우주에서 완전히 지워질 수도 있기에 그것을 막기 위해 앤트 가가 존재한다는 설명이었다.

"드, 드디어! 그들이 깨어나는 것인가?"

라와 시바가 깨어나지 않으면 일어날 수 없는 현상이었기에 힘이 뻗어 나오고 있는 쪽을 바라보고 있는 헨리의 목소리가 떨리고 있었다. 사태가 걷잡을 수 없는 방향으로 진행될지도 모르는 일이었기 때문이다.

"가봐야 한다. 가서 확인하고 진짜 라나 시바가 깨어나는 것이라면 어떻게 해서라도 막아야 한다."

헨리는 자리에서 일어나 창문을 통해 빠르게 밖으로 빠져나왔다. 힘의 파장이 느껴지는 곳에 가기 위해서였다. 그의 신형은 창문을 빠져나오자마자 허공을 날고 있었다. 선조로부터 내려온 마법의 힘을 사용한 것이다.

본가에서 사람들이 도착할 때가 되었지만 그것은 지금 문제가 아니었다. 아마도 한국에 도착했을 쉐도우들도 지금 자신이 느끼는 파장을 느끼고 곧바로 힘의 근원이 있는 장소로 올 것이 분명했기에 먼저 가보기로 한 것이다.

지금 헨리가 느끼고 있는 파장은 능력자라면 모두가 알아차렸을 것이 분명했다. 차원의 틈이 벌어지는 현상까지 일어났으니 모를 리가 없었다. 바람과 같이 허공을 가르며 날아가는 헨리의 몸에는 황금색의 빛이 선명하게 어려 있었다.

헨리가 한철이 있는 곳으로 빠르게 이동하고 있을 무렵, 인천공항에서 게이트를 빠져나오는 일단의 무리들이 있었다. 헨리를 지원하기 위해 앤트 가에서 온 쉐도우들의 선발대였다.

헨리의 예상대로 게이트를 빠져나오며 쉐도우들도 힘의 파장을 느꼈다. 제일 먼저 알아차린 것은 찰랑이는 금발을 가진 미모의 여인이었다.

"이건?"

늘씬한 굴곡이 드러나는 검은색 가죽을 상하의로 입은 그녀는 파장을 느끼자마자 옆에 있는 중년인을 바라보았다. 면도 자국이 선명한 중년의 백인 남자는 쉐도우를 책임지고 있는 제이슨이었다.

"이 정도라면 소가주님도 느꼈을 것 같다. 최대한 빨리 파장이 발생한 곳으로 가봐야겠다."

제이슨은 심각한 표정으로 서울 쪽을 바라보며 입을 열었다.

"제이슨 대장님, 사람들의 이목이 있는데 이곳에서 능력을 발휘해도 되겠습니까?"

쉐도우들의 대장인 제이슨을 향해 에이미가 입을 열었다. 공식적인 기록으로는 열아홉 살의 숙녀지만 이미 삼천 년을 살아온 그녀답게 주위 상황을 염려하고 있었다. 굴지의 공항답게 주변에는 사람들과 보안 카메라가 너무 많았던 것이다.

"젬마는 CCTV 기록을 삭제하고 뒤를 따라와라. 우리는 이대로 힘이 느껴지는 곳으로 떠난다."

"알겠습니다, 대장님."

에이미의 옆에 붙어 있던 젬마란 청년이 고개를 숙이며 대답을 했다.

스르륵!

대답이 끝남과 동시에 제이슨과 에이미의 모습이 사라졌다. 그들이 사라진 자리에는 두 사람이 입고 있던 옷만이 덩그러니 남아 있었다.

"아악! 사, 사람이……."

갑자기 사람이 사라진 것을 보며 옆에 있던 사람들이 놀라

소리를 쳤다.

'꽤들 놀라는군.'

두 사람이 갑자기 사라진 것을 본 사람들로 인해 주변이 무척이나 소란스러워졌지만 젬마는 아무렇지 않은 듯 옷을 집어 들고는 공항 관리 사무소가 있는 방향으로 발걸음을 옮겼다.

젬마는 공항 관리 사무소로 가서는 자신이 가진 능력을 이용해 경비원들을 잠재우고는 상황실로 들어가 CCTV 기록들을 모두 지워 버렸다.

제이슨의 지시를 이행한 그는 옷가지들을 들고 택배가 가능한 곳으로 가서 긴급으로 헨리의 아지트로 붙였다. 빠르게 뒤처리를 마친 그는 이내 한적한 화장실로 향했다.

"아무도 없군. 그나저나 나만 옷을 새로 사야 하겠군. 아끼던 건데, 할 수 없지."

스르륵!

말이 끝남과 동시에 젬마의 몸이 사라졌다. 앞서 사라졌던 두 사람과 마찬가지로 그도 옷가지만 남긴 채 홀연히 사라져 버린 것이다.

앞서 공항을 벗어나 파장이 느껴지는 곳으로 향한 제이슨과 에이미를 따라 그 또한 한철이 계명과 대결을 벌이고 있는 장소로 빠르게 날아갔다.

젬마의 비행 속도는 앤트 가의 수호자라는 쉐도우 중 가장 빨랐다. 대장인 제이슨이 서울 인근으로 접근할 무렵에는 그도 합류할 수 있었다.

세 사람이 서울 상공을 가로질러 비행하는 모습은 누구의 눈에도 띄지 않았다. 그들이 가진 태어날 때부터 타고난 능력으로 인한 결과였다.

쉐도우들은 선천적으로 투명화 마법을 시전할 줄 안다. 마법사들이 시동어와 마나를 사용한다면 이들은 그저 생각만으로 구현이 가능한 것이다.

그것뿐만이 아니다. 이들은 잠시지만 자신의 몸을 기화시킬 수 있는 능력을 가지고 있다. 공항이나 화장실에서 옷만 남겨둔 채 사라질 수 있었던 것도 자신의 몸을 기화시킬 수 있었기 때문이다.

몸을 기화시키는 것은 대단히 많은 정신력을 소모하는 것이라 하루에 세네 번밖에는 시전하지 못하지만 첩보 활동에 특화된 쉐도우의 임무상 매우 유용한 능력 중 하나였다.

"대장님, 이 기운의 정체는 뭘까요?"

빠르게 동양창업투자로 향하며 젬마는 제이슨에게 물었다.

"아직 판단이 서지 않는다. 하지만 장담하건대 염려했던 것처럼 라나 시바가 깨어나는 것은 아닌 것 같다. 전해 내려오는 그들의 힘에 대한 설명에 비해 지금 느껴지는 파장은 그리 큰 것이 아니니까 말이다."

텔레파시로 전해오는 젬마의 질문에 제이슨이 대답을 했다.

"그렇지만 상당히 위험한 힘인 것 같아요, 대장. 가주님께서 가지고 계신 힘을 상회하는 존재들이 있다는 것이 저로서도 믿기지가 않아요."

라와 시바는 아니더라도 지금까지 그들이 보았던 힘들 중 가장 강력한 것이었기에 에이미는 걱정을 감추지 않았다.

"에이미, 우려하던 사태는 아니지만 상황이 심각할지도 모른다. 어쩌면 가주님과 같은 존재들이 깨어난 것일 수도 있으니까. 다른 대원들은 언제쯤 도착하게 되는 거냐?"

기운을 느끼는 감각은 쉐도우 중 에이미가 최고였다. 그녀의 감각이 전하는 대로라면 기운을 뿜어내고 있는 존재들은 라와 시바는 아니지만 그들의 상상을 초월하는 힘을 가지고 있는 것이 분명했다.

이 또한 앤트 가에서 우려하고 있는 사태 중 하나였기에 제이슨은 대원들의 도착 시간을 물었다.

"다음 비행기 편으로 올 테니까 앞으로 여섯 시간은 있어야 할 거예요."

"할 수 없지. 일단 이번에 나타난 존재들에 대한 접근은 일단 보류다. 소가주님과 합류한 후 대원들이 도착할 때까지 상황을 지켜보기로 한다."

"알겠습니다."

"알았어요, 대장."

에이미와 젬마는 제이슨의 말대로 이번 일을 상황을 우선 지켜보는 것이 좋다고 생각했다. 오랜 세월 동안 어둠 속에서 일해 온 이들만이 느낄 수 있는 특유한 감각 때문이었다. 섣불리 부딪쳤다가는 모든 것이 엉망이 된다는 것을 누구보다도 잘 아는 그들이었다.

　이렇게 계명과 부딪친 한철이 발휘한 힘의 파장을 느낀 이는 헨리와 쉐도우뿐만이 아니었다. 일본 열도의 가장 깊숙한 심처에서, 미국과 유럽에서, 그리고 중국의 중심부에서도 힘의 파장을 느낀 이들이 있었다.

　심각한 상황이 발생했다는 것을 느낀 그들은 각자 나름대로 재빠르게 상황에 대처하기 시작했다.

　지금 벌어지는 상황을 우려한 이들이나 일어나기를 바라마지 않은 이들이나 오랜 세월 기다려 온 일이 벌어지고 있다는 것을 알 수 있었기에 그들의 행동은 무척이나 빨랐다. 이런 상황을 대비해 준비된 힘을 꺼내기 시작한 것이다.

　그들은 봉인되어 잠들어 있던 금단의 힘들을 깨우며 어찌 된 상황인지 알기 위해 촉각을 곤두세웠다.

　그렇게 움직이는 이들 중 가장 발 빠르게 행동한 자들은 중국에 있는 자들이었다.

　그들이 제일 먼저 움직인 이유는 차원의 균형이 깨어지기 시작하자 곧바로 오랜 세월 봉인되어 있던 힘들이 스스로 깨어나고 있었기 때문이다.

　잠들어 있던 힘들이 제일 먼저 깨어난 곳은 중국의 호북성(湖北省)에 위치한 무당산(武當山)이었다.

　무당산의 변화는 갑작스럽게 찾아왔다. 한철과 암흑의 존재로 화신한 계명이 맞서기 시작한 후, 무당산의 경사면 계곡에 위치해 있는 고건축군(古建築群)에서 제일 먼저 변화가 일어나기 시작했다.

오색의 운무가 산의 경사면을 따라 일어나더니, 뒤를 이어 각양각색의 고색창연한 건물들에서 기이한 빛을 뿜어내기 시작했던 것이다.

그것뿐만이 아니었다. 빛을 뿜어내는 고색창연한 도교와 관련된 건물들이 돌연 움직이기 시작했다. 비록 급격한 움직임은 아니었으나 조금씩 자리를 틀며 이동을 시작한 것이었다.

무당산의 풍광을 구경하러 온 관광객들을 때 아닌 기이한 변화에 저마다 난리가 났다. 산을 뒤덮은 오색의 기운과 건물들의 변화를 캠코더나 카메라에 담느라 분주한 이가 있는 반면, 이제 세상의 종말이 왔다고 고래고래 비명을 지르는 사람들도 있었다. 지진이 난 것으로 오해한 관광객들이 몸을 피하느라 난리법석이 나기도 했다.

무당산의 풍경을 구경하던 관광객들이 때 아닌 사태에 우왕좌왕할 무렵, 무당산에 위치한 전각들 중 당나라 때 지어진 오룡궁(五龍宮)을 중심으로 빠르게 움직이는 자들이 있었다.

조심스럽게 움직이고 있는 이들은 중국이 공산화된 이후에도 무당산 인근에 살며 무예를 익힌 자들이었다. 중국이 개방이 된 이후에는 관광객을 유치하는 정책에 편승해 무당산 안으로 들어와 수련에 전념하고 있는 중국에 산재한 각 도문의 무인과 도사들이었던 것이다.

오룡궁으로 몰려드는 무인들은 평상시에는 관광객을 상대

하기 위해 평범한 도사 차림을 하고 있었는데, 어쩐 일인지 지금은 모두들 흰옷에 흑백의 태극 문양이 선명한 청색의 겉옷을 입고 있었다.

무당산의 기이한 변화가 시작되자 자신이 있는 곳을 떠나 옷을 갈아입고는 곧바로 오룡궁에 모여든 것이다.

대략 백여 명의 사람이 오룡궁 앞에 모였다. 모이자마자 일사불란하게 도열한 모습이 무척이나 특이했다.

북두칠성을 모방한 듯 일곱 명이 한 조가 되어 각자 진형을 유지한 채 열여덟 군데로 나뉘어져 오룡궁을 호위하고 있었던 것이다. 그들이 서 있는 방위를 보면 오랜 세월 동안 전설처럼 전해지고 있는 검진이 분명해 보였다.

서 있는 자들 하나하나의 눈빛은 무척이나 삼엄했다. 모두가 절정의 무인들만이 보일 수 있는 날카로운 눈빛으로 주변을 삼엄하게 경계하고 있었다.

"개진(開陳)!"

무인들이 정렬을 끝마치자 오룡궁 안에서 창노한 음성이 흘러나왔다. 이들이 밟고 있는 방위를 중심으로 오룡궁을 호위하기 위한 검진을 펼치라는 소리였다.

차차창!!

개진하라는 음성이 들리고 난 후, 오룡궁을 둘러싼 이들이 일제히 검을 뽑아 들었다. 찬란한 검광이 사방으로 비산하고 무궁한 기운이 오룡궁을 중심으로 사방으로 퍼져 나갔다.

검진이 일으킨 기운은 사방에서 운무를 불러왔고, 오룡궁은 그 안에 잠겨 서서히 모습을 감추었다.

　오룡궁 밖에서의 부산한 움직임과는 달리 오룡궁의 안쪽은 정적에 잠겨 있었다. 긴박한 상황이라는 것을 아는지 모르는지 흑백이 조화된 도복을 입은 자들이 원을 둘러 가부좌를 틀고 바닥에 앉아 있었다.

　청수한 모습으로 앉아 있는 자들은 모두 일곱 명이었는데, 모두들 심각한 표정으로 한곳을 바라보고 있었다. 그곳은 그들이 원을 두른 바닥의 중심이었다.

　범상치 않아 보이는 이들이 앉아 있는 중심의 바닥에는 기이한 문양이 새겨진 청석들이 놓여져 있었다. 그곳에서는 지금 기이한 현상이 일어나고 있었다.

　놀랍게도 바닥에 새겨진 문양으로부터 푸른색의 빛이 흘러나오고 있었던 것이다.

　"으음!"

　앉아 있는 사람들 중 백미가 허리까지 늘어선 노인 하나가 문양의 변화를 지켜보다 신음을 터뜨렸다. 진행되는 변화를 보면서 우려하던 사태가 발생했을 뿐 아니라, 이미 돌이킬 수가 없다는 것을 확인한 것이다.

　백미노인은 좌중을 돌아보며 침중한 어조로 입을 열었다.

　"드디어 싸움이 시작되었소. 죽련방의 그림자로 인해 오랫동안 잠들어 있던 도맥들의 힘이 이제 깨어날 것이오."

　"이미, 죽련방에서도 본 파를 향해 달려오고 있을 겁니다.

그들이 올 때까지 시간을 맞출 수 있겠습니까?"

　백미노인과 마주하고 있는 중년인이 불안한 표정으로 물었다. 비밀리에 전승되어 내려오는 무당파의 마지막 장교인 자운(慈雲)이었다.

　"아마도 늦을 것이오, 자운. 세상이 비틀려 비밀스러운 힘이 깨어났다고는 하지만 천 년간 잠들어 있던 존재들이니 깨어나는 데 시간이 걸릴 것이니 말입니다. 제자들이 그자들을 얼마나 막아줄 수 있을런지……."

　백미노인이 안타까운 듯 말끝을 흐렸다. 불어오는 피바람을 멈출 수 없음을 아는 까닭이다.

　"아무리 반고의 힘을 이었다고는 하지만 산 아래에서부터 제자들이 막을 것이니 두 시간 정도는 충분히 막을 수 있을 겁니다. 하지만 그 정도 가지고는 우리의 뜻을 이룰 수 없을지도 모른다는 것이 문제입니다, 백령 선사님."

　최후의 안배를 마치기 전까지는 두 시간 가지고는 턱없이 부족했다. 제자들 전체가 전원 옥쇄를 각오하고 막는다 하더라도 두 시간 이상은 막을 수 없음을 잘 알고 있기에 자운의 안색은 참담하기 이를 데 없었다.

　그런 자운을 바라보며 백령 선사라 불린 백미노인의 눈에도 안타까운 빛이 스치고 있었다. 그 또한 자운의 심정과 그리 다르지 않았기 때문이다.

　오룡궁을 중심으로 무당산 아래까지 죽련방을 막기 위해 사람들이 나섰다. 그저 의기만으로 죽련방도들이 무당산에 오르는 시간을 지체시키기 위해 목숨을 도외시하고 나선 사람들이 대부분이다.

무당산 아래부터 중턱까지는 각파의 제자들이 진법을 펼쳐 일차 죽련방을 막게 되지만 그들은 그저 저지선에 지나지 않았다. 이제 겨우 수련을 시작한 지 십 년 정도 된 사람들이라 제대로 막을 수 있을지조차 의문인 처지였다.

그나마 기대를 걸고 있는 것은 무당파에서 그동안 심혈을 기울여 양성해 온 무당검수들이다. 그들은 오직 한 가지 진법을 익혔는데, 죽련방을 막기 위해 창안된 천반칠성검진(天半七星劍陣)이 바로 그것이다.. 진법을 펼치고 나면 시전자들에게는 오직 죽음밖에 남지 않는 옥쇄진을 펼치고 있는 중이다.

하지만 천반칠성검진으로도 죽련방에서 오고 있을 자들을 막는 데는 한계가 있었다. 이번 사태를 좌시하지 않고 인간의 힘을 초월한 자들을 보낼 것이 분명하기 때문이다.

이런 사실을 누구보다 잘 알고 있었던 백령 선사는 희생될 사람들로 인해 자운 못지않게 가슴이 답답한 상태였다.

한동안 안타까운 눈으로 자운을 바라보던 백령 선사는 뭔가 결심을 굳힌 듯 밝은 정광이 서린 눈빛으로 자운을 바라보며 입을 열었다.

"자운 도우의 말대로 여러 제자들이 죽음으로 막는다고 해도 그들을 원하는 시간까지 잡아놓는다는 것은 불가능한 이야기입니다. 죽련방에서 올 자들은 스스로 봉인에 들었다가 세상이 비틀려 세상에 나온 자들이니 말입니다. 이제는 반고의 힘까지 이어받은 상태일 것이 분명한 이상, 인간의 힘으로써는 감내할 수가 없다는 것이 제 판단입니다. 그러니 최후의 안배를 마치기 위해서는 우리들의 희생이 필요할지도 모르겠습니다.”

“하지만 그렇게 되면 본 파를 비롯한 여러 도맥들은 명맥이 끊길지도 모르는 일입니다.”

최후의 안배를 언급하는 백령 선사의 말에 자운이 우려를 표시했다. 좌중에 앉아 있는 다른 사람들도 자운과 같은 생각을 하고 있는 것인지 모두들 안색이 그리 좋지 않았다. 자신들이 희생하는 것은 그다지 어렵지 않지만 이대로 각 도파의 명맥이 끊긴다는 것은 그들로서도 우려하지 않을 수 없었던 것이다.

“자운 도우의 생각대로 그렇게 되면 무당파는 물론, 여기 있는 열여덟 개 도문의 맥은 모두 끊길 것입니다. 하지만 세상이 존재하지 않는다면 그것이 무에 그리 소용이 있겠소. 세상이 존재하지 않는다면 우리 도맥들이 이어진다는 것도 있을 수 없는 일일 터. 희생은 어차피 감수해야만 상황입니다. 하나, 만약에 깨어나는 존재 중에 내가 알고 있는 분이 계시다면 우리 도문들의 맥도 그분을 통해 다시 이어질 것이니 여러 도우들께서는 그리 염려하지 않으셔도 될 것입니다.”

백령 선사의 말이 틀리지 않았다. 세상이 존재하지 않는데 도문이 무엇이며, 깨달음이 무엇인가? 좌중에 있는 사람들은 모든 것이 사라진 뒤에는 아무것도 소용이 없음을 알 수 있었다.

이번에 깨어나게 되는 존재들로 인해 벌어질 사태를 수습하기 위해서는 가지고 있는 모든 것을 바쳐도 성공할 수 있을지 장담할 수 없다는 것을 상기할 수 있었던 것이다.

그리고 만약, 자신들의 안배가 성공해 세상에 안정이 찾아온다면 백령 선사의 말대로 각 도문의 미래도 기약될 수 있음을 알 수 있었다. 각 문파의 장문인들은 깨어나는 존재 중 도문의 모든 것이 집약된 존재가 있음을 기억해 낼 수 있었던 것이다.

그 존재가 깨어난다면 세상이 안정되고 난 뒤 어떻게 해서든지 각 문파는 이어갈 수 있을 것이기에 안심하고 백령 선사의 뜻에 따르기로 했다.

"알겠습니다. 장백문의 장령이신 백령 선사께서 하시는 말씀이시라면 생각하시는 바가 있을 것이니 따르도록 하겠습니다. 그럼 저희는 어떻게 하면 되는 것입니까?"

백령 선사의 뜻을 따르겠다는 듯 자운이 좌중을 둘러보며 말을 이었다.

"본도는 정반회령대법(正反廻靈大法)과 함께 차기미기(借氣瀰氣)를 통해 우리가 가진 모든 기운을 그들에게 전할 것이오."

"역시, 그렇군요."

자운도 백령 선사가 그럴 줄 알았다는 듯 고개를 끄덕였다. 정반회령대법에 차기미기를 섞는다면 자신들이 가지고 있는 진기를 한 올도 남김없이 모두 전해야 하기에 좌중에 있는 도우들 중에 살아남을 수 있는 사람이 한 명도 없다는 것을 짐작한 것이다.

'그렇지만 백령 선사께서 받으시게 될 고통이 상상을 불허할 터인데…….'

자운이 안타까운 눈으로 백령 선사를 바라보았다.

자신의 죽음은 그리 상관하지 않으면서도 백령 선사를 자운이 그리 바라본 것은 이번 대법을 주관하는 사람이 바로 그였기 때문이다.

정반회령대법을 시전하면 백령 선사에게 나머지 사람들의 힘이 모두 집중된다. 그에 따른 고통은 상상을 불허하는 것이다. 십팔층 지옥에서 겪어야 할 고통보다 더한 고통이 찾아올 것이다. 대법이 완성되고 죽음에 이르기 직전까지 그런 고통을 감내해야 하는 백령 선사가 안타까웠던 것이다.

"하하하, 자운. 우리가 아니면 누가 지옥에 들어가겠소. 그리 염려하지 마시구려. 내 이번에 참다운 도를 깨칠 작정이니 말이오."

자운의 걱정을 아는 듯 백령 선사가 호기롭게 말을 이었다.

"선사님!"

자운이 존경 어린 눈빛으로 백령 선사를 바라보았다. 백령 선사를 그렇게 바라보는 것은 자운뿐만이 아니었다. 다른 이들 또한 마찬가지였다. 웃음을 짓고 있는 백령 선사의 노안에서 자운을 비롯한 좌중의 모든 이들은 도인의 참다운 모습을 볼 수 있었던 것이다.

자신들의 죽음으로 세상을 구할 수 있다면 모든 것을 희생할 수 있는 그들이었지만 저토록 담담할 수는 없었기에 절로 존경하는 마음이 들지 않을 수 없었다.

"자, 그럼 시작하십시다."

"알겠습니다."

백령 선사의 말에 좌중의 인물들이 모두 정좌를 하고는 각자 수인을 맺었다. 백령 선사로부터 전해진 정반회령대법을 시전하기 위해서였다. 대법이 진행되자 사람들의 몸에서는 희미한 기운이 흘러나오기 시작했다. 자색과 홍색, 그리고 백색과 황금색 등 각자 색깔이 다른 기운들이었다.

흘러나온 기운들은 모두 백령 선사를 향해 몰려갔다. 차기미기를 이용해 기운들이 하나로 모이고 있는 것이다. 고통이 몰려오는 것인지 백령 선사의 노안이 점차 일그러지기 시작했다. 각자 소속된 문파의 장문인들인 열일곱 사람의 기운이 평범한 것이 아니었기 때문이다.

그들 각자가 가지고 있는 기운은 본래 그들이 가진 기운뿐만이 아니다. 오랜 세월 그들의 스승으로부터 계속해서 전해지고 쌓여온 기운들인 탓에 평범한 이라면 감당하기조차 힘든 기운들인 것이다.

백령 선사는 고통의 와중에서도 열일곱 사람의 기운을 자신의 기운과 합쳐 중심에 있는 기이한 문양들에 쏟아부었다. 원형으로 새겨진 바닥의 문양들이 백령 선사가 쏟아낸 기운을 흡수하자 파랗게 빛나기 시작했다.

시간이 지날수록 백령 선사의 얼굴은 점점 일그러져 가며 제 형체를 잃어갔다. 그리고 문양들이 흘려내는 빛은 그의 고통만큼이나 점점 광채를 더해갔다.

변화는 그뿐만이 아니었다. 좌중을 둘러싸고 기운을 쏟아내던 이들이 하나둘 고개를 떨어뜨리고 있었다. 자신이 가진 생명의 기운까지 하나도 남김없이 쏟아낸 탓에 죽음에 이르렀던 것이다.

정반회령대법은 장장 두 시간이 흐르도록 계속되었다. 어느덧 남아 있는 사람은 백령 선사와 자운뿐이었다. 자운 선사의 얼굴도 푸석하니 말라가는 것이 생명의 기운이 다하고 있었다.

"서, 선사님, 뒤, 뒷일을……."

마지막 생명의 불꽃을 소진한 자운이 부탁의 말과 함께 고개를 떨어뜨렸다. 이제 생명이 다한 것이다. 백령 선사는 고통의 와중에도 죽어가는 자운에게 미소를 보냈다. 다행히 죽련방의 인물들이 들이닥치기 전에 무사히 대법을 끝낼 수 있었기 때문이다.

'본도도 이제 자네와 도우들을 따라나설 테니 너무 외로워하지 마시게나.'

열일곱이, 아니, 그동안 이번 대법을 위해 노력해 온 수백의 정기가 퍼부어졌다. 이제는 자신이 마지막이라는 것을 알기에 백령 선사는 마지막 힘을 다해 자신의 기운을 바닥에 쏟아부었다.

 정반회령대법이 막바지로 다다르고 있을 무렵, 오룡궁을 중심으로 포진하고 있던 사람들은 긴장이 극에 달해 있었다. 우려하던 대로 오룡궁에 죽련방의 인물들이 들이닥친 것이다.

 처절하게 들려오던 비명 소리가 죽련방도들이 도착하기 전에 잠잠해진 것으로 보아 무당산 아래에 포진해 있던 각파의 제자들은 모두 당한 것이 분명했다. 산 아래 도착했다는 소리를 들은 것이 한 시간이 조금 넘었는데 벌써 오룡궁까지 쳐들어온 것이다.

 죽련방에서 온 자들은 오룡궁으로 들어선 후 각자 맡은 자리가 있는지 검진이 펼쳐진 곳을 중심으로 기이한 질서를 이룬 채 멈추어 서 있었다.

 난입한 자들을 바라보는 무당검수들의 눈은 차갑게 가라앉았다. 이미 죽음을 각오한 사람들답게 그들의 눈빛은 비장하기 그지없었다. 자신들이 시간을 끌면 끌수록 최후의 안배가 성공할 확률이 높기에 무당검수들은 각자 결전의 의지를 다지고 있었다.

 오룡궁으로 들어선 죽련방의 인물들은 무척이나 괴이한 자들이었다. 청바지에 남방을 걸친 자가 있는가 하면, 술집에서 노래하는 삼류 가수마냥 반짝이는 옷을 입고 있는 자 등 각양각색의 모습을 하고 있었다.

 모습은 제각각이었지만 그들에게는 남다른 공통점이 있었

다. 겉모습과는 달리 깊이를 알 수 없는 눈을 가지고 있다는 것과 살이 떨릴 정도의 무자비한 살기를 풀풀 흘리고 있다는 것이었다.

그들의 옷 곳곳에는 피가 묻어 있었다. 오룡궁까지 올라오면서 그들을 막아섰던 각파 제자들의 몸에서 흘러나온 피일 터였다.

"검진이라… 후후후, 무당에서 오랜만에 전설을 재현한 모양이로군."

나타난 자들 중에 청바지에 노란 남방을 입은 자가 입을 열었다. 비록 나이는 삼십대 초반으로 보였지만 나타난 이들을 지휘하는 자로 보였다. 그에게서 흘러나오는 기운이 유난히 두드러졌다.

"시간이 없다. 앞에 있는 것들은 모두 치워 버리고 오룡궁으로 들어가는 길을 열어라!!"

"우와와!!"

"끼요오오!!"

사나이의 지시에 죽령방의 인물들은 비명과도 같은 기이한 기합을 지르며 검진을 향해 쇄도했다. 그들의 쇄도는 무식하게도 그야말로 육탄 돌격이었다. 아무런 공격 없이 그냥 맨몸으로 검진을 향해 부딪쳐 가고 있었던 것이다.

칼을 든 자들에게 맨몸으로 덤벼드는 것이 일견 무모해 보였지만 나타난 결과는 그것이 아니었다.

쾅!

콰콰쾅!!

그들의 몸이 검진과 부딪치는 순간 귀청이 찢어질 듯한 폭음이 일었다. 검진이 뿜어내는 기운과 돌격하는 자들의 육신이 부딪치며 나는 소리라고는 믿을 수 없을 정도로 커다란 폭음이었다.

그와 동시에 강력한 충격파가 장내를 휩쓸었다. 바닥이 갈라지고 흙먼지가 사방으로 비산했다. 충격의 여파로 인근에 있는 건축물들이 풀썩풀썩 쓰러질 정도였다.

잠시 후, 먼지가 가라앉고 장내가 드러났다.

"크윽!"

"아아악!!"

사방에는 신음 소리가 가득했다. 부상을 입고 쓰러진 자들이 흘리는 신음 소리였다. 척추가 꺾이거나 목이 꺾여 죽은 자들과 팔다리가 부러지는 부상당한 자들이 오룡궁 앞에 가득했다.

쌍방이 부딪쳤건만 쓰러진 자들은 놀랍게도 검진을 이루는 자들이 대부분이었다.

"크윽!"

"윽!"

부상을 입은 채 신음 소리를 삼키며 죽령방도들을 바라보는 무당검수들의 얼굴에는 경악한 표정이 가득했다. 한 번의 격돌로 죽련방도들에게 제대로 된 부상 하나 입히지 못하고 자신들이 펼친 검진만 일방적으로 꺾여 버린 사실을 믿을 수 없었던 것이다.

"저, 저들은 분명 인간이 아니다. 인간이라면 있을 수 없는 일이다. 그래도 십여 분은 버틸 줄 알았건만, 단번에 무너지다니… 크윽!! 장문인, 죄송합니다."

진을 지휘했던 무당검수는 억울한 듯 울분을 참지 못했다. 너무 쉽게 무너진 때문이다.

천반칠성검진은 일곱 명의 내력을 한군데 집중하는 탓에 강력한 힘을 발산한다. 접점이 한정된 경우 마주하지 않는 이들의 내력까지 집중하는 탓에 절대로 막을 수 없는 힘이다.

인간의 육신이라면 검진과 부딪칠 때 갈가리 찢겨 나가야 정상이었지만 죽련방의 인문들은 어디 하나 다친 구석이 없이 오연히 자리하고 있었기에 분하지 않을 수 없었던 것이다.

파팟!

수하들에게 진을 무너뜨리라고 지시를 내렸던 청바지의 사나이가 진이 무너지자 곧장 신형을 띄운 후 빠르게 오룡궁 안으로 날아들었다.

"제기랄!! 한발 늦었군."

안으로 들어선 사나이는 원형을 이룬 채 이미 숨을 거둔 도인들을 볼 수 있었다. 무당산에 오르는 동안 자신들을 제지하는 자들이 있기에 최대한 빠르게 무너뜨리고 달려왔건만 이미 상황은 종결되어 버린 것이 분명했던 것이다.

"응?"

늦었음을 확인하고 신형을 돌리려던 사나이는 잠시 놀라는 듯하더니 신형을 돌려 백령 선사가 쓰러진 곳으로 다가갔다. 모두 죽었다고 생각했는데 백령 선사의 숨이 끊어질 듯하면서도 가늘게 이어지고 있었던 것이다.

퍼퍼퍽!

사나이의 손가락이 백령 선사의 몸을 누볐다. 생명력을 끌어올리기 위해 잠력을 격발시킨 것이었다.

하지만 이미 모든 진원을 쏟아낸 백령 선사는 쉽게 정신을 차리지 못했다. 보다 못한 사나이는 백령 선사의 장심에 손을 얹고는 자신의 힘을 불어넣었다.

“으음!”

백령 선사가 신음을 흘리며 눈을 떴다.

“어디로 갔나?”

“……”

백령 선사는 사나이를 익히 아는 듯했다. 사나이의 질문에 고통으로 일그러진 미소만 지을 뿐이다.

“말코! 어디로 갔냐는 말이다!”

고함과 함께 사나이의 눈에 붉은 광망이 어렸다. 사이롭게 빛을 발하는 그의 눈빛은 백령 선사의 눈을 파고드는 듯했다.

“반고의 광겁안(恇怯眼)을 내게 시전해도 아무 소용이 없을 것이오, 장 시주. 이미 배는 떠나갔소. 아무리 장 시주의 능력이 천의무봉하다고는 하지만 그들을 잡을 수 없을 것이오.”

“이, 이이!! 으드득!”

분노 때문인지 장백령의 입에서 이를 가는 소리가 들렸다. 그의 말대로 진실을 알아내려 시전했지만 백령 선사에게는 광접안이 소용없었던 것이다. 백령 선사의 진원이 모두 다해 이미 신지가 흐트러지기 시작한 탓이다.

장백령은 울화가 치밀어 올랐다. 자신의 생명을 버려가면서까지 이토록 빠르게 일을 진행시킬 줄 미처 몰랐던 탓이다.

"부… 부탁이오, 장 시주. 이미 반고는 예전의 반고가 아니오. 그… 그만 미망에서 헤어나 중생을 살펴주시오. 더없이 가여운 자들이오."

"말코, 네가 상관할 일이 아니다. 세상은 기필코 정화되어야 하니 말이다. 원을 이루었으니 잘 가라. 네가 준비한 것에 대해서는 내 친히 상대를 해주겠다."

더 이상 살펴볼 것이 없음을 짐작한 장백령은 장심에서 손을 떼어 진원을 차단했다.

"후… 후회… 하… 할 것이오."

한가닥 목숨줄을 쥐고 있던 진원이 사라지자 백령 선사는 힘겹게 말을 한 후 그대로 숨을 거두었다.

숨을 거둔 후에도 자신을 바라보는 백령 선사의 눈빛이 측은함으로 물들어 있는 것을 보았지만 장백령은 그의 눈빛을 외면하고 오룡궁을 나섰다.

오룡궁의 앞뜰에는 장백령의 수하들이 쓰러진 자들을 감시하며 오연하게 서 있었다. 반고의 힘을 이어받아 무적이 된 죽련방의 형제들이었다.

"지금부터 도문의 맥이란 맥은 모두 자른다. 쓸데없는 사상을 유포하는 놈들은 있으나마나니까."

적을 상대할 때 삭초제근은 명심해야 할 사항이었다.

장백령의 지시에 그의 수하들이 쓰러져 있는 자들 중 아직까지 숨이 붙어 있는 무당검수들에게 다가갔다. 지시대로 살아 있는 자들을 처리하려는 것이다.

"잔인한 놈! 네놈들의 뜻대로는 되지 않을 것이다!"

쓰러져 있는 검진을 지휘했던 무당검수가 장백령을 노려보며 소리를 질렀다. 하지만 그의 고함은 그리 오래가지 않았다. 어느새 다가온 죽련방의 인물이 그의 가슴을 꿰뚫어 버린 것이다.

"크으윽! 천, 천벌을 받을 것이다. 천… 벌을……."

털썩!

소리를 지르던 무당검수가 원한이 맺힌 음성과 함께 숨이 끊어진 채 바닥에 쓰러졌다. 그것을 기회로 죽련방도들이 손을 쓰기 시작했다. 그들의 손속은 가차없었다.

"컥!!"

"크윽!"

죽련방도들은 하나하나 쓰러진 자들을 살피며 살아 있는 자들의 숨을 끊어나갔다. 무표정한 얼굴로 목뼈를 부러뜨리거나 가슴을 밟아 심장을 터뜨리며 사람의 목숨을 끊고 있는 모습은 마치 지옥에서 방금 뛰쳐나온 사신 같았다.

　그렇게 죽령방도들이 검진을 이루고 있던 무당검수들을 모두 죽이는 데는 십 분도 채 걸리지 않았다.

　"난 방으로 돌아가겠다. 이곳에 있는 시체들을 모두 처리하고 난 후에는 올라오며 우리를 막아섰던 놈들 중에 살아 있는 놈들을 사이좋게 모두 저승길로 인도해라. 그리고 전쟁이 시작된 것 같으니 그에 대한 대비를 서둘러야 할 것이다. 각자 휘하에 있는 자들을 모두 방으로 불러들여라. 정한 규칙에 합당한 자라면 하나도 빠짐없이 불러들여야 할 것이다."

　"존명!!"

　죽련방도들이 일제히 대답을 하며 고개를 숙였다.

　휘이익!

　장백령은 지시를 내리고는 곧장 신형을 띄운 후 무당산을 내려갔다. 장백령이 떠나고 난 후 남아 있는 죽련방도들은 오룡궁 앞에 널려 있는 시체들을 차곡차곡 모은 후, 시체 위에 석유를 들이붓고는 불을 질렀다.

　화르르르!

　시체들은 이내 불길에 휩싸였다. 번져 오른 불길이 오룡궁으로 번져 나갔다. 천여 년이 넘도록 오랜 세월 무당산과 함께 영욕을 함께해 온 오룡궁이 불타올랐다.

　잠시 후, 오룡궁으로 오르는 길목 곳곳에서 오룡궁에서와 같이 화염과 함께 불길이 솟아올랐다. 죽령방도들을 막아섰던 각파 제자들의 시체가 태워지는 불길이었다.

　수하들이 뒤처리에 여념이 없을 무렵, 무당산을 내려온 장백령은 헬기에 오르고 있었다. 각 군구에서나 쓸법한 군용 헬기였다. 이내 상공으로 떠오른 헬기는 기수를 동쪽으로 돌렸다.

　'오랜 세월 역사가 깃든 무당산이 불타오르는구나. 하지만 어쩔 수 없는 일이다. 곧이어 나타날 새로운 세상에는 필요없는 것들이니.'

　석양으로 물들어가는 무당산에서 피어오르는 회색의 연기는 장백령의 심사를 울적하게 만들었다. 비록 뜻을 달리하기는 하지만 오랜 역사를 이어온 도맥들을 자신의 손으로 끊은 것이 못내 마음에 걸렸기 때문이다.

　'어찌 되었든 이곳에서의 일이 뜻대로 되지 않은 이상 소림사나 석가장에서의 일도 마찬가지일 것이다. 빨리 방으로 돌아가 형제들이 오면 대책을 세워야 할 것이다. 어차피 내가 친 그물로 들어올 테지만 만사불여튼튼이니까.'

　죽련방의 실질적인 무력을 담당하는 자신과 동생들이 세 곳을 맡았다. 무당파와 소림사, 그리고 석가장이다. 자신이 맡은 무당파는 예상대로 준비를 하고 있었다.

　그런데 자신의 목숨을 희생해 안배를 완성할 줄은 장백령으로서도 예상치 못한 것이었다. 그로 인해 한 번도 실패를 맛보지 못했던 그로서는 생애 처음으로 실패라는 것을 맛봐야 했다.

　무당파에서 벌어진 사태로 봤을 때 세 곳은 뭔가 교감을 가지고 있었을 것이 분명했다. 소림사와 석가장에서 어떤 일이 벌어졌는지는 모르지만 죽련방의 뜻과는 어긋났을 것이라는 것은 분명했다.

장사에만 여념이 없는 것처럼 보이지만 지금 소림의 방장을 맡고 있는 자는 속에 능구렁이 수십 마리를 키우는 자다. 그런 자가 이런 변화에 대처하지 않을 리가 없다.

숨어 있는 힘을 측량할 길 없는 소림의 저력으로 볼 때 무당 파와 같이 미리 대비를 하고 있었을 것이다. 그렇다면 소림사 에서 시도된 안배를 깨뜨리지 못할 것은 분명했다.

석가장도 마찬가지다. 오래전 명맥이 사라진 부의 가문이라 고는 하지만 석가의 일맥이 사라진 것은 그들이 일부러 몸을 감추었기 때문이다.

그들은 세상에서 몸을 감춘 후 은밀히 세력을 확장했다. 중 국 본토는 물론, 대만과 동남아시아, 그리고 전 세계로 그들은 뻗어나갔다. 중국인이 있는 곳이라면 석가장의 힘이 존재하지 않는 곳은 없다.

죽련방이 세계 화교 연맹인 화련을 장악하기는 했지만 석가 장으로 인해 그것은 껍데기에 불과하다는 것을 장백령도 잘 알고 있었다. 중요한 것들은 암중에 석가장의 인물이 휘어잡 고 있다는 것을 알고 있었던 것이다.

그런 그들이 셋째의 공격에 대비를 하지 않을 리가 없다는 것은 불문가지일 것이기에 장백령도 실패를 예상하고 있었던 것이다.

'날 믿고 있는 이상 그 계집은 분명 북경으로 올 것이다. 그러면 모든 상황은 내가 원하는 대로 끝날 것이다. 그 계집은 다른 계집들과 같이 올 터이니…….'

실패를 어느 정도 예상하고 모종의 안배를 해놨던 장백령은 그다지 염려하지 않았다. 아직 자신의 진실한 정체가 밝혀지지 않은 이상 계획은 예정대로 진행될 것이기 때문이다.

생각을 거듭하는 가운데 헬기는 가까운 항공 기지에 착륙했다. 이미 연락을 받은 듯 엔진을 돌리고 있는 군용 수송기 하나가 대기하고 있었다. 헬기에서 내린 장백령은 이내 수송기에 올라탔다.

"기다리고 있었습니다. 곧장 이륙을 할 예정이니 좌석에 앉으신 후 안전벨트를 착용하십시오."

승무원의 안내로 좌석에 앉은 후 안전벨트를 착용하자 수송기는 곧장 이륙했다. 어느 정도 고도가 오르자 수송기는 기수를 동쪽으로 잡았다.

죽련방의 일방주인 장백령을 실은 수송기가 향하는 방향에는 중국의 심장이라 불리는 북경이 기다리고 있었다.

Chapter 6
가이아가 남긴 최후의 안배

놈의 힘이 점점 소멸되어 간다. 이제 암흑의 존재로 화한 계명의 힘을 거의 흡수한 것이다. 나는 흡수하는 과정에서 이상한 점을 느꼈다.

계명이 내게 쏟아내는 힘들 중에 주천문도들이 가지고 있던 기운과 비슷한 힘을 느꼈던 것이다. 의아한 생각이 들었기에 이제는 천부경과 완전히 합일된 선무화의 운행을 중단했다. 확인할 것이 있어서였다.

선무화의 운행을 중단하자 이제 암흑의 힘이 완전히 사라진 계명이 서서히 바닥으로 떨어져 내렸다. 바닥에 닿을 즈음 검은 기운으로 휩싸인 모습이 사라지며 뭔가 사방으로 튀어나왔다. 그것은 사람들이었다. 피폐할 대로 피폐한 채 거의 다 죽을 것 같은 모습의 사람들이었다.

계명을 상대하느라 지쳐 있던 주천문도들은 하나같이 놀라는 표정이다. 계명으로부터 튕겨지듯 떨어져 나와 바닥에 쓰러진 자들을 아는 것 같은 표정이다.

그들의 눈에는 안타까운 빛이 역력했다.

"아는 사람들입니까?"

멍하니 서서 쓰러진 사람들을 바라보고 있던 천유동에게 다급히 물었다.

"압니다, 알고말고요. 저들은… 크윽!"

천유동의 눈에서 눈물이 흐른다. 감정이 복받쳐 오른 듯 말을 이어가지 못한다. 문득 계명을 완전히 소멸시키지 않은 것이 잘했다는 생각이 든다.

"죄송합니다."

천유동이 눈가에 흐르는 눈물을 훔친 후 사죄를 한다.

"어떤 사람들입니까?"

짐작이 가지 않는 것은 아니지만 확인차 물었다.

"이들은 국정원에 있는 MP로 갔던 주천문의 문도들입니다. 그런데 이런 모습으로 나타날 줄은 저도 몰랐습니다. 놈들이 대체 어떻게 했기에 이 사람들이 이렇게 변해 버리다니, 정말 놈들을 때려죽이고 싶군요."

"역시, 그랬군요."

천유동의 말을 듣고 어떻게 된 일인지 어느 정도 짐작이 갔다. 국정원에서 양성하고 있는 초능력 집단인 MP가 CIA의 오메가 계획에 이용당한 것 말고도 흑룡회도 그들을 이용한 것이 분명했다.

주천문도라면 나와 비슷한 파장을 가지고 있는 사람들이다. 오메가 계획이 이들의 에너지 파장을 이용해 기계에 접목시킨 것이라면 흑룡회는 이들에게 비록 상반된 기운이지만 비슷한 파장을 지닌 계명을 강림시켰던 것이 틀림없었다.

"크윽! 이, 이렇게 허무하게 생을 마감할 줄이야. 어떤 새끼들인지 모르지만 흑룡회 놈들을 모두 죽여 버릴 겁니다. 모든 문도를 동원해서라도 끝까지 놈들을 응징할 겁니다."

천유동은 무척이나 화가 나는지 이를 악물며 흑룡회를 저주했다. 새파란 광채가 두 눈에서 흘러나오는 것이 내가 보기에도 섬뜩했다.

"후후후, 너무 흥분하지 마십시오. 저 사람들은 아직 살아 있습니다. 내가 살인마도 아니고 함부로 사람을 죽일 이유가 없으니까요. 지금은 기력이 완전히 고갈된 상태라 기절해 있는 상태라고 할 수 있습니다. 한두 달 정도 잘 정양하면 목숨은 건질 수 있을 겁니다. 그리고 잘만 하면 능력도 회복할 수도 있고 말입니다."

"문주님, 이들이 살아 있는 것이 정말입니까?"

믿지 못하겠다는 듯 천유동이 나를 바라보았다. 숨을 쉬고 있지도 않고, 심장도 뛰지 않으니 그렇게 생각하는 것은 당연했다.

"바이탈사인은 일체 나타나지 않고 있지만 저 사람들이 살아 있는 것은 확실합니다. 아직 영혼의 힘이 미약한 탓에 그런 것이니 염려하지 마십시오. 그보다는 이곳의 정리가 시급하니 문도들에게 지시를 내려 빨리 장내를 정리하도록 하십시오. 다행히 우리가 쳐놓은 결계가 깨지지 않아 밖에서는 상황을 모를 테니 최대한 빨리 정리를 해야 합니다. 이분들도 옮겨야 하고 말입니다."

"알겠습니다.

사람들의 처리가 우선이었기에 천유동을 진정시키며 지시를 했다. 자신이 흥분했다는 것을 알았는지 계면쩍은 표정을 지으며 천유동이 대답했다.

"그런데 빠져나간 그자는 어떻게 합니까?"

계명과의 대결이 시작되자 심상치 않음을 느낀 것인지 박문회는 이미 도주하고 없었다. 힘의 파장이 새어나가지 않게 주천문의 결계를 유지하며 계명을 묶어두느라 박문회를 놓친 것이 아쉬웠는지 천유동은 어떻게 해야 할지를 물었다.

"놈에 대한 염려는 안 해도 됩니다."

"예?"

임무를 수행하지 못한 탓에 미안해하는 천유동이지만 그리 걱정할 것은 없다. 박문회에 대한 감시는 이미 진행 중이었기 때문이다.

총회장을 떠나는 순간부터 미네르바는 놈에 대한 감시를 시작했다. 아무리 능력자라 할지라도 빠져나갈 수 없는 그물에 들어간 것이다.

박문회는 어디로 가든 자신이 그물에 들어왔다는 것을 느끼지 못할 것이다. 조금씩 그물을 넓혀가며 놈을 추적하고 있으니 말이다. 머지않아 놈들의 면모를 확인하는 것은 시간문제라 내버려 두고 있었던 것이다.

"놈에 대한 것은 이미 조치를 취해놓았으니 염려하지 않아도 됩니다. 그보다는 이곳의 일을 수습하는 것이 더 중요합니다. 조금 있으면 기자들이 들이닥칠 테니 말입니다."

"알겠습니다."

기자들이 들이닥치면 곤란한 상황이 발생할지도 모른다는 것을 알아차린 천유동이 서둘러 나서자 장내가 빠르게 수습되기 시작했다.

이번 싸움으로 인해 원기가 많이 상해 쓰러져 있는 사람들이 우선적으로 옮겨졌다. 계명으로부터 분리된 존재들도 마찬가지였다.

그들은 지하에 대기하고 있는 자동차에 실려졌다. 부상자가 있을 것이라 예상하고 준비한 자동차를 상황이 끝나자 미네르바가 곧바로 보내온 것이다. 다른 이들이 눈치챌 틈 없이 부상자의 처리가 완료되어서 다행이었다. 자칫 일이 틀어질 수도 있었기 때문이다.

어느 정도 장내가 수습되자 결계 밖에 있는 자들의 정신을 차리게 했다. 위험을 피해 결계 밖으로 내보낸 자들이었다. 주주총회를 마무리 지어야 하기에 모두 필요한 사람들인 까닭이었다.

　혹시나 모를 일이기에 흑룡회의 인물들을 제외하고는 정신을 차리기 전에 약간이지만 그들의 기억을 조작하는 것을 잊지 않았다.

　흑룡회의 인물들은 내가 직접 세뇌 작업을 진행했다. 혹시나 투왕이나 금왕 등과 같이 특별한 금제가 가해졌을 수도 있기 때문이었다.

　다행스럽게도 주주총회에 참석한 자들은 금제가 가해져 있지 않았다. 덕분에 주주총회를 마무리하는 것은 수월했다.

　비록 의자 등이 모두 가루가 되어 앉을 자리가 없었지만 주주총회는 내가 원하는 대로 결론이 내려졌고, 경영권은 태호 선배를 비롯한 한얼 측으로 인계하는 것으로 결정이 났다.

　기존 경영진이 모두 퇴진하고 난 뒤부터는 한태호 등이 주주총회를 이끌었다. 한철은 한발 뒤로 물러나 만약이 사태에 주변을 살피다가 흥미로운 존재들을 목격할 수 있었다. 비록 모습은 보이지 않지만 상당한 능력을 가진 존재들이었다.

　모습을 숨긴 자들 중에 헨리의 독특한 기운을 느끼지 않았다면 곧바로 손을 써야 할 정도로 강한 존재들이었다. 처음 그들이 도착했을 때는 상황 정리가 어느 정도 끝나고 주주총회가 다시 시작되려는 때였다. 다섯 아이와 한태호 일행들도 그들의 존재를 알아차렸지만 한철이 보낸 텔레파시로 그저 모르는 척 회의를 진행하고 있었던 것이다.

　'재미있군. 저런 존재들이 있다니 말이야. 어두운 기운 속

에도 한줄기 밝은 기운으로 본성을 억제하고 있다니… 으음, 앤트 가에서도 금제를 사용하는가 보군.'

헨리를 제외한 세 존재의 힘은 특별했다. 그들의 내면에 내재되어 있는 힘의 근원이 무척이나 어두운 속성에 속하는 것이었기 때문이다.

그 정도면 사람들이 흔히 말하는 귀신이나 마귀같이 사악한 존재라고 할 수 있었다. 그렇지만 그 기운의 중심에 매우 강력한 밝은 기운이 존재하고 있어 어두운 기운을 순화시키기에 흥미로웠던 것이다.

한철은 그들이 헨리가 앤트 가로부터 요청한 지원 병력임을 알 수 있었다. 그것도 보통이 넘는 지원 병력이었다. 웬만한 능력자라도 이곳에 온 자들에 비하면 어린아이라고 할 정도로 상당한 능력을 소유한 자들이었던 것이다.

'앤트 가도 분명히 차원을 주관하는 자들과 관련이 있는 가문일 것이다. 그렇지 않다면 저런 존재들을 금제하고 휘하로 부릴 수 없을 테니까. 어찌 됐거나 이번 기회에 앤트 가에 대해서도 자세히 알아볼 필요가 있겠군.'

앤트 가의 존재가 새삼스러웠다. 차원을 주관하는 존재들을 벌써 둘이나 만나보았다. 비록 완전한 존재들은 아니었지만 그 힘은 무시할 수 없는 것이었다. 만약 완전한 존재였다면 자신도 상황이 어떻게 변했을지 모르기에 한철은 이번 기회에 헨리와 앤트 가에 대한 관계를 다시 생각해 보기로 했다.

한철이 앤트 가에 대해 의문스러워하고 있을 무렵, 장내에 도착한 후 모습을 숨긴 채 한철 일행을 관찰하고 있었던 헨리 또한 곤혹스러웠다.

그가 아지트에서 느낀 힘의 파장은 매우 강력한 것이었다. 우려했던 자들이 나타난 징조라 여겼건만, 오는 도중 아니라는 것을 알고 그나마 안도했었다.

하지만 그토록 큰 힘을 발산하던 존재들에 대해 알 수 없다는 것이 그로서는 매우 불안했다. 도착해 보니 이미 상황이 완전히 종결되고 난 뒤라 주주총회장에서 무슨 일이 벌어진 것인지 알 수가 없었던 것이다.

강력한 힘의 여파가 스친 증거는 몇 가지 찾아낼 수 있었다. 하지만 그것이 전부였다. 그것만 가지고는 누가 나타났던 것인지 아무것도 알아낼 수 없었다.

강력한 힘을 발산하고 홀연히 사라진 존재, 힘의 여파로 차원이 균형이 흔들릴 수 있는 존재는 차원을 주관하다 사라져버렸던 존재들뿐이었기에 그는 불안한 마음으로 한철을 유심히 바라보고 있었다.

"제이슨!"

"말씀하십시오, 소가주님."

"자네가 보기에는 어떤가?"

한철을 지켜보며 여러 가지 상황을 추측해 보던 헨리는 제이슨의 의견을 물었다.

"글쎄요. 확실하지는 않지만 저기 있는 유한철이라는 자가 상황을 종결시킨 것은 분명합니다.”

“이유는?”

“저자에게서 초월한 존재만이 풍길 수 있는 향기가 느껴지기 때문입니다.”

“역시, 그렇군.”

자신이 추측한 것과 그리 다르지 않았다.

하지만 아무리 봐도 의문일 뿐이었다. 두 번째 금제를 풀고 난 후 비약적으로 능력이 상승한 헨리였다. 지금의 자신이라면 아무리 초월자라 하더라도 능력을 측정하는 것은 어렵지 않음에도 한철의 능력을 추측할 수 없다는 것이다.

초월을 한 존재는 자신이 가진 능력을 숨길 수도 있지만 그것에도 한계가 있는 것이었다. 바탕에 깔린 것이 있기에 어느 정도 그 힘을 예측할 수 있는 것이다.

그러나 자신이 바라보고 있는 한철의 능력은 그저 괜찮은 능력자 정도였다. 그런 정도라면 아무리 숨겨진 능력이 크다 할지라도 초월자들을 상대할 정도는 되지 못했기에 의문은 더욱 커져만 갔다.

아무리 금제를 해제하고 새로운 존재로 거듭난 존재라 할지라도 헨리로서는 한철의 힘이 미네르바를 통해 골든나이트를 만드는 데 쓰이는 중이라 최소한의 능력만 있는 것처럼 보이고 있다는 것을 알 수가 없었다.

한철이 계명과의 대결이 끝나자마자 자신이 가진 힘과 계명으로부터 흡수한 힘들을 전부 동원해 골든나이트의 완성을 서둘렀기에 지금 한철의 내부에는 적당한 양의 힘만 남아 있었던 것이다.

"소가주님, 제가 한번 접근해 보도록 할까요?"

의혹이 서린 눈빛으로 한철을 주시하고 있는 헨리를 향해 에이미가 입을 열었다. 그녀 또한 한철에 대해 무척이나 흥미로운 듯했다.

"아니, 위험하다. 그가 우리의 존재를 아직까지 모를 리 없다. 섣불리 접근했다가는 반감만 살 뿐이다."

"저자가 우리의 존재를 알아차렸다는 말입니까?"

헨리의 말에 에이미가 놀라 물었다. 헨리의 말투로 봐서는 유한철이 헨리는 물론이고, 자신들의 존재를 명확하게 알고 있다는 느낌을 받은 것이다.

아무리 능력자라 할지라도 자신들의 존재를 감지한다는 것은 불가능한 일이었다. 초월자라 하더라도 선택받은 종족인 자신들에 대해 느끼기는 하겠지만 헨리의 말에서처럼 명확하게 알 수 없는 일이었기에 놀라지 않을 수 없었던 것이다.

"저자의 능력은 추측이 불가능하다. 지금 내가 보고 있는 능력도 그가 가진 전부라고 말할 수 없을 정도다. 그리고 저자의 정보망은 우리 앤트 가를 능가할지도 모른다. 그러니 너희들의 존재에 대해서도 모를 리 없을 것이다."

"음!"

에이미는 헨리의 말에서 그가 유한철을 두려워한다는 것을 느낄 수 있었다. 앤트 가의 가주를 제외하고 가장 강한 힘을 보유하고 있는 헨리가 두려워한다는 사실이 그녀로서는 생소했다. 비록 금제를 당해 지니고 있는 능력을 다 발휘할 수는 없지만 에이미는 자신이 있었다. 그런데 자신들이 금제를 풀어도 상대할 수 없는 헨리가 유한철의 능력을 두려워한다니 의문이 든 것이다.

"여기의 일이 끝나면 별도로 만날 것이니 모두 준비를 해두도록. 지금 상태로는 좀 그러니까."

"알겠습니다."

헨리의 말에 제이슨이 대답을 했다. 모습을 가리고 있는 상태지만 쉐도우들은 지금 알몸 상태였다. 헨리의 말대로 이대로는 한철을 만나기 곤란했던 것이다.

"가자, 좋은 옷가게가 있을지는 모르겠지만."

제이슨은 에이미와 젬마를 이끌고 총회장을 빠져나갔다. 이대로 모습을 드러내면 알몸을 고스란히 보일 수밖에 없기에 옷을 구하려는 것이다.

'역시, 알고 있었군.'

제이슨을 비롯한 쉐도우들이 총회장을 벗어나자 한철이 자신이 있는 쪽을 보며 미소를 짓고 있었다. 마법을 이용해 기척을 완전히 지우고, 능력자의 눈에도 자신들이 보이지 않도록 몇 겹의 투명화 마법을 펼쳤음에도 자신들의 존재를 인식하고 있는 것이 분명했다.

　한철이 자신들의 존재를 알고 있다는 것을 확인한 헨리는
사람들의 시선이 연단으로 집중된 사이에 마법을 해제했다.
괜한 오해는 사기 싫었던 것이다. 헨리가 모습을 드러내자 기
다렸다는 듯 한철이 다가왔다.

　"재미있군요."

　한철이 내뱉은 첫마디였다.

　"동양창업투자가 흑룡회 쪽과 선이 닿은 것으로 알고 있는
데, 그들과 부딪친 것입니까?"

　나이가 한참이 차이가 나는 데도 불구하고 헨리는 한철에게
존대를 했다. 그것은 한철을 개인이 아닌 단체의 수장으로서
대하는 예의였다.

　"조금 방해를 하더군요. 하지만 무사히 정리가 되어 일을 진
행 중입니다."

　"피해는 많지 않았습니까?"

　"그다지 피해를 입은 것은 없습니다. 그런데 재미있는 분들
이 수행을 하시는 것 같더군요."

　"알고 있었습니까?"

　한철이 알고 있었다는 것을 알았으면서도 헨리는 의외라는
듯 눈을 동그랗게 떴다.

　"글쎄요? 후후후."

　미묘한 웃음을 흘리는 한철을 보며 헨리는 등골이 서늘했
다. 자신이 판단한 대로 섣불리 감당할 상대가 아니라는 것을
느낄 수 있었다.

“이제 주주총회가 끝났나 보군요.”

“그렇군요.”

한철의 말대로 폐회를 알리는 소리와 함께 장내에 있는 사람들이 하나둘 빠져나가기 시작했다.

사람들이 모두 빠져나간 후 한철의 사람들만이 행사장에 남았다. 회사 관계자들은 오늘 결정된 사항에 따라 앞으로 어떻게 할 것인지 대표이사가 된 한태호에게 의논하려 했으나 한철의 제지로 내일로 미루어졌던 것이다.

한철은 사람들에게 헨리를 소개했다. 앞으로 한얼을 도와줄 사람이라는 간략한 소개였다. 헨리는 한철의 소개에 한태호에게 악수를 청했다.

“안녕하십니까, 헨리 앤트라고 합니다.”

“반갑습니다. 보스와 잘 아는 사이 같은데, 잘 부탁드립니다.”

한태호는 헨리와 악수를 하며 반가움을 표시했다.

‘유한철이 이들의 리더인가? 다들 대단하군. 지금까지 겪어왔던 자들과는 전혀 다른 능력을 소유한 자들이라니…….’

색다른 능력의 소유자들이었다. 정확히 어떤 능력을 가지고 있는지 헨리로서도 정확히 파악을 할 수 없었다. 앤트 가의 소가주이지만 지금까지 쉐도우를 제외하고 이토록 많은 수의 능력자들을 한꺼번에 본 적이 없었다.

헨리는 자신이 능력을 파악할 수 없는 자들이 있다는 사실에 표정이 굳어졌다. 이런 능력자들이 한철의 휘하에 있다는 것이 그의 마음을 무겁게 한 것이다.

"아닙니다. 제가 부탁을 드려야 할 것 같군요. 다들 출중하신 분들 같으니 말입니다."

"하하하, 과찬이십니다. 그런데 저분들도 일행이신가 봅니다."

총회장에 들어오는 제이슨 등을 바라보며 한태호가 물었다.

"아, 제 일을 도와주고 있는 사람들입니다."

"그렇군요."

다들 범상치 않아 보이기에 한태호는 고개를 끄덕였지만 그의 뒤에서 제이슨 일행을 바라보고 있던 다른 사람들은 얼굴이 약간 굳어 있었다. 제이슨 일행에게서 흘러나오는 기운에 묘한 위화감을 느끼고 있었기 때문이다.

'믿지 못할 일이로군. 쉐도우의 기운을 느낄 수 있는 존재들이라니.'

헨리는 장내에 있는 자들이 쉐도우가 가진 특유의 기운을 느끼고 있는 것을 보며 경악하지 않을 수 없었다. 그들이 쉐도우의 기운을 느낀다는 것은 최소한 지금의 자신과 비슷한 경지여야만 가능한 것이었기 때문이다.

'아니다. 저들의 능력은 그리 크지 않다. 다만 기운의 특성상 쉐도우들의 기운을 느끼는 것뿐이다.'

한태호 등을 다시 한 번 살핀 헨리는 어느 정도 안도할 수 있었다. 자신과 같은 경지가 아니라 그들이 가지는 기운의 특성 때문에 쉐도우라는 존재가 가진 기운을 느끼는 것인 것을 확인한 것이다.

"헨리 씨, 저분들을 소개해 주시지 않겠습니까?"

한태호 일행을 살펴보며 다른 생각에 빠져 있던 헨리를 일깨운 것은 한철이었다.

"미안합니다. 이쪽이 제 수석 비서인 제이슨, 그리고 홍보 담당인 에이미와 경호원인 젬마입니다."

헨리는 제이슨 일행을 차례로 소개했다.

"처음 뵙겠습니다, 유한철이라고 합니다."

"에이미라고 합니다."

제일 먼저 에이미가 나섰다. 그녀는 한철에게 손을 내밀며 악수를 청했다.

"반갑군요."

한철이 에이미의 손을 마주 잡았다. 묘한 미소를 짓고 있던 에이미의 표정이 일순간 굳어졌다. 무엇 때문에 놀란 것인지 모르지만 그녀의 몸은 가늘게 떨리고 있었다.

"제이슨이라고 합니다."

"하하하, 그렇습니까. 반갑습니다."

에이미의 상태가 이상하다는 것을 느낀 제이슨이 손을 내밀며 한철에게 악수를 청했다. 한철은 웃으며 에이미와 악수하던 손을 풀고는 제이슨과 악수를 했다. 이어 젬마와도 악수를 하며 수인사를 나누었다.

제이슨과 젬마가 한철과 수인사를 나누는 동안 헨리는 에이미의 곁으로 다가가 그녀의 손을 꼭 잡아주었다. 한철과 악수를 한 이후로 그녀의 몸이 계속해서 떨리고 있었기 때문이다.

"자, 오늘 주주총회도 잘 끝난 것 같은데 가게로 가서 한잔 할까요?"

"하하하, 그거 좋지."

한철의 제안에 한태호가 너털웃음을 지으며 찬성을 표시했다. 회가 동한 것인지 입맛을 다시는 모습이 조금 전 단상에서 보여주었던 것과는 전혀 다른 모습이었다.

"그런데 오늘 메뉴는 뭐냐?"

유준이 나서며 물었다. 한철의 요리 솜씨를 본 터라 궁금했던 것이다.

"매콤한 닭볶음탕에 갈빗살로 만든 떡갈비가 오늘 메뉴다."

"그래! 맛은 보장이 되는 거냐?"

유준이 미소를 지으며 물었다.

"내가 해준 요리를 게걸스럽게 먹던 사람이 누구더라… 크크. 자식, 그럼 먹지도 못할 것을 내가 만들어 내놓겠냐?"

"그렇긴 하지. 안 그랬다가는 내 주먹이 용서하지 못할 테니까. 후!"

유준은 주먹을 입 앞에 가져다 대며 바람을 불었다. 맛이 없다면 용서가 없을 것이라는 무언의 경고였다.

"헨리 씨와 다른 분들도 함께 가시죠. 이왕 오신 김에 같이 저녁 식사를 하는 것도 괜찮을 것 같으니 말입니다."

유준의 경고를 미소로 넘기며 한철은 헨리 일행을 초대했
다.

"보다시피 에이미가 몸이 좋지 않은 것 같아서……."

"아니요, 보스!! 초대에 응하겠습니다."

아직도 떨고 있는 에이미를 위해 헨리가 거절을 하려 했지
만 정작 안색이 창백한 에이미가 한철의 초대를 승낙했다.

"괜찮겠나?"

헨리가 떨고 있는 에이미를 바라보며 물었다. 많은 의미가
담긴 질문이었다.

"괘, 괜찮습니다, 보스. 유한철 씨의 요리 솜씨가 어떤지 꼭
보고 싶군요."

"이거, 초대에 응해야 할 것 같군요."

에이미의 반응이 심상치 않다는 것을 느낀 헨리는 초대를
수락했다. 한철에게서 무엇인가를 느낀 에이미가 뭔가 알아보
려 한다는 것을 알아차린 것이다.

"자, 그럼. 출발할까요."

한철이 좌중을 둘러보며 갈 것을 제의했다. 모두들 힘든 시
간이었던 탓에 고개를 끄덕이며 찬성을 표시했다. 맛있는 것
을 먹고 빨리 쉬고 싶었던 것이다.

다들 빠르게 총회장을 빠져나갔다. 건물을 나서자 대기하고
있는 차들이 보였다. 민석을 비롯한 경호 요원들이 건물 앞에
차를 대기시켜 놓고 있었던 것이다.

차에 타려고 계단을 내려가고 있는데 기자들이 한철 일행에게 몰려들었다. 미우해양조선의 매각이 가시화되고 있는 때라 주요 주주 중 하나인 동양창업투자의 경영권이 변경된 것은 큰 이슈였기 때문이다. 상장회사가 아니었지만 그 때문에 많은 기자들이 몰려 있었던 것이다. 그중에는 한철의 계획에 의해 초대된 기자들도 상당수가 있었다.

"이번에 새롭게 경영권을 인수하신 한태호 대표시죠? 몇 가지 묻겠습니다."

제법 날카로운 인상의 기자 하나가 한태호를 막아서며 마이크를 가져다 댔다.

"오늘은 좀 피곤하군요. 사실 오늘 별도로 기자회견을 준비했습니다만, 내일로 연기할 예정입니다. 질문에 대해서는 내일 답변을 드리겠습니다."

한태호는 취재를 사양하며 차를 타기 위해 앞으로 나갔다.

"그럼 한 가지만 답변을 해주십시오. 호성중공업이 이번 동양창업투자의 인수에 관여한 것입니까?"

질문을 한 것은 여기자였다. 이미 한태호의 이력을 파악하고 인수에 깔린 의도를 물었던 것이다.

"하하하, 노코멘트. 그것도 내일 답변드리지요."

태호는 기분 좋게 웃으며 대답을 거절했다.

"호성중공업에서 미우해양조선을 인수하실 생각이신가요?"

여기자가 몸을 들이밀며 끈질기게 물어왔다.

"내일 하도록 하지요."

민석이 따라붙는 여기자를 교묘히 막으며 한태호를 이끌었다. 기자들로 인해 차까지 갈 수 없게 되자 다른 경호원들도 일행을 기자들에게서 막으며 차량으로 안내했다.

차량이 떠나자 기자들은 동양창업투자의 경영권이 다른 곳으로 넘어간 기사를 송고하기 위해 빠르게 흩어졌다. 한태호를 따르며 질문을 계속 해대던 여기자는 묘한 눈으로 떠나는 차들을 바라보고는 이내 자신의 차를 타고 떠났다.

모두를 데리고 가게로 왔다. 가게로 오는 동안 와봤던 길이라 그런지 헨리의 표정이 볼만했다. 은좌 앞에 당도하니 고개를 흔들며 졌다는 듯 손까지 내저었다. 가게 안으로 들어선 후, 곧바로 요리를 준비하기 시작했다. 이미 재료는 준비를 해두었기에 만드는 것은 그리 어렵지 않았다.

양파를 얇게 저며 화이트 와인으로 적당하게 잘라 재워놓은 닭을 꺼냈다. 고추장과 고춧가루, 다진 마늘과 후추로 만들어진 양념장을 넣어 간이 잘 배이도록 주물러 묻힌 후 압력솥에 넣었다. 어느 정도 익은 후에 다시 끓일 예정이었기에 야채는 같이 넣지 않았다.

닭이 익을 동안 떡갈비를 만들었다. 발라낸 갈빗살을 잘게 다진 후 양념을 곁들여 찰지게 만들어 숙성시켜 놓은 것에 송이버섯과 파, 마늘을 잘게 다져 섞었다. 소금과 후추를 약간 뿌리고 반죽하듯 주무르니 어느새 떡갈비를 만들 준비가 일차로 끝났다.

압력 밥솥에서 수증기가 피어오르는 것을 보니 어느 정도 닭이 익었다 싶어 불을 끄고는 떡갈비를 굽기 위해서 철판을 데웠다. 두꺼운 철판이 달구어지는 동안 끓는 물에 조랭이 떡을 넣어 잠깐 삶았다. 어느 정도 삶아지자 얼른 꺼내 찬물에 헹구고는 구울 준비를 마쳤다.

증기가 어느 정도 빠진 것을 확인하고는 먼저 커다란 냄비를 준비하고는 익은 닭들을 세 개의 냄비에 나누어 담았다. 그리고는 기름을 걷어낸 국물을 자작하게 붇고는 고춧가루와 길게 썬 파와 마늘, 그리고 삶아놓은 감자를 넣어 휴대용 가스렌지를 이용해 약한 불로 끓이기 시작했다.

닭볶음탕 준비를 마치는 사이 철판이 달구어져 떡갈비를 준비했다. 조랭이 떡은 가운데가 움푹 들어가 꼭 절구공이같이 생긴 놈으로 주로 개성 지방에서 즐겨 해먹던 것이다. 난 움푹 들어간 부분에 찰지게 만들어 간을 해놓은 갈빗살을 채워놓고 둥글 납작하게 만들었다. 이름대로 떡과 갈빗살이 합쳐진 떡갈비다.

뜨거운 철판 위에 그것들을 올려놓자 지글거리는 소리와 함께 맛있는 냄새가 피어오른다. 익은 후 돌려놓기까지 시간이 있기에 밥을 퍼 담았다. 순식간에 열 그릇의 밥이 담겨져 사람들 앞에 놓여졌다. 이런 일련의 과정이 재료를 미리 준비한 탓에 채 사십 분이 안 걸렸다.

복 요리를 할 때도 그랬지만 음식을 준비하는 동안 모두를 입맛을 다시며 놀라운 눈으로 나를 지켜보고 있었다. 이십 인 분이 넘는 음식을 이토록 빠르게 준비해 내는 것을 보면서 놀라는 것 같다. 헨리나 그의 수하들로 보이는 사람들도 의외의 모습인지 흥미로운 모습으로 지켜보고 있는 중이다.

"이제 먹어도 되는 것인가요?"

에이미는 입안에 맴도는 침을 삼키며 한철에게 물었다. 처음 한철과 접촉한 후 받은 충격은 이미 잊어버린 지 오래다. 매콤한 냄새와 고소한 냄새가 어우러진 음식의 향기에 먹고 싶은 마음이 굴뚝같았다.

"후후후, 드셔도 됩니다. 그런데 좀 매운데, 괜찮겠습니까?"

고추장은 시중에 파는 것이 아니라 직접 담근 것을 산 것인지라 숙성이 돼서 괜찮았다. 하지만 선배들이나 유준이의 식성을 생각해서 한철은 고춧가루를 태양초로 썼다. 그것도 맵기로는 둘째가라면 청양고추로 만든 것이라 한철이 걱정되어 물었다.

"호호호, 멕시코 음식을 매우 좋아한답니다. 그쪽 음식도 이렇게 매콤한 냄새를 풍기고는 하지요."

에이미는 괜찮다는 듯 웃으며 말한 뒤 냄비 안에서 끓고 있는 닭고기를 젓가락으로 집어 든 후 입으로 가져갔다.

"흐음!"

에이미는 두어 번 씹더니 숨을 닫으며 얼굴이 발갛게 변했다. 무척이나 매운 모양이다. 그렇지만 만든 사람의 성의를 생각해서인지 끝내 씹어서 삼켰다.

헨리는 한국 사람을 애인으로 둔 탓에 매운 음식을 자주 먹어보았다. 그럼에도 한철이 만든 닭볶음탕이 예사롭지 않다고 생각했는데 매워하는 에이미를 걱정스럽게 바라보았다.

'이상하네. 저렇게 매워 보이는 것을 또 먹으려는 건가?

에이미를 바라보던 헨리는 그녀의 젓가락이 다시 냄비로 향하는 것을 볼 수 있었다. 매워하면서 얼굴색까지 변했던 그녀가 다시 먹으려 한다는 것이 이해가 가지 않았다.

"잠깐만요. 우선 이것 한 점 먹고 나서 먹어요."

한철이 떡갈비 하나를 그녀의 밥 위에 올려놓아 주었다. 노르스름하게 구워진 갈빗살에 하얀 하얀색의 조랭이 떡이 박혀 있는 것이, 먹음직스럽게 보였다.

에이미는 한철의 권유에 젓가락으로 집어 입안으로 가져갔다. 씹기 시작하자 은근히 퍼지는 향과 함께 사르르 녹아내리는 지방의 느낌, 부드러운 육질이 쫄깃한 떡과 어우러져 기막힌 풍미를 자아내고 있었다. 조금 전 먹었던 매운 닭볶음탕의 매운 기가 모두 녹아내리는 기분이었다.

닭볶음탕도 무척이나 매웠지만 부드럽게 변한 닭고기의 육질과 매운 기운이 잘 어우러져 매운 것을 잊고 다시 먹고 싶어졌을 만큼 맛이 있었다.

그런데 연이어 먹게 된 떡갈비라는 것이 조화를 이루어 새로운 맛을 내고 있었기에 에이미의 젓가락이 다시 냄비로 향했다.

"이번에는 밥과 함께 드세요. 그래야 더 맛있습니다. 그리고 다른 분들은 안 드실 거예요? 얼른 먹고 내일 일을 준비해야 하지 않나요."

한철은 에이미에게 밥과 함께 먹기를 권한 후, 태호 등에 어서 식사하기를 재촉했다.

"그, 그래. 어서 먹어야지."

"맛있겠는걸."

얼굴이 발갛게 상기되어 음식을 먹고 있는 에이미를 바라보며 넋을 놓고 있었던 사람들이 서둘러 젓가락을 놀리기 시작했다.

"우와! 이거, 죽이는데! 연한 닭고기 살이 매콤한 양념하고 너무 잘 어울린다. 어디!"

한입 먹어본 유준은 너스레를 떨며 떡갈비를 집어 들고는 입으로 가져갔다.

"크윽, 눈물 난다. 이런 맛이 다 있다니."

독일에서 오랫동안 생활한 탓에 제대로 된 한국 음식을 먹어 본 적이 거의 없었던 유준은 무척이나 빠르게 젓가락을 놀려댔다.

다른 이들도 마찬가지였다. 그동안 동양창업투자의 인수 건을 위해 바쁘게 일해 온 탓에 음식을 제대로 먹은 적이 거의 없었던 사람들이었다. 한철이 복 요리를 해주기는 했지만 역시 한국인은 한국 요리가 최고였다. 매콤한 닭볶음탕 국물에 밥을 비빈 후, 닭고기를 얹고 그 위에 다시 김치를 얹어 먹는 맛은 정말이지 힘을 돋게 했다.

놀라운 것은 헨리와 제이슨, 젬마였다, 두 사람은 에이미를 따라 젓가락을 놀리기 시작하더니 이마로 굵은 땀방울을 흘리면서도 먹는 것을 멈추지 않았다.

외국인이 먹기에는 조금 힘들게 한국 사람 입맛에 맞춘 것이었는데 다들 잘 먹자 태호 일행들은 조금은 흥미롭게 그들을 바라보았다.

얼굴색만 다를 뿐, 매운 음식을 잘 먹는 것도 그렇고, 젓가락질은 오히려 한국 사람보다 나을 정도였기에 한철을 제외한 사람들은 네 사람의 정체가 무척이나 궁금했던 것이다.

식사가 어느 정도 마무리되자 헨리는 태호 선배 등과 이야기를 나누기 시작했고, 난 그릇들을 치우고 설거지를 시작했다.

진짜 너무했다. 다들 은근슬쩍 자리를 피하더니 혼자만 남아 설거지를 해야 했다. 도와주는 사람 하나 없다니, 내가 왜 거둬 먹였나 후회스럽다. 어차피 도와준다고 해도 거절할 입장이었기는 하지만 조금은 얄밉기도 하다.

설거지를 하는 동안 미네르바의 설명이 뇌리에 계속해서 들려왔다. 계명이란 존재와 부딪치며 변화한 상황에 대한 브리핑이었다. 그리 큰 변화가 없었다고는 하지만 상당히 많은 양의 정보였다.

미네르바가 대부분의 정보를 수집했지만 테이블에 앉아 나를 물끄러미 바라보고 있는 에이미라는 아가씨에 대한 정보는 거의 없었다. 미네르바가 가용할 수 있는 자원은 모두 동원해 헨리 일행에 대한 정보를 수집했음에도 그다지 많은 정보는 얻을 수 없었던 것이다.

미네르바도 그들에 대한 신원 파악이 전혀 되지 않는다는 것을 흥미로워했다.

"그러니까 미네르바."

―말씀하십시오, 함장님.

"완전히 지워진 존재라, 이거지?"

―그렇습니다. 어떤 기록에도 저들에 대한 것은 없었습니다.

"대단하군. 헨리의 가문 말이야. 저들에 대한 정보를 완전히 차단하다니 말이야. 그렇지 않다면 이토록 흔적이 없을 수는 없을 테니까 말이야."

오랜 세월 정보 분야에 관여해 온 가문다운 일이었지만 이토록 완벽하게 지우는 것은 쉽지 않은 일이기에 조금은 감탄스러웠다.

미네르바가 설명을 계속해서 이어나갔다.

―저들이 가지고 있는 힘의 종류는 저로서도 파악하기 힘듭니다만, 우주의 절대힘 중 하나인 하이드마나포스와 비슷한 점이 많습니다. 조화롭지 못하고 한쪽에 편중되기는 했지만 그것은 분명합니다.

"조화롭지 못하다고?"

상당히 안정되어 있음에도 조화롭지 못하다는 소리에 미네르바에 연유를 물었다.

—그렇습니다. 원래 가지고 있던 힘은 균형이 깨져 있는 것 같고, 거기다가 저들의 힘은 무엇인가에 금제를 당하고 있습니다. 원래는 어두운 계열에 속하는 힘이지만, 그에 상극인 것으로 보이는 강력한 힘에 의해 모두 금제가 되어 있는 상태입니다.

"금제가 되어 있는데도 저 정도라는 말이지?"

금제가 되어 있음에도 능히 주천문도를 능가하고 있었다. 거의 다섯 아이의 수준에 육박한 힘이었다. 저들이 어떤 존재인지 궁금하기 그지없었다.

—그렇습니다. 매우 주의하셔야 할 대상입니다. 특히, 저들이 금제를 풀게 된다면, 한 명 한 명이 얼마 전 상대하신 계명이란 존재와 필적할 만한 힘을 가지게 될 터이니 말입니다.

미네르바의 말대로 나도 그것을 느꼈기에 주의해서 살피고 있는 중이다. 아무리 생각해도 저들이 인간으로는 보이지 않았기 때문이다.

"알았어. 그건 그렇고, 차원의 균열이 시작된 것 같은데 반응이 나타난 데는 없었어?"

헨리가 데리고 온 자들에 대한 정보는 앞으로 계속해서 알아봐야 할 일이었기에 계명과의 충돌로 인해 변화가 있었는지 체크했다.

—몇 군데 있었습니다. 미국과 일본, 그리고 유럽 쪽에 강력한 에너지 반응이 있었고, 특히나 중국에서는 심상치 않은 일

이 벌어진 것 같습니다.

"중국?"

중국 쪽에서 반응이 있었다는 소리에 어떤 일인지 물었다.

―그렇습니다. 중국에서는 도합 세 군데에서 반응이 있었는데, 자세한 사항은 좀 더 조사를 해봐야 할 것 같습니다.

"어떤 반응이 있었기에 그러지?"

미네르바의 대답이 의외였기에 물었다. 이렇듯 뒤로 미룰 일이 아니었기 때문이다.

―함장님이 계명이라는 존재와 한참 싸우고 계실 무렵, 갑자기 강력한 에너지 반응이 나타났습니다. 에너지 반응뿐만이라면 그리 염려하지 않아도 되겠지만, 그곳을 중심으로 상당수의 인간들이 각성을 한 것 같습니다.

"각성을?"

―더욱 놀라운 것은 각성한 인간들끼리 충돌이 있었다는 것입니다. 세 곳 모두에서 강력한 힘들이 충돌했습니다. 그리고 한쪽 계열은 거의 전멸에 가까운 타격을 입었습니다. 그들이 사용하는 힘은 대부분 하이드 내츄럴포스 계열이었는데, 모두 인간 한계를 초월한 것들이었습니다. 공격을 가한 쪽은 마이너스 계열이었고, 방어하는 쪽은 플러스 계열이었는데 힘의 차이가 워낙 현저하다 보니 방어하는 쪽이 막지 못하고 두 시간여 만에 거의 대부분 전멸했습니다.

"인간들이 각성을 하고, 각성하자마자 한쪽은 전멸을 했다면 알아볼 필요가 있겠군."

─그렇습니다. 대부분 전멸하기는 했지만 살아남은 쪽의 인간들이 한국으로 향하고 있는 것을 보면 반드시 알아봐야 할 것 같습니다. 인간이기는 하지만 매우 특이한 존재들입니다. 특이한 힘에 의해 각성을 한 것 같습니다. 한국으로 향하고 있는 이들은 마치 갓 태어난 어린아이처럼 자신들이 가진 능력의 1퍼센트도 제대로 활용하지 못하는 상태입니다.

"이곳으로 온다는 말이야?"

─그렇습니다. 모두 한국으로 향하고 있는 것으로 보면 뭔가 그들이 원하는 것이 있는 것이 분명하니 최대한 알아보고 있는 중입니다. 아무래도 자신들의 힘을 완전히 각성시킬 수 있는 것이 한국에 있는 모양입니다.

"좋아, 심상치 않은 일이 발생한 것 같으니 최대한 빨리 조사를 해줬으면 좋겠어."

─염려 마십시오. 인공위성의 장악은 순조롭게 끝났고, 이제 나노 로봇들도 요소요소에 정착하고 있으니 자세한 정보를 얻으실 수 있을 겁니다.'

'준비가 착착 잘되고 있군. 신경을 써줘서 고마워, 미네르바.'

천상천이 거의 완성되었다는 소리였기에 기분이 좋아졌다. 나에게는 물론이고, 유준이에게도 큰 힘이 될 것이기 때문이다.

'골든나이트는 어떻게 진행되고 있지?'

원래 가지고 있는 힘에다가 새롭게 얻은 힘을 보태고 있었기에 골든나이트의 완성이 어디까지 진행되고 있는지 물었다.

—예상보다 진행이 빨리 되고 있습니다. 새롭게 얻으신 힘으로 인해 늦어도 일 개월 후면 골든나이트가 완성될 것 같습니다.

"일 개월 후라면 시간을 많이 번 셈이로군. 그럼 한결 여유가 생겼으니 준비하는 데 어려움을 없을 것 같고… 그래, 그 태사란 작자는 어떻게 됐지?"

—재미있더군요. 그자의 위치는 지금 경복궁 지하입니다.

"경복궁 지하? 전에 그곳이 경복궁 지하였어?"

난데없이 경복궁 지하라니 의아한 생각이 들었다.

—그렇습니다. 그자에게 새로 붙인 신형 나노 로봇의 신호와 위성을 통해 단파로 잡은 지하의 영상을 전송하겠습니다. 상당히 재미있으실 겁니다.

망막을 통해 경복궁 지하의 영상이 잡히기 시작했다. 미네르바의 말대로 무척이나 재미있는 모습이었다. 미네르바는 태사란 자에게 딸려 보낸 신형 나노 로봇과 인공위성에서 쏘아 보낸 단파를 이용해 경복궁 지하를 영상으로 재구성해서 보내 왔는데, 경복궁 지하에는 상부에 위치해 있는 것과 똑같은 모습의 궁궐이 조성되어 있었던 것이다.

"저곳이 놈들의 아지트인가 보군."

—그런 것 같습니다. 저곳에 있는 기운의 잔재들이 얼마 전 상대했던 계명이라는 존재와 같은 파장을 흘리고 있습니다.

계명과 같은 파장이 흘러나오고 있다면 반드시 확인을 해볼 필요성이 있었다.

"내일 한번 들러봐야겠군. 좀 더 살펴보고 침투할 루트가 있는지 조사를 좀 해봐."

―준비를 해놓도록 하겠습니다. 그나저나 저 아가씨가 함장님께 관심이 많은 것 같습니다. 한시도 눈을 떼지 않고 함장님을 지켜보고 있군요.

에이미를 의식한 것인지 미네르바가 주의를 환기시켰다. 그녀의 눈초리가 무척이나 날카로워져 있었던 것이다.

"그러게. 이거, 우리 대화를 알아차린 것인가?"

―그런 것 같지는 않습니다. 아까 함장님과 악수를 한 후 보인 변화를 보면 함장님에게 뭔가를 느낀 것 같으니 한 번 이야기를 나눠보시는 것이 좋을 것 같습니다. 아무래도 뭔가 비밀을 감추고 있는 아가씨 같습니다.

"그래야겠어. 얼굴이 따가워서 견딜 수가 없으니 말이야. 이제 그만 통신을 끊고, 미네르바는 태사란 자에 대한 추적을 계속해 줘. 애써 잡아놓은 자이니 놓치지 않도록 말이야."

―염려하지 마십시오.

나는 미네르바와의 통신을 끊었다. 계속 지켜보고 있던 에이미라는 아가씨가 내게로 다가왔기 때문이다. 예민한 감각을 지닌 아가씨니 조심하기 위해서였다.

"당신은 어떤 존재지요?"

에이미가 나에게 던진 말은 의외였다. 둘러 가지 않고 곧바로 핵심을 짚어왔기 때문이다. 에이미의 질문에 곤혹스러움을 느꼈다. 좌중에 있는 사람들이 대화를 하면서도 다들 귀를 기울이기 시작했기 때문이다.

"무슨 말씀입니까?"

"내가 살아오는 동안 당신 같은 기운을 지닌 존재는 한 번도 본 적이 없어요. 마치 이 세상에는 없는 미지의 존재 같아요. 더욱 의아스러운 것은 당신이 지닌 기운이 모든 것의 근원 같다는 거예요."

"예?"

에이미의 말에 놀라지 않을 수 없었다. 지금까지 아무도 모르고 있던 힘의 실체를 이렇게까지 정확하게 파악한 이는 아무도 없었기 때문이다.

놀란 것은 나뿐만이 아닌 것 같았다. 헨리를 비롯한 제이슨과 젬마 또한 이제는 나누던 대화도 멈추고 나를 바라보고 있었다. 에이미의 말이 무엇을 뜻하는 것인지 그들도 잘 알고 있는 것 같았다.

"어떤 뜻으로 하는 말인지 모르겠군요."

"나를 속일 생각은 하지 말아요. 내가 살아온 세월은 사람들이 상상하는 것보다 훨씬 길어요. 그동안 무수한 존재를 보아왔지요. 하지만 당신과 같은 존재는 처음이에요. 도대체 당신은 누구죠?"

"그렇게 말하는 당신들은 어떤 존재들입니까?"

에이미를 비롯한 쉐도우의 존재에 대해 물었다.

"우리들은 어둠을 위해 예비되어 온 존재들입니다. 세상이 멸망으로 치달을 때, 구원의 존재에게 진실을 전하기 위한 존재들이지요."

내가 한 질문에 대한 대답은 소리로 전해지지 않았다. 너무도 선명하게 뇌리로 박혀들었다. 대답을 기대하지 않았는데 의외로 순순히 이야기를 해주었다. 비밀을 감추어야 하는 것 같기에 나 또한 텔레파시를 통해 에이미에게 질문을 했다.

"당신들이 구원의 존재에게 진실을 전하는 사람들이라는 말입니까?"

"그래요. 우린 마지막을 위해 예비되어 온 존재들이죠. 그런데 내 생각이 맞았군요. 우리들에게 이렇게 뜻을 전할 수 있는 것은 금제를 가한 드래곤 일족이외에는 없는 데 말이죠."

"드래곤?"

"저기 있는 헨리의 가문이 그들이죠. 그들은 세상을 수호하기 위해 가이아를 통해 남겨진 마지막 존재들이라고 할 수 있지요."

"가이아라면?"

"호호호, 알고 계시군요, 가이아란 존재에 대해!"

"어느 정도는."

"그럼 이야기가 쉽겠군요. 우리에게 금제를 가한 드래곤 일족도 모르는 사실이지만 알려 드리도록 하지요. 우리는 가이아로부터 비롯된 존재예요. 정확히는 가이아가 이곳 지구 차원을 떠나기 전에 아무도 모르게 마지막으로 남긴 존재들이죠. 이 사실은 나 이외는 아무도 몰라요. 나와 같은 길을 걷고 있는 쉐도우들도 말이죠."

"으음, 그렇다면 깊은 대화를 나누어봐야겠군요."

"그래야 할 거예요. 같지는 않지만 당신의 몸에서는 가이아와 같은 향기가 나니까요."

"그것은 나도 마찬가지군요. 당신의 몸에서도 내가 아는 존재와 같은 향기가 나니까 말입니다."

에이미에게서도 향기가 났다. 그녀는 나를 지켜보고 있는 존재들과는 확연히 다른 느낌이다. 마고의 사념과 만났을 때와 같은 느낌이 강하게 들었기 때문이다.

"어디 조용하게 대화를 나눌 수는 없을까요? 당신이라면 그런 공간을 만들어낼 수 있을 것 같은데."

에이미는 자리를 옮길 것을 제안했다. 아무도 알 수 없는 공간을 말하는 것을 보면 내가 가진 능력을 통해 뭔가 확인하고 싶은 것이 있는 모양이었다.

"그래야 할 것 같군요. 이렇게 보는 눈이 많으니 말입니다."

지켜보는 눈이 많았기에 난 에이미의 제안대로 나만의 공간을 만들었다. 마고로부터 물려받은 힘으로 만든 공간이었지만 내 의지와 약간이나마 남아 있는 네 가지 절대힘을 통해 만들었기에 지구 차원의 존재들은 절대 접근할 수 없는 공간이다.

세상의 모든 것과 완벽하게 차단된 공간이었지만 만약을 생각해 우리는 말없이 뜻만으로 대화를 나누었다.

에이미가 전해오는 이야기는 무척이나 홍미롭고 놀라운 것이었다. 헨리의 가문이 세계를 수호하기 위해 가이아를 통해 만들어진 존재라는 것과 그들이 가진 힘의 원천이 드래곤으로부터 비롯되었다는 것도 놀라운 이야기였지만 이어지는 이야기에 비하면 정말이지 아무것도 아니었다.

에이미를 비롯한 쉐도우라는 존재들이 가이아에 의해 창조된 존재들이라는 것, 그것도 예상외의 힘을 사용해 만들어진 존재들이었던 것이다.

"그것이 사실입니까? 당신들이 가이아의 권속으로 남아 있던 차원들을 소멸시켜 만들어진 존재라는 것이!"

믿을 수 없는 사실이었기에 한철은 에이미라는 존재에게 자신에게 들려준 이야기가 사실인지를 확인했다.

에이미의 말로는 가이아가 마고의 제안을 받아들인 후, 비밀리에 자신이 거느리고 있던 차원들을 소멸시키고, 차원에서 비롯된 힘을 응축시켜 쉐도우라는 존재들을 만들어냈다고 하지만 쉽게 믿겨지지 않았던 것이다.

"맞아요. 틀림없는 사실이에요. 당신이라면 내가 가진 힘을 확인할 수 있을 테니 한번 들여다봐요."

에이미는 자신의 힘을 가로막고 있는 빗장을 풀었다. 앤트가에 의해 만들어진 금제와는 차원이 다른 금제가 그녀의 의식 안쪽에 깊숙한 곳에 자리 잡고 있었다.

한철은 그녀의 힘을 가리고 있는 장막이 사라지고 있다는 것을 느끼고는 정신을 집중하고 안을 들여다보았다.

에이미의 말은 사실이었다. 그녀의 의식 깊숙한 곳에는 한철이 지금까지 보아왔던 파편들과는 다른 온전한 차원 주관자의 힘이 깃들어 있었다.

"그 정도의 힘이라면 드래곤의 힘을 이어받은 앤트 가에서 알아차리지 못할 리가 없는데, 어떻게 감출 수 있었습니까?"

한철은 에이미 안에 잠들어 있는 힘을 확인하고는 지금까지 어떻게 감출 수 있었는지 물었다. 자신이 본 힘의 크기라면 앤트 가에서 알아내는 것은 쉬웠을 것이라는 추측 때문이다.

"호호호, 내 안에 잠들어 있는 힘은 지금까지 한 번도 깨어나지 못했던 것이에요. 오늘 당신을 만나고 처음 세상에 나타난 것이죠. 오직 당신만이 알아볼 수 있게 말이죠. 그러니 앤트 가에서 내 의식 안에 잠들어 있는 힘을 알아차린다는 것은 불가능한 일이죠."

"그러니까, 나만 알아본다는 말이오?"

"맞아요. 가이아가 당신을 위해서 남긴 힘이니 이 세상에 오직 당신만이 알아볼 수 있는 힘이죠."

"으음……."

"믿겨지지 않는 모양이군요. 그럼 설명을 해드리죠. 아마도 당신은 마고를 통해 세계수의 가지들이 남긴 힘을 얻었을 거예요. 가이아의 마지막 안배가 담긴 그것들을 말이죠."

"그것들이 가이아가 남긴 마지막 안배라는 말입니까? 가이아는 혼돈의 장막 사이로 피한 것으로 알고 있는데 어떻게 그럴 수가 있는 겁니까?"

"당신도 이제는 느끼겠지만 가이아는 마고의 제안을 따른 것이 아니에요. 그 당시 가이아는 소멸을 각오하고 있었지요."

"소멸이라는 말입니까?"

"그래요. 소멸을 각오하지 않고는 할 수 없는 일을 준비 중이었으니까요. 가이아는 마고의 안배를 따라 혼돈의 장막 사이로 몸을 피한 후 새로운 존재를 만들기로 했어요. 자신의 차원을 정화시키기 위해서 바로 우리들을 창조해 냈지요. 가이아가 준비를 마치고 혼돈의 장막을 빠져나온 것은 지금으로부터 삼천 년 전이었어요. 혼돈의 장막을 빠져나왔을 때 가이아는 아무런 힘도 없었어요. 이미 우리라는 존재를 완성한 후였으니까요. 우리는 인류가 최초의 문명이라고 말하는 곳에 심어졌지요. 불멸불사의 존재로 말이죠. 그리고 이렇게 지금까지 이어져 왔어요."

"불멸불사의 존재로 말이오?"

불멸불사의 존재라는 말이 흥미로웠던 한철은 에이미에게 물었다.

"호호호, 그래요. 조금 다르기는 하지만 인간들이 말하는 뱀파이어의 원형이 바로 우리예요."

"뱀파이어?"

웃으며 자신이 뱀파이라고 말하는 에이미를 보며 한철은 자신이 알고 있는 것과는 많이 다르다는 것을 눈치챌 수 있었다.

"맞아요. 뱀파이어. 우리가 눈을 뜨고 난 이후에 붙여진 이름이지요. 그렇게 이름 붙여진 것은 어쩔 수가 없었어요. 라와 시바가 남긴 존재들과의 싸움으로 인해 얻어진 이름이니까 말이죠. 라와 시바가 남긴 존재들은 그들의 피 속에 자신들의 힘을 감추고 있어요. 목을 자르고 심장을 박살 내도 피 속에 잠재된 힘으로 인해 영원을 살아가지요. 그래서 어쩔 수 없이 우리들은 그들의 피를 소멸시켜야 했어요. 더럽게 피를 빼는 것은 아니었지만 그들이 가진 피를 모두 소멸시키는 우리들의 행위로 인해 인간들에게 뱀파이어로 불리게 됐지요."

"잘 알아들었습니다. 그런데 뱀파이어는 태양빛을 받으면 소멸한다고 들었는데, 아닌가 보군요?"

한철은 뱀파이어가 태양빛에 노출되면 소멸된다고 알고 있었다. 에이미를 비롯한 쉐도우 일행은 주주총회장으로 오기 전에 분명히 태양에 노출되었을 터였다. 한철은 에이미의 말이 사실이라는 것을 알 수 있었지만 태양빛에 노출되고도 아무렇지 않은 이유가 궁금했다.

"호호호, 뱀파이어가 태양빛에 쏘이게 되면 소멸하다는 것은 맞기도 하고 아니기도 해요. 우리는 사람들이 알고 있는 뱀파이어와는 달라요. 사실 사람들이 알고 있는 뱀파이어들은 우리에게 힘을 빼앗긴 존재들을 말하는 것이죠. 그들은 힘의 원천을 우리에게 빼앗긴 탓에 언제나 피를 갈구하는 존재가 돼버려요. 인간의 피 속에 미약하게나마 잠재된 힘을 얻기 위해 말이죠. 하지만 이미 균형이 깨진 탓에 그들은 태양빛을 쏘이게 되면 소멸해 버려요. 라의 힘 중 세상에 나타난 가장 강대한 기운이 바로 태양을 통해 나타나니까요. 자신이 제어하기도 전에 갑자기 강한 힘이 쏟아져 들어오니 견디지 못하고 소멸할 수밖에요. 그래서 그들은 음습한 어둠을 이용해 피를 찾지요. 덕분에 악명깨나 얻었어요. 우리들로 인한 결과니까 어쩔 수 없지요, 감수하는 수밖에는.”

“그런 사연이 있었군요.”

한철은 에이미가 일부러 뱀파이어로 화제를 돌리는 것을 느낄 수 있었다. 자신들이 가이아에 의해 창조된 진정한 목적이 무엇인지는 지금까지 이야기하지 않았던 것이다. 라와 시바가 남긴 존재들을 처리하기 위해서만 그들이 창조되었다고는 믿을 수 없었던 것이다.

에이미의 몸 안에 잠재된 힘이라면 라와 시바가 얼마나 강대한지는 몰라도 전쟁을 벌일 수 있는 정도였기 때문이다.

“가의아의 진정한 의도가 무엇인지 궁금하신 모양이군요?”

한철의 마음을 안 것인지 에이미가 한철을 바라보며 뜻을 전했다.

“궁금하기는 하군요.”

“가이아가 나와 같은 자신의 분신을 열이나 만든 이유는 다른 것이 아니었어요. 우리를 이용해 지구 차원 자체를 소멸시킬 생각을 한 거죠. 내 안에 잠재된 차원의 힘들이 일거에 열 군데서 폭발한다고 생각해 봐요. 그렇게 되면 지구 차원은 균형을 잃고 완전히 소멸하고 말아요. 아무리 라와 시바라 할지라도 막을 수가 없는 거죠. 하지만 가이아는 나중에 가능성을 봤어요. 일종의 선택이었죠."

"가능성이오?"

"그래요. 가이아는 마고의 안배가 진행되는 것을 혼돈의 장막 사이에서 지켜보며 새로운 가능성을 찾은 것이죠. 바로 새로운 차원의 지배자가 탄생할 수도 있다고 생각한 거죠. 바로 당신이 태어날 것이라는 것을 말이죠."

"나에 대해 말입니까?"

"그래요. 우리의 임무는 두 가지예요. 라와 시바가 깨어났을 때 자폭하는 것과 마고가 안배한 존재가 나타나면 가이아의 힘을 전하고 새로운 세상을 만드는 것이죠. 가이아는 우리에게 내려진 두 번째 임무가 당신과 접촉했을 때만 알 수 있도록 해놨더군요. 그래서 두 번째 임무가 있다는 것은 나도 오늘에서야 알았어요. 당신의 힘을 느끼고 나서 말이죠."

"정말, 당신의 몸 안에 잠재된 힘을 나에게 주는 것이 가이아의 뜻입니까?"

"그래요. 하지만 지금은 줄 수가 없어요. 나와 같이 임무를 부여받은 존재들이 모두 모여야 해요. 혹시나 라와 시바에게 자신이 남긴 힘을 빼앗길 우려 때문에 가이아는 모두가 모이지 않으면 우리 몸에서 힘을 꺼낼 수 없도록 해놨으니까요. 그러니 당신은 우선 그들을 찾아야 할 거예요. 찾지 못한다면 정말 큰일이 벌어지니까요."

"큰일이라니, 무슨 뜻입니까?"

"우리 중 하나라도 두 번째 임무를 각성하지 못하고 라와 시바가 깨어난다면… 뻥!!"

에이미는 양팔을 벌리며 장난스럽게 의지를 전해왔다.

"뻥?"

"폭발해요. 우리 모두 다 말이죠."

"으음!"

에이미가 장난스럽게 말했지만 정말이지 심각한 상황이었다. 미네르바의 예측대로라면 앞으로 육 개월에서 일 년 후면 그들이 깨어날 것이기 때문이다. 그야말로 지구 차원은 소멸로 가는 시한폭탄을 안고 있는 것이다.

에이미의 말처럼 제시간 안에 가이아가 남긴 존재들이 두 번째 임무를 각성하지 않는다면 지구 차원은 소멸해 버릴지도 모르는 상황인 것이다.

한철은 새로운 사실에 대책을 강구해야 함을 알았다.

"호호호, 걱정하지 말아요. 아직 시간이 좀 있으니까요."

"시간이 있다니, 무슨 말입니까?"

"라와 시바가 깨어나기까지는 아직 이 년 정도 시간이 필요해요. 그러니 당신은 그 안에 가이아가 남긴 존재들을 찾으면 되요."

"그들이 깨어나는 데 이 년 정도가 남았다니, 무슨 말입니까?"

미네르바와 자신이 예상했던 것과는 다르기에 한철이 물었다. 이토록 정확하게 그들이 깨어날 시기를 예측한다면 에이미가 무엇인가 알고 있을 확률이 컸기 때문이다.

"호호호, 우리와 그들은 운명적으로 연결되어 있어요. 그들이 깨어나는 시기를 굳이 알아보지 않아도 알 수가 있지요. 그러니 그 안에 가이아가 남긴 존재들의 힘을 당신이 흡수하면 그들을 막을 방법이 생길 거예요."

"최대한 빨리 당신과 같은 존재들을 찾아 힘을 흡수한 후 그들과 전쟁을 해야 한다는 이야기로군요."

"그래요. 당신의 힘과 가이아의 힘이 합쳐진 상태라면 최소한 차원이 붕괴되는 것은 막을 수가 있어요. 지금 같이 그들이 권속으로 만든 차원 주관자들이 가진 힘을 흡수할 수만 있다면 어쩌면 그들을 이길 수도 있을 거예요. 비록 대부분의 생명체들이 희생당하기는 하겠지만 말이죠. 그러니 당신은 가이아가 남긴 존재들을 최우선적으로 찾아야 할 거예요."

"어떻게 찾는다는 말입니까?"

뭔가 단서가 있지 않을까 하는 생각에 한철은 방법을 물었다.

"나도 그것은 잘 몰라요. 하지만 당신이 마고가 남긴 힘을 전부 찾고 난 뒤, 세계수의 가지들을 이용한다면 그들을 알아낼 수 있을 거예요. 가이아가 세상에 남긴 존재들을 말이죠. 그게 가이아가 내게 남긴 의지의 전부예요."

찾을 수 없다는 말에 실망감을 느꼈지만 마고의 힘을 얻은 후라면 방법을 찾을 수 있다는 것에 조금이나마 위안이 되었다.

"마고의 힘을 우선 찾아야 한다는 말입니까?"

“그래요. 그게 최우선이에요. 당신은 아직도 불완전한 존재니까요.”

“으음…….”

한철은 에이미의 말이 진실임을 알 수 있었다. 거짓이 있다면 그녀가 자신에게 이렇게 말할 이유가 없었던 것이다. 가이아가 무슨 생각으로 이런 안배를 남긴 것인지는 모르겠지만 자신으로서도 마고가 남긴 힘을 찾는 것을 최우선으로 두고 있었기에 한국에서의 일을 최대한 빨리 마무리 짓기로 했다.

Chapter 7
사라져 버린 흑룡회

　이야기가 끝나자 한철은 만들어놓은 공간을 해제했다. 한철이 공간을 만들어내면서 사라지자 놀라고 있던 사람들은 두 사람이 다시 나타나자 무척이나 궁금한 듯 두 사람에게 다가왔다.

　"무슨 일이 있었던 것입니까?"

　헨리의 목소리는 무척이나 냉랭했다. 에이미를 데리고 알 수 없는 공간 속으로 사라진 한철의 의도가 그로서는 무척이나 의심스러웠던 것이다.

　"에이미 씨와 진지한 대화를 나누었습니다. 굳이 비밀도 아니니 여러분께도 알려 드리도록 하지요."

　"아직은 안 돼요."

한철이 설명하려 하자 뇌리로 에이미의 목소리가 들려왔다. 에이미의 목소리를 들은 한철은 알고 있다는 듯 그녀에게 미소를 지어 보였다.

"다들, 자리에 앉아요. 궁금하신 것을 알려 드릴 테니까요."

한철의 말에 다들 자리에 앉았다.

"에이미 씨는 내가 위험한 존재인 줄 알았답니다. 해서 나에 대해 알아보려고 했더군요. 나 또한 똑같은 마음이었고 말입니다. 내가 가진 힘을 알아본 존재는 에이미 씨가 처음이었으니까요. 헨리 씨도 라와 시바에 대해 알고 있다고 들었는데, 맞습니까?"

"당신도 알고 있다는 말입니까?"

"그렇습니다. 얼마 전 나에게 힘을 전해준 존재를 통해 알게 됐지요."

"당신에게 힘을 준 존재라니, 무슨 말입니까?"

"혹시, 마고라는 존재에 대해 알고 있습니까?"

"마, 마고라면? 하지만 마고의 존재는 이미 소멸되어 사라졌다고……."

라와 시바와 대적했던 존재를 헨리 또한 모를 리 없었다. 아버지인 헤밀턴에게 라와 시바에 대해 설명을 들었을 때, 마고라는 존재에 대한 설명과 함께 마고가 아직 세상에 존재한다면 라와 시바를 막는 데 큰 도움이 될 수도 있을 것이라는 이야기였다.

하지만 마고가 주관하던 차원의 주관자들이 라와 시바의 휘하로 들어간 후라 이미 마고가 소멸된 것이 분명하다고 안타까워하던 아버지의 한탄을 헨리는 기억하고 있었던 것이다.

"그렇게 알고들 있는 것이 맞습니다. 하지만 마고께서는 소멸되기 전에 몇 가지 안배를 남겼습니다. 전 그 안배를 통해 힘을 얻었고, 지금까지 라와 시바를 막기 위해 준비를 하고 있는 중이었습니다."

"그렇다면 지금까지 일어난 모든 일들이 마고의 안배에 따른 것입니까?"

"그렇습니다."

한철에게 다시 한 번 사실을 확인한 헨리는 에이미에게로 시선을 돌렸다.

"그런데 에이미는 어떻게 저 사람이 가진 힘의 진실을 알아차릴 수 있었던 거지?"

다른 이의 기운을 알아차리는 힘이 유달리 특출한 것을 알기는 하지만 차원을 주관하는 존재에 대해 느낄 수 있었다는 사실을 믿을 수가 없었던 헨리는 에이미를 향해 물었다.

"저도 모릅니다. 저는 저분과 손을 잡는 순간, 그저 느꼈을 뿐입니다. 저분이 전설처럼 전해오는 존재임을 말이죠. 해서 진실을 확인하고자 저분께 대화를 요청했던 것입니다. 진정 마고의 후예라면 우리에게는 큰 힘이 될 테니 말입니다."

에이미는 한철의 말을 바탕으로 큰 무리 없이 설명해 나갔다.

"으음!"

헨리는 머리가 뒤죽박죽이 되었다. 믿을 수 없는 사실에 쉽게 판단을 내릴 수 없었던 것이다. 오래전 소멸되어 사라진 줄로만 알았던 마고의 후예가 존재한다는 사실을 그로서는 쉽게 믿을 수 없었던 것이다.

'일단 아버님께 보고를 해야 한다. 이게 사실이라면 놈들을 막을 수도 있겠지만 어쩌면 라나 시바에 의해 계획된 음모일 수도 있으니까 말이다.'

마고의 존재를 확인할 수 있는 것은 현 앤트 가의 가주인 자신의 아버지뿐이었다. 선조들로부터 전해져 온 기억들을 모두 간직하고 있는 이가 자신의 아버지뿐이기 때문이다.

"에이미의 판단도 그렇고, 소멸한 존재가 다시 나타났다는 것도 쉽게 믿을 수 없는 상황이니 확인을 좀 해야 할 것 같소. 중요한 이야기는 그때 나누기로 합시다."

섣불리 협력하기는 무리가 있다고 판단한 헨리는 한철에게 제안을 했다.

"그러는 편이 좋을 것 같습니다. 서로 같은 일을 한다고 들었는데, 협력해야 할 사이에 신뢰가 없다면 공조할 수 없는 일이니까 말입니다."

"조만간 당신을 찾아오겠습니다. 시간은 그리 많이 걸리지 않을 겁니다. 어쩌면 내일 당신을 찾을 수도 있을지 모릅니다. 어디로 당신을 찾아가면 됩니까?"

아버지에게 보고를 한다면 무리를 해서라도 한국으로 올 것이기에 헨리는 찾아올 장소를 물었다. 은좌를 노출시켰기에 다른 장소로 근거지를 옮길 것이라 생각한 것이다.

"그냥 이곳으로 찾아오시면 됩니다."

"알았습니다. 다들 가도록 하지."

다음에 만나기를 기약한 헨리는 에이미 일행을 불렀다. 그리고는 세 사람은 이내 사람들의 시야에서 사라졌다. 상황이 급했기에 헨리는 자신이 가진 능력인 마법을 사용해 그의 아지트로 텔레포트한 것이다.

"사람이 순식간에 사라지다니, 마법이라도 되나 보네."

네 사람이 순식간에 사라지자 유준이 놀랍다는 중얼거렸다.

"유준아, 그 사람이 금방 사라진 것은 마법 맞다."

"진짜! 그, 금방 그렇게 사라진 것이 마법이라는 말이냐? 판타지 소설에서 나오는 그 마법?"

자신을 놀리는 것이 아닌지 유준이 눈을 크게 뜨고 물었다. 과학 문명이 지배하는 세상에 마법이라는 초자연현상이 나타났으니 그럴 만도 했다.

"그래, 그 사람은 마법의 힘을 사용하는 존재다."

"히야, 너랑 있으니 별의별 일이 생기는 구나. 이제는 마법을 사용하는 존재라니……."

"앞으로 더한 일들을 보게 될 거다. 이제부터 하나둘 세상에 나타날 존재들은 인간들이 상상으로만 생각했던 힘들을 가진 존재들이니까."

"그럼, 그 무협지처럼 손으로 장풍을 쏘고, 검강을 일으키는 그런 존재들도 있다는 말이냐?"

"그래, 어쩌면……."

중국에서도 변화가 생겼다는 것을 미네르바로부터 들었기에 한철은 말끝을 흐렸다. 유준이 말한 것처럼 무협지에서나 나올 법한 존재들도 나타날 것이라 생각한 것이다. 조동원이라는 실체적 증거까지 있으니 그것은 틀림없을 것이 분명했다.

"골치 아프군. 그런 존재들과 싸울지도 모른다니……."

한철의 말에 한태호가 걱정스러운 듯 말을 이었다. 모두가 걱정스러운 표정이었다.

"너무 걱정하지 말아요, 선배. 선배님들과 유준이의 능력도 그들과 비교해 처지는 것은 아니니까요. 아니, 오히려 월등하다고 봐야 할 겁니다."

"우리들의 능력이 그런 자들보다 월등하다는 거냐?"

"얼마 전의 일로 모두들 지금까지는 느끼지 못했던 이질적인 힘을 가지게 됐다는 것을 알게 되셨을 겁니다."

한철의 말에 일행은 계명과 대결할 당시 자신들의 염원이 무엇인가로 변해 한철에게로 집중되었던 것을 기억해 냈다.

"그렇기는 하다만……."

"여러분이 그렇게 할 수 있었던 것은 자신들이 가진 힘을 각성했기 때문입니다. 그로 인해 무의식적으로 주천문의 결계와 반응해 힘을 쓸 수 있었던 것이죠. 그 힘은 지금 헨리란 사람이 가지고 있는 마법 못지않은 것입니다. 이제 수련을 통해 쓰는 법만 익히면 되는 겁니다."

"우리도 그런 힘을 쓸 수 있다는 말이냐?"

유준이 눈빛을 빛냈다. 그것은 다른 이들도 마찬가지였다. 인간의 능력을 초월한 힘을 발휘할 수 있다는 사실에 흥분이 되는 모양이었다.

"주천문의 법술을 모두에게 알려주었지만 아직은 완전하게 쓸 수 있는 단계는 아니다. 수련이 안 된 상태니까. 하지만 앞으로 한 달 후면 모두를 자신들이 가진 힘을 쓸 수 있을 거다. 의식과 무의식의 경계에서 수련이 계속될 테니 말이다."

"그렇구나. 한 달 후란 말이지……."

"그래. 하지만 그전까지는 동양창업투자를 이용해 미우해양조선을 인수하는 일과 스타쉽 프로젝트를 추진하는 일에 매진해야 할 거다. 무엇보다 중요한 일이니까. 선배님들도 내일부터 바빠질 테니까 모두 최선을 다해주셔야 할 것입니다."

"그래, 상황이 상황이니만큼 모두들 최선을 다할 거다."

"걱정하지 마라, 한철아. 네 이야기를 듣고서 다들 마음을 굳혀놓았으니까."

"그래. 멋진 일이지 않냐? 인류의 구원을 우리가 책임진다니 말이다. 최선을 다할 테니 너는 지시만 내려라."

한철이 걱정스러운 표정으로 말하자 다들 한마디씩 했다. 자신들의 일이 인류의 생존을 위해 무척 중요하다는 것을 알고 있기에 목숨이라도 내던질 태세였다. 그런 그들의 모습을 보며 한철은 염려를 어느 정도 덜 수 있었다.

"모두들 고맙습니다. 모두들!"

한철은 자신에게 전폭적인 지지를 보내오는 사람들이 고마웠다. 이들을 위해서라도 최선을 다해야겠다는 결심을 굳힐 수 있었다.

다음날부터 한철 일행은 무척이나 바빠졌다. 주주총회의 결과에 따라 동양창업투자의 인수에 대한 절차가 진행되었기 때문이다. 새로 선임된 이사들이 모인 가운데 이사회가 열렸다. 총회에서 결정되어진 사항을 이행하기 위해서다.

대표이사는 총회에서 결정한 대로 태호 선배가 되었다. 이사진들도 창운 선배를 비롯해 선배들이 맡게 됐다.

대표이사와 이사들에 대한 선임 건에 대한 이사회가 끝나고 난 후 계획대로 태호 선배와 한영 선배가 기자회견을 열었다. 동양창업투자에 대한 앞으로의 계획에 대해서 설명하는 자리였다.

미우해양조선의 매각 문제가 재계의 핫이슈로 떠오르고 있는 지금, 비상장회사이지만 최대 주주의 하나인 동양창업투자의 경영진이 바뀐 일에 대해 취재하려는 기자들이 몰려들었다.

기자들이야 미우해양조선의 향방에 대해 궁금해서 참석했겠지만 한철들이 노리는 것은 다른 것이었다. 미우해양조선에 대한 인수는 그저 부수적인 사항이었을 뿐인 것이다.

기자회견이 열리는 자리에서 한태호는 동양창업투자가 앞

으로 투자할 기술에 대해서 공개를 했다. 이미 특허 신청이 끝난 사항에 대한 기술 공개였다. 동양창업투자의 자금력을 이용해 신기술을 한국의 새로운 차세대 성장 동력 산업으로 키우겠다는 발표였던 것이다.

무인 항법 장치나 초경량합금 등을 발표할 때는 모두들 시큰둥한 표정이었다. 미우해양조선에 대해서는 일절 언급을 안 하고, 그저 일반적인 기술 발표로 보였으니 그럴 만도 했다.

분위기가 바뀐 것은 축전지를 소개할 때부터였다. 전자신문의 기자 한 명이 한태호가 발표하는 기술이 어떤 것인지 제일 먼저 알아차린 것이다.

"전자신문의 유창훈 기자입니다. 대표이사님께 한 가지 질문이 있습니다."

"말씀하십시오."

"지금까지 발표하신 기술들을 보면 개별적으로 상업화하시지는 않을 것으로 보입니다만, 이렇게 발표하시는 이유가 뭡니까?"

"아직 많이 남았는데 이제부터 본론으로 들어갈 수밖에 없겠네요. 한 비서!"

한태호의 부름에 한지예는 기자회견장으로 상자를 하나 가지고 들어섰다. 은색의 알루미늄으로 만들어진 상자였는데, 갑자기 상자를 들고 오는 모습에 기자들의 시선이 집중됐다.

한지예는 상자를 한태호 앞에 있는 단상에 올려놓고는 자리를 비켜섰다.

"지금 전 세계가 경제 위기 상황이라는 것을 여러분도 잘 아실 겁니다. 우리 동양창업투자는 세계적으로 불어닥친 이번 경제 위기를 극복하기 위해 시야를 다른 곳으로 돌렸습니다. 이번에 경영진을 바꾼 것도 다 이번 계획을 위한 것이었습니다. 이미 조사를 해보셔서 아시겠지만 우리들은 다른 회사의 주식을 소유하고 있습니다."

"한얼연구소 말인가요?"

이미 한태호 등에 대해 조사를 끝낸 것인지 질문했던 기자가 확인하듯 물었다.

"맞습니다. 지금까지 발표한 기술들은 모두 그곳에서 개발된 것들입니다. 하지만 방금 전 기자분께서 말씀하신 대로 발표했던 기술들은 우리가 계획하고 있는 것의 일부분에 지나지 않습니다."

"일부분이라니, 무슨 말씀입니까? 구체적으로 설명을 좀 해주십시오."

상당히 놀라운 기술들이 일부라는 말에 기자는 호기심이 동한 듯 자세한 설명을 요구했다.

"우리는 대한민국의 도약을 위한 비전을 가지고 있습니다. 많은 계획을 검토하던 중 우리 대한민국이 도약을 하기 위해서는 생각을 바꾸어야 한다는 것을 자각하고는 우주에서 해답을 찾고자 했습니다. 대륙의 끝에 있는 조그만 반도 국가지만 좁디좁은 지구보다는 우주에서 새로운 기회를 찾고자 했던 것이죠. 우주로 향한 우리의 비전을 실행시켜 줄 기술의 결정체가 바로 이 상자 안에 들어 있습니다."

우주에서 기회를 찾고자 한다는 말에 기자들의 시선이 일제히 상자로 쏠렸다.

기자들의 흥미를 유발했음을 알아차린 한태호가 상자를 천천히 열었다. 상자 안에서 나타난 것은 호성중공업 한주성 회장에게 보여주었던 것과 같은 봉황이었다.

조그만 장난감 같은 것이 나타나자 모두들 실망한 표정이었지만 한태호는 개의치 않고 봉황을 작동시켰다. 봉황은 소리 없이 그 자리에서 허공으로 떠오르더니 천천히 기자들 사이를 비행했다.

"그것이 무엇입니까?"

"스페이스 셔틀 봉황입니다. 지구에서 우주로 향하게 될 한얼의 첫 번째 우주 왕복선이라고 할 수 있습니다."

"우주 왕복선이라는 말입니까?"

믿을 수 없다는 듯 한 기자가 물었다.

"장난감처럼 보이시겠지만 한얼이 개발한 기술이 총 집약된 것입니다. 실제 크기는 전장 35미터, 폭 20미터, 높이 10미터로 봉황은 지구에서 우주로 왕복하게 될 것입니다."

"로켓도 없는데 어떻게 우주로 보낸다는 말입니까? 일본이나 러시아의 로켓 발사 기술을 이용하실 계획인 것입니까?"

"후후후, 조금 전 제가 곧바로 본론으로 들어간다고 말씀드

렸는데 다시 한 번 진행해야겠군요. 첫 번째, 여기 보시는 무인 항법 장치는 우주 왕복선의 모든 조종을 자동으로 하게 만드는 장치입니다. 우주로 가기 전에 왕복선에 작용되는 모든 역학관계를 자동으로 조정해 주는 장치죠. 두 번째로 발표한 특수합금은 본체와 뼈대는 물론, 외장을 장식하게 됩니다. 간략하게 설명을 드렸습니다만, 이번에 개발된 특수합금은 지금까지 개발된 그 어떤 합금보다 몇 배나 뛰어난 장점을 가지고 있습니다. 1만도 이상의 고열에도 견딜 뿐만 아니라, 강도 면에서도 티타늄 합금에 비해 10배 이상 강하고, 무게 또한 같은 부피의 강철에 비해 10분의 1밖에는 되지 않습니다. 우주선을 만들 재료로써는 최상의 것이라고 할 수 있습니다. 그것뿐만이 아닙니다. 기자분께서 말씀하셨지만 봉황은 로켓에 실려 우주로 가지 않습니다. 새로운 방식을 사용해 우주로 떠나게 됩니다.”

“어떤 방식을 사용한다는 말입니까?”

“원래는 공개하지 않을 예정이었지만 이해를 돕기 위해 간략하게 말씀을 드리겠습니다. 이 축전지가 보이시죠? 아까는 대충 설명을 드렸지만 이제는 자세히 설명을 드려야겠군요. 여러분은 이 축전지가 원자로 한 기에서 1년 동안 만들어낼 수 있는 전기에너지를 담고 있다면 믿으시겠습니까?”

“그, 그게 정말입니까?”

“사실입니다. 우리는 새로운 방식의 에너지 저장 장치를 만들어낼 수 있었습니다. 꿈의 에너지라 일컬어지는 플라즈마를 이용한 소형 핵융합 장치를 개발해 낸 것이죠. 안전도에 대해서는 이미 수차례 실험을 거쳐 확인을 하고, 이제 상용화를 앞두고 있습니다. 이번에 개발된 기술은 우주 왕복선에 이용될 뿐 아니라 에너지 산업에도 이용할 예정입니다."

한태호의 설명에 장내가 쥐 죽은 듯이 조용해졌다. 만약 사실이라면 세계 에너지 산업의 혁명이 방금 시작된 것이기 때문이었다.

이번에 일어난 세계적인 경제 위기는 서브프라임 사태로 인한 금융 산업의 붕괴로 일어난 것이지만 엄밀히 따져 볼 때 에너지 고갈 문제로 인한 것이었다.

한태호의 설명처럼 핵융합 에너지의 소형화를 이루었고, 아이들 책가방만 한 크기의 축전지에 원자력발전소 1기가 1년 동안 생산하는 전기에너지를 담을 수 있다면 앞으로 석유 자원을 기반으로 한 산업이 전면적으로 바뀐다는 뜻이었던 것이다.

"이미 대부분의 기술들은 기술 선도국인 미국을 비롯해 영국, 프랑스, 독일, 일본 등에 특허를 출원해 놓은 상태입니다만 핵심 기술인 플라즈마 핵융합 기술은 출원하지 않았습니다. 플라즈마 핵융합 기술은 워낙 영향력이 큰 것이라 선진국에서 우리의 기술을 사장시킬 위험도 있어서 말입니다."

한태호의 설명대로라면 기자들도 동감하는 일이었다. 이 기술이 상용화된다면 무너지게 될 세계적인 기업들이 한둘이 아니었던 것이다. 거기다 에너지를 무기로 사용하고 있는 나라들도 타격이 클 터였다.

"아시면서 특허를 출원하신 겁니까?"

"그렇습니다. 거센 도전이 있겠지요. 위험할 수 있다는 것도 압니다. 해서 이번에 인터넷을 통해 전 세계로 이 기자회견을 중계하고 있습니다. 기술의 원천이 우리에게 있다는 것을 공표하기 위해서죠."

"지금 저희에게 설명하신 것이 사실이라면 우리는 지금 역사적인 현장에 와 있는 것이겠군요. 에너지 혁명이 시작되는 현장에 말입니다. 하지만 실물이 있는 것도 아니고, 믿을 수 있을까요? 핵융합 장치를 개발했다고는 하지만 그것만으로 우주로 나갈 수 있는 것도 아니고 말입니다."

"에너지원이 개발됐다면 우주로 나가기 위해서는 무엇이 필요할까요? 기자분이 염려하시는 것이 이것으로 어떻게 추진력을 얻게 되었나 하는 것인가 본데, 설명은 지금 기자분들 사이로 떠다니고 있는 봉황으로 대신하겠습니다."

"봉황이요?"

"그렇습니다. 지금 봉황이 움직이고 있는 추진력은 지금까지 지구상에서 개발된 기술을 뛰어넘는 것입니다. 바로 반중력 전환 장치를 통해 추진력을 얻는 방식입니다. 중력의 반발을 통해 움직이고 있는 것이지요. 앞으로 우주로 나가게 될 봉황의 실물에는 지금까지 쏘아 올린 로켓들 중 최고의 출력을 자랑하는 것보다 다섯 배에 달하는 추진력을 얻게 될 장치가 장착됩니다. 그러니 우주로 나가는 것은 그리 문제가 될 것이 없겠지요."

"미, 믿을 수가 없군요. 반중력 전환 장치라니……."

"그러실 겁니다. 하지만 우리는 이미 1년 전에 몇 대의 탐사선을 비밀리에 지구에서 떠나보냈습니다. 크기는 작지만 탑승 공간을 제외하고는 봉황과 같은 제원을 가진 것들입니다. 우리가 우주로 시야를 돌린 것은 탐사선들이 보내온 자료들 때문입니다. 우리가 여러분을 모시고 기자회견을 연 것은 태양계 내에 있는 각 위성들의 자원을 이용할 수 있다는 판단이 섰기 때문입니다. 많은 분들이 우리가 설명드린 기술을 믿지 못하실 것 같아 관련 자료를 이미 홈페이지에 올려놓았습니다. 그것을 보시면 지금 이곳에서 설명드리고 있는 것들이 모두 사실임을 아실 수 있으실 겁니다."

미우해양조선의 향방이 어떻게 될지 알아보기 위해 취재를 왔던 기자들의 표정이 모두 굳어버렸다. 지금 하고 있는 기자회견이 희대의 사기극인지, 아니면 실제로 자신들이 역사의 현장에 와 있는 것인지 믿을 수가 없다는 표정이 역력했다.

"우리는 파트너를 구하고 있습니다. 우리와 함께 우주로 나갈 파트너를 말입니다. 한얼연구소에서는 이미 제 아버님이 경영하고 계시는 호성중공업과도 파트너십을 체결했습니다. 한얼의 대주주인 우리들이 동양창업투자의 경영권을 인수한 까닭도 우리들의 기술을 이용해 제품을 만들어낼 기업들과 협력할 기반을 만들기 위해서였습니다. 지금 발표해 드린 사실들을 믿지 못하시겠지만, 봉황의 프로토 타입이 나오는 한 달

후에는 지금 설명드린 것들이 진정 사실임을 모두 아시게 될 것입니다. 그럼 이것으로 기자회견을 마치도록 하겠습니다.”

“질문 있습니다.”

기자회견을 마친다는 소리에 한 기자가 손을 들었다. 주주 총회가 끝나고 끈질기게 달라붙으며 취재를 요청했던 여기자였다. 다른 이들도 궁금한 점이 많은 듯 여기저기에서 손을 들며 질문할 기회를 달라고 난리였다.

“이제 질문을 그만 받겠습니다. 자세한 내용은 한얼연구소 홈페이지에 올려놓았으니 보시면 웬만한 궁금증을 해결하실 수 있으실 겁니다. 봉황의 프로토 타입이 나오는 한 달 후에 저희가 기자회견을 다시 열 테니, 생각을 많이 해두셨다가 그때 질문해 주시기 바랍니다. 그럼 전 이만.”

기자들의 질문이 쇄도했지만 한태호는 답변을 하지 않고 단상에서 내려왔다. 우르르 기자들이 몰려들었다. 하지만 민석을 비롯한 경호원들이 기자들을 막아섰기에 취재를 할 수 없었다.

한태호가 기자회견장에서 사라지자 기자들은 서로에게 자문을 구하며 의견이 분분했다.

특히 처음부터 끝까지 대화 형식으로 질문을 했던 전자신문의 유창훈 기자에게로 사람들이 몰려들었다. 신기술 분야에 일가견을 가지고 있었기에 그에게 자문을 구하기 위해서였다.

“유 기자, 자네는 어떻게 보나?”

유창훈과 평소 안면을 트고 지내온 용아일보의 경제부 기자인 최호윤이 궁금한 듯 물었다.

"최 선배님, 그리고 여러분 중에 석유 관련 기업 주식 가진 분들이 계십니까?"

"그건 왜?"

"앞으로 며칠 후면 똥값 될 겁니다. 그러니 얼른 팔아치우십시오."

"그럼, 자네는 이번 기자회견에서 발표한 것이 실현되리라고 보는 것인가?"

"선배님, 아까 한대호 대표이사 곁에 조용히 앉아 있던 사람이 누구인지 아십니까?"

"동양창업투자의 기술 심사를 총괄하게 된다는 김한영이란 사람 말인가?"

"예, 그 사람이 바로 얼마 전까지 특허청에서 신기술 특허 심의를 총괄하던 사람입니다. 그런 사람이 기술 심사를 총괄한다고 합니다. 변리사로 나서도 돈을 왕창 벌 사람이 미쳤다고 사기꾼 집단에 가담했겠습니까? 그리고 한태호가 누굽니까? 재계에서는 사람을 부리는 마술사라 불리는 사람입니다. 그리고 이번에 동양창업투자에 참여한 이사진을 보십시오. 다른 이들은 잘 모르지만 오창운이라는 사람에 대해서는 조금 아는 편입니다. 아마 금융 분야에서는 잘 아시는 인물일 텐데요."

"서, 설마, 마이다스의 손이라 불리는 그 오창운이라는 말인가?"

최호윤은 유창훈의 말에 자신이 경탄해 마지않던 금융의 귀재가 함께하고 있음을 알 수 있었다.

"그렇습니다. 육 개월 전에 그 사람을 한 번 인터뷰했었습니다. 오늘 제가 이곳에 온 것도 그 사람이 좋은 취재거리가 생길 거라고 해서 온 것입니다. 그러니 선배님도 주식 사놓은 것 있으면 당장 파십시오. 이미 늦었는지도 모르지만 말입니다."

유창훈의 말대로였다. 인터넷으로 방송된 여파 때문인지 석유화학 관련 주식이 일제히 폭락하고 있었다. 단숨에 하한까지 폭락하는 바람에 주식시장이 요동을 쳤다. 장중 한때 사이드카까지 발동되었지만 석유화학 관련주의 폭락은 막을 수가 없었다.

선물시장과 외국의 경우에도 마찬가지였다. 국제유가도 곤두박질치기 시작했다. 메이저 석유 회사들은 자신들의 주식이 나락을 모를 정도로 떨어지는 것을 지켜봐야 했고, 산유국들은 앞으로의 여파를 생각해 비상 회의를 소집하느라 분주했다.

보통의 경우라면 한 회사의 발표로 이토록 세계 경제가 들썩이지 않겠지만 발표와 아울러 한얼의 홈페이지에 실린 자료들이 문제였다. 태양계에 대해 미국의 쏘아 올린 우주선들이 보내오는 자료보다 더욱 선명한 자료들이 자세한 설명 자료와 함께 동영상으로 게시됐던 것이다.

자료에 대한 사실 여부의 논란이 많았지만 화성에 대한 자료로 인해 논란의 여부는 금방 잠재워졌다. 미국에서 화성으로 보낸 탐사선이 탐사 활동을 벌였던 지역의 장면이 찍힌 동영상이 자료로 올려져 있었는데, 지난날 한철에 의해 폭파된 잔해들을 고스란히 볼 수 있었던 것이다. 그리고 화성의 주요 지역에 대한 동영상과 함께 지하자원의 매장량이며, 생명체가 남긴 흔적과 분석 자료도 함께 올라와 있었던 것이다.

*　　　*　　　*

기자회견이 끝나고 계획대로 일이 진행되자 한철은 곧장 박문회가 사라진 곳으로 움직였다. 그가 경복궁 지하로 가기 위해 들렀던 가회동의 한옥을 찾아간 것이다.

한옥 앞에 도착한 한철은 우선 안에 있는 자들이 어떤 자들인지 살폈다.

"미네르바, 사람이 없는데?"

내게 느껴지는 감각은 안에 사람이 없다고 확인하고 있었지만 미네르바가 보내오는 신호는 누군가 있다고 계속 알려주고 있기에 의문이 든 한철이 물었다.

─이상하군요. 분명 사람이 있다고 신호를 보내오는데 말입니다.

"그래? 그럼 들어가서 살펴봐야겠군."

눈으로 직접 살펴봐야 할 것 같아서 한철은 살며시 대문을

밀어보았다. 잠겨 있지 않은 것인지 삐걱 소리를 내며 대문이
열렸다.

"사람이 아니로군."

문 안쪽에 사람이 있었다. 박문회의 수족인 윤태수였다. 하
지만 한철의 눈에 보이는 그는 사람이 아니었다. 미네르바의
감각도 속일 만큼 잘 만들어진 인형이었던 것이다.

─바이탈사인이 완벽합니다, 함장님.

"아니, 저기 있는 것은 사람이 아니야. 그저 인형일 뿐이지.
이 가체(假體)를 남기고 떠난 자도 원형신을 이룬 자인가 보
군."

─원형신이라는 것을 이룬 사람들은 이런 것도 가능한 모양
이로군요.

"그래. 아이들도, 그리고 주천문도 할 수 있는 법술이지. 유
준이나 선배들도 조금만 수련하면 할 수 있는 것이고. 아무래
도 흑룡회에서는 우리가 감시하는 것을 알아차린 모양인 것
같아."

─그럼 그곳도 살펴봐야겠군요. 계속해서 신호가 오고 있기
는 하지만 이것과 같은 형태일 수도 있으니 말입니다.

"그런 것 같아. 우선 한번 살펴보자고."

확인을 해야 했기에 한철은 비밀 통로의 기관이 위치한 곳
으로 향했다. 박문회가 이곳으로 왔을 때 지하로 내려갔던 장
소였다.

기관을 조작해 문을 열기가 쉽지가 않았다. 문을 열고자 하

는 자의 기운과 반응하는 까닭이었다. 한철은 자신을 가로막고 있는 벽을 통째로 부숴 버렸다. 지하로 들어가는 통로가 나타나자 안으로 걸어 들어갔다.

"저들도 마찬가지군."

지하로 들어와 경복궁 쪽으로 왔을 때 문을 지키고 있는 두 사람을 볼 수 있었다. 두 사람 또한 밖에 있는 윤태수와 같은 모습을 한 채 문을 지키고 있었던 것이다.

한철은 뭔가 안 좋은 예감을 느꼈다. 흑룡회의 본거지가 이렇게 비워진 것을 보면 뭔가 음모가 개입되지 않았나 하는 생각이 들었던 것이다.

─함장님, 이곳에도 기관이 설치되어 있는 것 같습니다. 그대로 들어가실 겁니까?

"들어가 봐야겠어."

쾅!!

의지와 동시에 한철의 몸에서 하얀빛이 뻗어 나와 가로막은 기관이 터져 나갔다. 한옥에서 지하로 들어올 때와는 달리 소리를 감출 필요가 없었던 것이다.

안으로 들어선 한철은 사람들을 볼 수 있었다. 비록 어둠에 가려져 있었지만 그들의 얼굴을 똑똑히 볼 수 있었다.

─화려하군요. 저런 자들이 흑룡회에 몸담고 있었다니 말입니다.

놀라움과 함께 미네르바가 정보를 전해왔다. 장내에 있는 인물들에 대한 정보였다. 정말이지 화려한 면면을 자랑하고 있었다. 역사학계의 태두라 할 수 있는 자는 물론, 유성그룹과 재계의 수위를 다투는 그룹의 총수 등 한국사에 있어 거두라 할 만한 자들이 몽땅 모여 있었던 것이다.

"그래, 모두 죽었다고 알려진 자들인데 죽었던 것이 아닌 모양이야."

―어째서 이렇게 인형과 같은 형상만 남겨놓은 것일까요?

"모르겠어. 이들이 어째서 이런 모습인지 말이야."

지하 궁전에는 온기가 가득했다. 그것은 분명 사람이 남긴 온기였다. 얼마 전까지 지하 궁전 안에 사람들이 있었던 것이 분명했다. 어째서 이들이 이런 모습인지 한철로서는 연유를 알 수 없어 불안하기 그지없었다.

"미네르바, 알아낼 방법이 없을까?"

―일단, 이곳에 대한 자료가 부족하니 스캔을 하도록 하겠습니다. 짐작이 가는 것이 있기는 하지만 조사를 마친 후 설명을 드리도록 하겠습니다.

"알았어, 한번 조사를 해봐."

한철의 말이 끝나자마자 한철의 양손에서 흰빛이 새어 나왔다. 미네르바의 분신이 본격적인 작동을 시작한 것이다. 빛의 굴절을 이용해 모습을 감추었던 미네르바의 분신은 어느새 실체를 드러냈다.

차르르르르!

한철의 양 손목에 차여 있는 미네르바의 분신에서 수많은 촉수가 뻗어 나왔다. 뻗어 나온 촉수들은 지하 궁전의 곳곳으로 달라붙었다.

약간의 시간이 흐른 뒤 촉수들은 임무를 마친 듯 제자리로 돌아가고 미네르바의 설명이 이어졌다.

─함장님, 아무래도 이곳에 차원 공간이 열린 것 같습니다. 그리고 이곳에 있던 이들의 정신과 영혼이 그 공간으로 넘어간 것이 분명합니다.

"그럼 라나 시바가 깨어났다는 거야?"

현 차원계를 이탈했다는 소리에 한철이 물었다. 라와 시바가 깨어나는 시기가 에이미가 말했던 것과는 다를 수도 있기 때문이었다.

─그런 것은 아닌 것 같습니다. 아무래도 여기에 있던 자들은 그동안 지구를 감싸고 있던 세 개의 차원 중 하나로 넘어간 것 같습니다. 함장님과 계명이라는 존재와의 대결로 인해 차원으로 넘어가는 통로가 열린 것이 분명합니다.

"어째서 그곳으로 넘어간 것이지? 이곳에서의 일도 무척 중요할 텐데 말이야."

─거기까지는 저도 모르겠습니다. 하지만 이곳에 남겨져 있는 그들의 육체로 볼 때 다시 돌아올 것이라는 것은 틀림없습니다. 돌아올 것을 가정하고 이면 차원으로 들어간 것이라면, 모종의 힘을 얻기 위한 것일 가능성이 90퍼센트입니다.

"힘을 얻기 위해 이면 차원으로 들어갔고, 다시 돌아온다는 말이지?"

─그렇습니다.

"좋아, 그렇다면 여기에 있는 놈들의 육체를 없애 버려야겠어. 돌아와도 머물 곳이 없도록 말이야."

―좋은 생각입니다. 힘을 얻기 위해 이면 차원으로 간 것이 분명한 것 같으니 이곳에 있는 것들을 없앤다면 흑룡회를 상대하는 유리한 것은 물론이고, 앞으로 상당한 시간을 벌 수 있을 겁니다.

"여기 있는 것들을 전부 소멸시키려면 블레이즈 캐논이 적당하겠군. 화염은 모든 것을 정화시키니까."

한철은 데블나이트의 기술 중 하나인 블레이즈 캐논을 펼치기로 했다. 극한의 열기로 모든 것을 소멸시키는 것으로, 흑룡회의 본거지를 소멸시켜 정화하려는 생각에서였다.

정신과 영혼만 없다뿐이지 인간인 존재들을 소멸시키는 것이 마음에 들지는 않았지만 한철은 과감히 그들을 소멸시키기로 한 것이다.

화르르!

푸른 불꽃이 넘실거리는 뷰렛들이 허공중에 생겨났다. 지하 궁전에 남아 있는 인형들의 숫자와 같은 수였다. 불꽃들은 천천히 다가가 인형들의 머리 위로 내려앉았다.

이미 정신과 영혼이 떠나 버린 흑룡회주나 박문회, 그리고 그의 아버지인 박천숭은 물론, 장내에 있던 모든 이의 머리 위에 떨어진 불꽃들은 그들의 몸을 불사르기 시작했다.

서서히 타서 한 점의 재도 남기지 않고 타오르는 모습은 마치 사라지는 것처럼 보였다.

　잠시 후, 흑룡회의 수뇌부라 할 수 있는 자들의 가체는 완전
히 세상에서 지워졌다.

　"어떤 존재가 돼서 나타날지는 모르지만 일단 가야겠어. 놈
들이 아무 대책 없이 이면 차원으로 넘어간 것은 아닐 테니까
말이야."

　―그러시는 것이 좋을 것 같습니다.

　"이곳으로 다시 나타날 것 같으니까 미네르바는 이곳에 놈
들을 감시할 수 있는 장치를 해둬."

　―염려하지 마십시오. 이미 설치해 두었습니다.'

　한철은 지하 궁전을 나섰다. 지하 통로로 들어선 다음 입구
를 지키고 있는 자들도 소멸시켰다. 한옥에서 입구를 지키고
있는 자도 마찬가지로 소멸시켜 버렸다.

　한옥을 나선 한철은 곧바로 은좌로 향했다. 만나자는 헨리
의 연락이 있었기 때문이다.

　헨리가 만나자는 이유도 어느 정도 짐작을 하고 있었다. 오
늘 새벽 강력한 힘을 가진 존재가 유럽에서 한국으로 온 것을
이미 알고 있었기 때문이다.

　"아마도 앤트 가의 가주겠지?"

　―그럴 겁니다. 단번에 텔레포트해 온 것을 보면 급하긴 급
했나 봅니다.

　"오래전부터 세상의 정보를 주물러 온 자이니 상대하는 데
신중해야 할 것 같아. 그자에 대한 자료는 아직도 파악된 것이

없어?"

앤트 가의 가주가 온 것을 느끼고 난 뒤 곧바로 그에 대한 자료를 찾도록 했던 한철은 미네르바가 알아낸 것이 있는지 물었다.

—아무것도 없습니다. 하지만 그동안 앤트 가에서 해왔던 일에 대해 패턴을 분석한 결과 에이미란 존재가 말한 것처럼 라와 시바를 따르는 자들을 상대해 온 것만은 틀림없는 것 같습니다.

"그럼 한번 만나보자고. 나에게 무엇을 제의하러 왔는지 말이야."

한철은 도로가 있는 쪽으로 걸어가 택시를 잡아탔다. 택시는 남쪽으로 차를 몰아 반포대교를 건너 강남으로 향했다. 한철이 은좌에 도착한 것은 가회동을 떠난 지 30여 분이 지났을 무렵이었다.

"아직 도착을 하지 않은 모양이군."

택시에서 내린 한철은 은좌의 주차장에 차량이 없는 것을 보고는 헨리 일행이 아직 도착하지 않았다고 생각했다.

—그런 것은 아닌 것 같습니다.

"그래?"

자신의 이목을 흐릴 수 있는 존재가 있다는 말에 한철은 가지고 있는 힘을 일부 개방했다.

골든나이트의 완성을 조기에 끝내기 위해 자신이 가지고 있는 힘을 대부분 미네르바가 관장하도록 했지만 이렇게 원하는 경우 상당 부분 끌어올릴 수 있었다. 계명의 힘을 흡수한 후 한결 여유가 생긴 것이다.

감각이 무한히 확장되고 미네르바가 말한 뜻이 무엇인지 알 수 있었다.

은좌에는 지금 아공간의 결계가 펼쳐져 있었다. 가두기 위한 것이라기보다는 내부에서 벌어지는 일을 외부에 알려지지 않도록 차단하는 아주 은밀한 결계였다.

숨겨진 결계의 안쪽에는 이야기로만 전해지는 존재가 숨겨져 있었다.

"후후후, 재미있군. 나를 시험해 보겠다는 뜻인가?"

―그런 것 같습니다. 그런데 함장님을 기다리는 존재들이 참 재미있군요.

"그러긴 하군. 저런 존재들이 있다니 말이야. 아마 저런 존재들을 다크 나이트라고 하지 않나?"

―맞습니다. 원혼을 이용해 만든 유령의 기사들이죠. 소란이 일 것을 염려한 것인지 함장님께서 들어서시는 순간 아공간 결계도 발동했군요.

"크크, 오랜만에 한번 몸 좀 풀어볼까?"

―함장님의 상대는 되지 못하겠지만 몸을 풀 상대로는 충분할 겁니다.

"저 자식들, 검을 들고 있는데 나도 그런 것 없을까? 데블나이트를 사용하면 그대로 박살날 것 같은데 말이야."

─손에 차여 있는 제 분신을 이용하시면 될 겁니다.

"미네르바의 분신 말이야?"

─예, 함장님. 혹시나 몰라 새로운 기능을 부가했습니다. 이미지만 떠올리시면 함장님이 원하는 무구로 바뀔 겁니다.

"호오, 그래! 재미있겠군. 하지만 너무 망가뜨리면 좋아하지 않겠지. 적당히 해야겠군."

─그러시는 것이 좋을 것 같습니다. 재미있게 즐기십시오.

한철은 미네르바의 말을 들으며 결계 안쪽으로 발걸음을 옮겼다. 은좌로 들어가는 입구로 들어서자 주변의 풍광이 사라지며 새로운 공간이 나타났다. 앤트 가의 가주인 헤밀턴이 만들어낸 아공간으로 들어간 것이다.

"이제 들어왔군. 어디 한번 보여봐라, 네 정체가 무엇인지."

한철이 자신이 펼쳐 놓은 결계 안쪽으로 들어서는 것을 보며 헤밀턴은 주의 깊게 살피기 시작했다. 소멸되어 버린 마고의 후예라는 한철이 진짜인지 그로서는 반드시 확인해야 하기 때문이다.

마고의 후예가 존재한다면 그로서도 큰 도움이 되겠지만 그렇지 않고 이것이 라나 시바의 함정이라면 무서운 결과가 초래 될 것이기에 그는 긴장하지 않을 수 없었다.

"아버님, 그를 시험하는 것이 옳은 일일까요?"

한철을 시험하는 것이 마음에 들지 않았던 헨리가 우려를 드러냈다.

"그렇습니다. 제가 느낀 바로는 그는 절대! 라나 시바와 상관이 없는 존재입니다. 가주께서도 라나 시바는 물론, 그의 권속에 속하는 자들의 기운을 제가 모두 알고 있다는 것을 아시지 않습니까?"

에이미가 사실임을 확인하고 나섰다.

"그가 마고의 진짜 후예인지는 내 눈으로 반드시 확인해야 한다. 균형을 이루던 차원이 모두 갈라진 이상, 저자가 진짜 마고의 후예인지는 정말 중요한 일이니까 더 이상 말리지 마라."

헤밀턴의 의지는 단호했다. 상황이 긴박해진 만큼 어쩔 수 없다는 것을 강조했다.

'다크 나이트를 동원하고 이중 결계를 쳤다고는 하지만 저 사람은 마고의 힘뿐만 아니라 다른 힘들도 가지고 있다는 것을 모르시는 모양이구나. 어떻게 저렇게 자신의 힘을 감쪽같이 감출 수 있는지 정말 모를 일이다.'

에이미는 헤밀턴을 더 이상 말리지 않기로 했다. 헤밀턴이 동원한 방법으로는 한철을 위험하게 할 수 없기 때문이다.

에이미는 지금 한철의 위험보다는 다른 것에 더 흥미를 느끼고 있었다. 한철이 자신이 가진 힘을 숨기는 방법이 무척이나 흥미로웠던 것이다.

주주총회장에서 나타났던 힘의 크기로 볼 때 이토록 감쪽같이 감추기란 거의 불가능한 일이었다. 그럼에도 한철에게서 느껴지는 것은 거의 미비하다고 할 정도였다.

그녀로서도 이계의 우주에서 날아온 초자아 컴퓨터가 한철의 힘을 통제하고 있다는 것을 알 수는 없었던 것이다.

한철의 이러한 점은 한철이 앞으로 상대해야 할 존재들도 모르고 있는 일이었다.

"시작했나 보군요. 그런데 저 사람, 상당히 흥미로운 무기를 가지고 있군요. 아공간에서 저런 무기를 꺼내다니 말입니다."

에이미는 한철의 손에 갑자기 생겨난 무기를 보고 흥미를 드러냈다.

한철이 이미지로 만들어낸 무기는 쿠쿠리라는 기형도였다. 네팔 구르카족이 사용하는 것으로, 파괴력만큼은 타의 추종을 불허하는 칼이었다.

"사용하는 법이 까다로운데 저걸 사용하다니, 재미있군."

헨리가 흥미로운 표정을 지었다. 자신의 예상과는 다른 무기였던 것이다.

"파괴력만큼은 타의 추종을 불허하는 것이니까요. 예상외 군요. 이곳 한국에도 꽤나 많은 무예들이 전해져 내려오는 것으로 알고 있었는데 말입니다."

에이미도 한철이 한국에서 내려오는 고대 비문의 무예를 사용할 줄 알았는데 뜻밖인 모양이었다.

"한국에 존재하는 고대 비문을 이은 것은 아닌 것 같아 보이지만 한번 지켜보기로 하지. 그의 몸에서 언제 뿜어져 나올지 모르니까."

"알겠습니다, 가주."

아공간 안에서 다크 나이트와 한철의 전투가 시작되었기에
헨리와 헤밀턴은 조용히 지켜보기 시작했다.

쐐애액!!
검은색의 기운이 서린 검이 허공을 누볐다. 검은색 오러 블
레이드를 휘두르는 다크 나이트의 공세는 무척이나 위력적이
었다.
걸리는 것은 무엇이든지 베어버리는 오러 블레이드였지만
한철은 그 안에서 유유자적했다. 로케이즈 크루즈로 펼쳐지는
한철의 움직임은 엄밀한 다크 나이트의 공세 속에서도 무한한
자유로움을 보이고 있었던 것이다.
캉!!
카카카캉!!
오러 블레이드를 담은 다크 나이트의 검과 한철의 쿠쿠리가
부딪치며 아공간을 진동시켰다. 강렬한 힘의 여파가 아공간에
도 영향을 미친 것이다.
"아버님, 보통 무기가 아니군요."
"그런 것 같구나. 다크 나이트가 펼치는 오러 블레이드에도
흠집 하나 없다니."
"움직임도 그렇습니다. 지금까지 나타난 무예 중 저런 움직
임을 보이는 것은 없을 텐데, 궁금하군요."
"그렇긴 하다. 저토록 무한히 자유로운 움직임이라니, 나도
믿을 수가 없구나."

한철의 움직임에 대해 감탄을 터뜨린 헤밀턴이지만 그의 얼굴은 무척이나 굳어 있었다. 한철이 가지고 있는 힘의 정체를 전혀 파악할 수 없었기 때문이다.

놀랍게도 한철은 그 어떤 기운도 쓰지 않고 육체적인 힘만으로 다크 나이트를 상대하고 있었던 것이다.

'절대 인간이 가질 수 있는 육체가 아니다. 분명 초월자들만이 가지는 육체다. 문제는 저자의 진정한 힘이 마고의 것이냐가 문제인데…….'

기운을 쓰지 않는 한 마고의 후예인지 여부는 가릴 수 없었다. 이토록 넉넉하게 다크 나이트를 상대한다면 이 단계 안배를 가동하는 수밖에 없었다. 헤밀턴의 몸에서 금빛 광채가 일렁였다. 준비한 이 단계 안배를 가동한 것이다.

'기운이 변했다는 말이지? 이놈들도 새로운 존재로 거듭난다는 말인가?'

다크 나이트를 상대하던 한철은 갑자기 기운이 변화함을 느끼고는 빠르게 거리를 유지했다. 다크 나이트들도 변화가 시작됐음인지 한철을 쫓지 않았다.

'아직은 내가 누구인지 정체를 확인하지 못했다는 말이군. 그렇다면 본격적으로 한번 놀아볼까?'

다크 나이트가 변한 이유는 금방 알 수 있었다. 육체의 힘만으로 상대했기에 자신의 진정한 힘을 끌어내기 위한 것이 분명했다. 한철은 서서히 마고로부터 물려받은 기운을 끌어올렸다.

'전부 망가지더라도 원망하지 마시구려. 시험을 하려 한 것은 그쪽 잘못이니까.'

마고의 힘을 끌어올리자 제일 먼저 변한 것은 쿠쿠리였다. 하얀색 섬광이 피어오른 것이다. 유형의 검이라는 오러 블레이드나 검강과는 조금 다른 형태의 것이었다.

'마고의 힘은 가장 순수한 하이드 내츄럴포스다. 여기에 싸이코 매트릭스를 섞는다. 차앗!'

하얀색의 쿠쿠리가 춤을 췄다. 부메랑처럼 휘어진 쿠쿠리의 안쪽에 있는 칼날로부터 섬광과 같은 빛이 번쩍였다. 빛이 지나가는 궤적이 나타날 만도 하건만 그뿐이었다.

너무 빠르기도 했지만 일반적인 검의 궤적과는 다른 움직임이었기 때문이다. 직선거리가 아니라 부메랑처럼 회전한 흰색의 섬광이 다크 나이트 하나를 찾아들었다.

서격!!

싸늘한 소리와 함께 빛이 지나감과 동시에 다크 나이트의 몸에서 흰색이 빛이 터져 나오며 그대로 소멸됐다.

"저런!!"

흰색의 섬광이 나타나고 다크 나이크가 갑자기 소멸해 버린 것은 거의 순간적이었다. 쿠쿠리에서 뻗어 나온 빛을 보는 순간 원하는 것을 확인했지만 미처 중지시키지 못하고 다크 나이트가 소멸되어 버린 탓에 헤밀턴은 놀라 소리를 질렀다.

"귀환!!"

헤밀턴은 빠르게 다크 나이트를 역소환했다.

"젠장!!"

빠르게 대처했지만 그의 반응은 쿠쿠리에서 뻗어 나온 섬광보다는 빠르지 않았다. 그의 역소환에 응한 다크 나이트가 일곱 기밖에 되지 않았던 것이다.

그사이 두 기의 다크 나이트가 한철이 날린 섬광에 다시는 소환하지 못할 정도로 완전히 소멸되어 버린 것이다.

"으으음, 역시 마고의 힘이다."

섬광이 터져 나오는 순간, 그의 뇌리에 남아 있는 선조들의 기억을 통해 그것이 마고의 힘이라는 것을 금방 알 수 있었다. 한철을 시험하느라 아까운 다크 나이트 세 기만 잃어버린 것이 안타까웠다.

그러나 이대로 안타까워하고 있을 수만은 없었기에 헤밀턴은 숨겨져 있는 공간에서 나와 한철에게 다가갔다. 이제 마고의 후예라는 것을 확인했기에 오해를 풀어야 했던 것이다.

"만나뵙기가 상당히 힘들군요."

"하하하, 시험이 거칠었던 점 미안하다. 그런데 나를 알고 있는 것인가?"

"오늘 새벽 강력한 힘이 유럽에서부터 한국까지 공간을 열더군요. 헨리 씨가 있는 곳으로 간 것으로 봐서는 누군가 왔다는 것을 알 수 있었습니다."

"음!"

텔레포트를 통해 한국에 오기는 했지만 여러 가지 방법으로 자신의 행적을 감춘 헤밀턴이다.

그럼에도 자신의 존재를 느꼈다는 것에 한철의 능력이 어느 정도인지 추측할 수 없었던 헤밀턴은 신음을 삼켰다.

"난 앤트 가의 가주인 헤밀턴이라고 한다. 마고의 후예인 자네를 만나서 반갑다."

"이대로 있을 것이 아니라 안으로 들어가시죠. 아공간도 거두어주시고 말입니다."

헤밀턴이 자신을 소개하자 한철이 헤밀턴 일행을 안으로 이끌었다.

"그러지."

"숨어 있는 분들도 같이 들어가시죠. 손님으로 오셨는데 이대로 계시면 제가 섭섭하니 말입니다."

"들었나? 모두 같이 들어간다."

헤밀턴은 숨어 있는 쉐도우들을 알아차린 한철에게 더 이상 놀라고 싶지도 않았다. 한철의 말대로 곧바로 쉐도우들도 불러들였다. 헤밀턴의 말이 떨어지자 마치 아지랑이가 솟아나듯 땅속으로부터 희미한 존재들이 나타났다.

"후후후, 보기가 좀 민망하군요. 어서 옷이나 찾아서 입으라고 하십시오."

아지랑이 같은 기운으로 화한 쉐도우들이 알몸으로 있다는 것을 느낀 한철이 한마디 하자 헨리 옆을 지키고 있던 에이미의 얼굴이 붉어졌다. 주주총회장을 찾았을 때 자신이 알몸이었던 것을 기억해 낸 것이다.

능력을 발휘한 상태의 쉐도우가 알몸이라는 것을 볼 수 있다면 그때 한철이 자신의 알몸을 보았다는 것을 알아차린 것이다

'그때 내 모습을 본 것이 분명해. 그런데 어쩌면 그렇게 태연할 수가 있지. 내 몸매도 봐줄 만할 텐데…….'

그 당시 한철이 무관심한 표정으로 일관했었다는 것을 기억한 에이미는 자신의 몸을 다시 한 번 내려다보았다. 자신이 봐도 훌륭한 몸매였다. 그럼에도 한철이 관심을 갖지 않았다는 사실에 조금은 서운한 에이미였다.

"대단하군. 쉐도우가 능력을 발휘하면 나조차 그들의 진체를 볼 수가 없는데 말이야."

"그저 잔재주에 불과합니다."

"자네하고 할 이야기가 많네. 앞으로 닥칠 재앙을 막아내기 위해서는 말이야."

"저도 의논할 일이 많습니다. 정보계의 대부이신 앤트 가의 가주시니 말입니다."

"벌써 내가 하고 있는 일을 파악한 건가?"

"글쎄요. 귓가에 들려오는 소리를 놓치지 않는 편이어서 말입니다. 귀를 열어놓고 사니 자연히 들려오는군요."

"하하하, 자네는 참 재미있는 사람이로군."

"이제 들어가시죠."

한철을 비롯한 헤밀턴 일행은 은좌로 들어갔다. 그리고 밤이 깊을 때까지 많은 의견이 오갔다. 한철은 자신이 계획하고 있는 일에 대해 밝혔고, 헤민턴은 앤트 가에서 준비하고 있는 일들을 알려줬다. 두 사람은 앞으로 닥칠 재난에 대비하기 위한 계획에 서로 협조할 것을 약속했다.

한철이 마련한 저녁 식사까지 같이하며 진행된 의논은 심각한 사안과는 달리 매우 화기애애하게 끝이 났다. 저녁 식사를 대접하며 한철은 헨리의 제의로 뜻밖의 인연도 맺을 수 있었기 때문이다. 혈맹을 맺은 사이인만큼 의형제로 지내는 것이 좋지 않겠냐는 제안이었다.

헨리의 제안이 진심임을 알 수 있었던 한철은 흔쾌히 승낙을 했다. 한철이 약간의 조건을 붙이기는 했지만 헨리가 상관없다고 했기에 두 사람은 의형제로 결의를 맺었다.

"다른 사람들은 다들 바쁜 모양이네. 여기서 묵는다고 했는데 다들 돌아오지 않으니 말이야. 무슨 일이 있는 것은 아니지?"

서로 간에 원만하게 협의를 이끌어낸 후 자신들의 아지트로 돌아가기에 앞서 헨리가 물었다. 서로 뜻이 통해 호형호제하기로 한 그는 밤이 늦었음에도 한태호 일행이 은좌로 돌아오지 않는 것이 걱정돼 물었던 것이다.

"형님, 모두들 동양창투업투자에 있습니다. 오늘은 밤을 새울 것 같습니다. 차질없이 준비하려면 강행군을 해야만 해서요. 워낙 일정이 빡빡할 테니 말입니다.”

“그렇겠군. 우리도 계획대로 진행을 하려면 강행군을 해야 하는데, 조금 걱정스럽다. 이거 체력이 떨어지지 말아야 할 텐데 말이야. 와이프 될 사람이 음식 솜씨는 좋은데 나 때문에 양식하고 일식만 배워서 말이야. 보양식은 한국 음식이 최곤데……”

대화하는 와중에 한철로부터 근사한 한정식을 대접받은 헨리는 짐짓 너스레를 떨었다.

“언제든지 오시면 맛있는 것을 대접해 드리겠습니다, 형님.”

“나도 오면 안 될까? 구절판하고 신선로라는 것이 아주 맛나던데 말이야.”

옆에 있던 헤밀턴 또한 한철이 초대해 주기를 은근히 기대하는 눈치였다. 그것은 에이미를 비롯한 다른 쉐도우들도 마찬가지였다.

“긴밀한 협의가 있어야 하니 의논할 일이 있으시면 언제든 찾아오십시오, 의부님. 성심껏 모시겠습니다. 그리고 여러분도 마찬가지고요.”

헨리와 의형제를 맺은 후 헤밀턴은 의부가 되어주기로 자청했다. 한철도 헤밀턴을 자신의 후견인 겸 의부로 모시기로 했기에 무척이나 공손하게 말했다.

“하하하, 내 시간을 내서 종종 찾을 테니 너무 자주 찾는다고 구박하지는 마라.”

“구박은요. 그럼 조심히 살펴 가십시오. 아직은 그들의 눈이 있으니 텔레포트보다는 제가 만든 게이트를 이용하시면 놈들에게 들키지 않을 겁니다.”

“알았다. 너도 조심해라. 놈들이 한국으로 오고 있으니 대비도 철저히 하고. 죽련방은 만만치 않은 존재다.”

“염려하지 마십시오.”

중국에서 능력자들이 한국으로 향하고 있다는 정보는 미네르바를 통해 알고 있었지만, 그들이 누구인지 어째서 한국에 오는 것인지는 헤밀턴으로부터 들을 수 있었다.

헤밀턴은 죽련방의 인물들이 누군가를 추적하고 있다고 했다. 한철은 설명을 들으며 죽련방의 인물들이 추적하는 존재들이 자신과 어느 정도 관련이 있다는 것을 느낄 수 있었다.

이미 전체 상황을 파악하도록 미네르바에게 지시를 내린 한철은 미소를 지으며 대답을 했다. 헤밀턴의 염려가 고마웠던 것이다.

“그래, 어려운 일이 생기면 연락을 하도록 해라.”

“알겠습니다, 의부님.”

대답을 마친 한철은 협의가 끝난 후 자신이 만든 공간 이동 게이트를 열었다. 미네르바의 힘을 이용해 헨리가 머물고 있는 곳까지 뚫어 만든 것이었다.

계명의 능력을 흡수한 이후 어느 정도 여유가 있었기에 얼마 전부터 사용이 가능해진 것이다.

미네르바가 만든 공간 게이트는 지구 차원의 기술이 아닌

겐트리온 우주의 기술로 만든 것이라 라나 시바의 권속은 알
아차릴 수 없는 것이어서 안전하다 할 수 있었다.

　헨리 일행이 돌아가고 난 뒤 한철은 죽련방의 인물들이 쫓
고 있는 자들이 누구인지 한번 만나보기로 했다.
　"미네르바, 한번 만나봐야 할 것 같은데."
　—곧바로 이동하시겠습니까?
　"예감이 별로 안 좋아. 곧바로 이동해야 할 것 같아."
　—그럼 곧바로 이동을 하겠습니다.
　청도 쪽에서 배를 타고 한국으로 들어오려는 것 같기에 한
철은 워프를 이용해 곧바로 청도로 이동했다. 희미한 빛이 스
치고 난 뒤 어둠에 물든 산야가 눈에 들어왔다. 어느새 청도에
도착한 것이다.
　"다행히 늦지 않은 것 같은데……."
　도교의 성지라고 알려진 청도에 있는 노산에 도착한 한철은
남선 코스라고 알려진 등산로를 따라 빠르게 걸음을 옮기는
세 명의 여인을 볼 수 있었다.
　어두운 밤이었지만 그녀들의 모습이 선명히 시야에 들어왔
다. 노산의 절경이라 일컬어지는 남선 코스는 노산과 바다를
동시에 볼 수 있는 곳이었는데, 여인들은 등산객이 다닐 수 없
는 곳을 따라 은밀히 바다 쪽으로 이동하고 있었다.
　기암괴석 사이를 건너뛰며 연신 뒤를 돌아보는 것이 세 사
람은 무엇인가에 쫓기듯 불안한 표정으로 빠르게 신형을 옮기

고 있었다.

"저들인가?"

—그렇습니다.

느껴지는 기운의 크기는 그리 크지 않았지만 보통의 인간과 비교했을 때 상당한 능력이었다. 그러나 한철이 알고 있는 능력자들에 비하면 아주 미약한 수준의 힘을 가지고 있는 것으로 보였다.

"미네르바! 추적하는 자들은?"

—쫓고 있는 자들이 있습니다. 모두 일곱 명인데 상당한 능력을 지닌 자들입니다. 하이드 내츄럴포스 계열의 능력을 가진 자들로 함장님의 선배님들과 같은 수준의 능력을 가진 자들입니다. 하지만 기운을 움직이는 사용 능력은 훨씬 뛰어난 것으로 보입니다.

"무인인가?"

—그렇습니다.

"다른 자들은 없나?"

—보이지 않습니다.

"좋아, 그럼 어째서 저 여자들을 쫓고 있는 것인지 한번 알아볼까?"

팟!

죽련방의 인물들이 분명하기에 한철이 신형을 띄웠다. 여인들과의 거리를 바짝 좁힌 죽련방의 인물들이 일제히 무기를 꺼내 들었기 때문이다.

Chapter 8
죽련방(竹聯幇)의 장백령과 삼화신녀(三和神女)

"언니들, 빨리요!"

석가령이 앞서 달리고 있는 두 사람을 재촉했다. 자신들을 쫓고 있는 자들을 막아줄 이들이 더 이상 없는 까닭이다.

중국 내 암암리에 퍼져 있는 석가의 인맥을 이용해 죽련방의 인물들을 따돌렸지만 기어코 사흘 전 발각되고야 말았다. 가지고 가야 할 물건이 있기에 노산에 들른 것이 실수였다.

죽련방의 인물들도 자신들이 노산에 들러야 하는 것을 알고 있었는지 매복을 한 채 기다리고 있었던 것이다.

자칫 잘못했으면 잡힐 뻔했다. 자신이 심어놓은 석가의 인물이 신호를 보내지 않았기에 이상이 생겼음을 간파한 석가령은 놈들의 눈을 속이고자 일단 노산에서 벗어났다.

　그때부터 지금까지 줄곧 쫓기는 신세였다. 청도에 있는 석가의 인맥을 이용해 숨어 다니면서 피해왔지만 그것도 금방 한계에 달했다. 죽련방이 노산을 지키면서 청도 전역에 감시 망을 펼친 까닭이다.

　석가령은 할 수 없이 각성하기 전에는 한 번밖에는 사용할 수 없는 자신의 능력을 사용했다. 노산에 숨겨진 물건이 너무 중요했기에 어쩔 수 없는 선택이었다.

　석가의 암중 호위들이 칠천중의 이목을 걸고 돌리는 사이 석가령은 정신으로 감응하는 이형진(異形陣)을 이용해 노산을 지키던 죽련방의 칠천중(七賤狆)의 이목을 속이고 원하던 물건 을 얻을 수가 있었다.

　잠깐 이목을 속이기는 했지만 그로 인해 칠천중으로부터 추 적을 받아야만 했다. 한번 상대에 대한 단서를 잡으면 끊임없 이 추적을 할 수 있는 칠천중의 능력을 간과한 때문이었다.

　암중에 호위하던 석가의 형제들은 이미 칠천중의 손에 유명 을 달리한 지 오래다. 의표를 찌른 공격으로 이목을 돌렸지만 칠천중이 가진 무공은 절정고수라 할 수 있는 것이었기 때문 이다.

　칠천중의 능력을 생각한다면 지금까지 잡히지 않고 도망 을 다닌 것도 용하다고 할 수 있었다. 그녀가 기대를 걸고 있 는 것은 자신이 가장 믿을 수 있는 사람과 연락이 닿았다는 것이었다. 도주할 준비를 갖추고 있을 것이기에 그녀는 지금 자신이 믿는 사람이 있는 곳을 향해 빠르게 달려가고 있었던 것이다.

'이제 조금만 더 가면 장 숙이 기다리고 있는 곳이 나온다. 그곳까지만 가면……'

바다까지만 가면 방법이 있기에 석가령은 뒤를 한번 돌아보고는 앞선 두 사람을 다시 한 번 재촉했다.

"언니들! 조금만 더 가면 돼요. 힘을 내세요."

"알았어."

"너도 힘내."

앞선 여인들이 대답하며 신형을 움직였다. 바위에서 바위로 건너뛰는 그녀들의 몸은 온통 땀으로 범벅이 되어 있었다. 야심한 시간을 이용해 석가의 암중의 호위들이 칠천중을 급습하는 틈을 타서 물건을 빼낸 후, 지금까지 한 시간여를 계속해서 쫓기고 있는 그녀들은 서서히 힘이 빠져가고 있었다.

"다 왔어요. 저 배만 타면 돼요."

벼랑 끝 후미진 곳에 배 한 척이 보였다. 날렵해 보이는 검은색의 모터보트 한 척이 어둠에 묻힌 채 대기하고 있었던 것이다.

석가령의 말에 달리던 여인들의 안색이 일제히 펴졌다. 이대로라면 잡히지 않을 수 있다는 생각 때문이었다.

퍼퍼퍽!

"악!"

"윽!"

"아악!"

일제히 신형을 띄워 모터보트로 날아올랐던 여인들이 모터보트에서 날아온 누군가에 의해 가슴을 얻어맞고는 비명을 지르며 실 끊어진 연처럼 뒤로 날아가 땅바닥에 처박혔다.

"웩!!"

내상으로 인해 속으로부터 넘어오는 검은 피를 토한 석가령은 믿을 수 없다는 눈으로 나타난 인물을 바라보았다. 공해까지 자신을 실어 나르기 위해 대기하고 있던 장 숙이 자신을 공격한 때문이었다.

"자, 장 숙……."

"쯔쯔쯔, 그냥 북경으로 와서 잡혔으면 내가 나서지 않아도 되었을 것을……."

"그, 그럼 장 숙이 배신자였던 거야? 어, 어째서!"

석가령은 믿을 수가 없었다. 어려서부터 자신을 돌봐주던 사람이다. 어머니의 가문에서 호위로 딸려 보낸 이가 바로 장백령이다. 자신이 태어난 후 딸처럼 여기며 보호해 왔던 이가 그였기에 석가령은 혼란스러움을 금할 수 없었다.

"네가 계획을 바꾸는 바람에 시간이 많이 늦어졌다. 곧장 북경으로 갈 줄 알았는데 말이야. 내 그동안 너를 어여삐 여겼지만 석가의 후손은 우리와 양립할 수 없는 터, 이제 그만 끝내야겠구나."

천천히 모터보트에서 내려온 장백령이 손을 뻗었다. 석가령이 허공으로 떠올라 그의 손아귀에 목이 잡혔다.

"으으으!"

석가령은 꼼짝도 할 수 없었다. 장백령의 눈에서 일고 있는 푸른색의 광채 때문이다. 모든 것을 파괴해 버릴 것 같은 공포의 기운이 장백령의 눈에 담겨 있었기 때문이다.

차차착!

장백령이 석가령의 정신을 제압해 갈 무렵, 뒤를 쫓던 칠천충이 도착했다. 이미 상황이 끝났음을 파악한 그들은 장백령을 향해 허리를 숙이며 인사를 했다.

"방주, 계집들을 잡으셨군요."

석가령은 이지를 잃어가는 칠천충의 말을 똑똑히 들을 수 있었다.

'으으, 어떻게? 장 숙이 죽련방의 방주라니… 아버님이 모르실 리 없는데……'

석가의 숙적이라 할 수 있는 죽련방의 수괴가 지금까지 자신의 곁에 있었다는 사실이 그녀는 믿을 수 없었다.

"수고했다. 저 계집들도 방으로 데리고 가야 하니 챙겨라."

"예, 방주."

대답을 마친 칠천충 중 두 사람이 쓰러져 있던 두 여인을 들어 허리에 끼웠다.

"물건은?"

석가령의 이지를 제압했다 생각한 장백령이 칠천충을 향해 물었다.

"석가령의 품에 있을 겁니다."

장백령은 서슴없이 석가령의 품을 뒤졌다. 그러나 그가 찾는 것은 어디에도 없었다.

"어디다 숨겼느냐?"

"으으으!"

살기 짙은 장백령의 음성에 석가령이 이를 부딪치며 떨었다. 그의 눈에서 뿜어 나오는 공포의 기운이 더욱 강해진 것이다. 광겁안이라 불리는 반고의 힘 중 하나였다.

"후후후, 숨긴 모양이다만, 소용없는 일이다. 빨리 토설하는 길만이 고통을 더는 길이다."

"처, 청허는……."

석가령의 입이 자신의 의지와는 달리 서서히 열렸다. 그녀의 의지가 광겁안에 잠식당한 결과였다.

"주인을 배신한 개인가?"

석가령의 의지를 잠식해 가던 광겁안이 갑자기 흔들렸다. 어디선가 흘러나온 목소리가 그의 심지를 뒤흔들었던 것이다. 지켜보고 있던 한철이 참지 못하고 장내에 모습을 드러낸 것이다.

"누구냐?"

"사내새끼가 쫀쫀하게 여자나 상대하고… 쯔쯔!"

마치 못 볼 것을 보았다는 듯 한철은 유창한 중국어로 장백령의 심기를 자극했다. 석가령을 잡고 광겁안을 사용한 것

이 조금은 찝찝했는데 한철의 말이 그의 자존심을 흔든 것이
다.

"석가의 떨거지인가?"

"석가? 모를 소리군. 심심해서 산책하러 나왔다가 네놈들이
남자 망신 다 시키고 있어서 좀 나섰다."

"지금 이 시간에? 후후후, 믿지 못할 소리로군."

밤이 깊어 새벽이 향해 다가오는 시간이었다. 목적이 있
지 않는 한 노산에 올라올 리는 없었다. 하는 행동으로 봐서
는 석가의 인물은 아닌 것 같기에 장백령의 눈빛이 깊어졌
다.

"그거 좀 놓지? 영 보기가 껄끄러워서 말이야."

한철이 석가령을 잡고 있는 장백령을 바라보면 손을 까닥였
다. 허튼짓 말라는 소리다.

"크크크, 정신이 돌아버린 놈이로군. 보지 말아야 할 것을
보고도 도망치지 않다니. 네 명줄이 여기까지인 모양이로구
나."

한철의 행동에 지켜보고 있던 칠천중의 대형인 사도명이 살
기를 흘리며 나섰다. 존귀하기 그지없는 일방주에게 이죽거리
는 한철을 그로서는 그냥 둘 수 없었기 때문이다.

"주인을 배신하는 개를 따르는 쥐새끼들인가? 너희들은 조
금 찌그러져 있는 것이 좋겠다. 잘못 나서면 어떻게 될지 나도
모르니 말이다. 내가 지금 기분이 영 아니거든!"

"크크크!"

팟!

한철의 비아냥에 괴소를 흘린 사도명이 순간적으로 앞으로 나서며 도를 휘둘렀다.

사아악!

희미한 잔상이 남았다 사라지는 이형환위에 이은 공격이다. 10미터 안에 있다면 자신이 모시고 있는 일방주라 할지라도 상처를 남길 수 있었기에 사도명은 자신의 일격이 실패하리라고는 생각조차 하지 않았다.

“컥!”

거리를 좁혀 최단 거리를 가로지르는 섬룡은 실패했다. 대신 사도명의 목은 석가령이 장백령에게 잡힌 것과 같이 한철의 손아귀에 잡혀 있었다.

‘크윽! 부, 분명히 갈랐는데…….’

자신의 도가 몸에 닿는 것을 느꼈었다. 초절정의 고수라 할지라도 절대 피하지 못할 일격이었다. 그런데 어떻게 움직이는지 보지도 못했는데 상대는 상처 하나 없이 어느새 자신의 목을 움켜쥔 채 마치 그럴 줄 알았다는 듯 비웃음만 흘리고 있을 뿐이었다.

‘큭!! 가, 강하다.’

목이 잡힌 사도명은 한철이 강자라는 것을 알 수 있었다. 그것도 일방주와 거의 대등할지도 모른다는 사실이 그를 떨리게 했다.

사도명이 그런 생각이 든 것은 자신의 일격을 피하고 목을 움켜쥔 것 때문만이 아니었다. 자신을 옴짝달싹못하게 하는 힘 때문이었다.

벗어나려 진기를 끌어올렸지만 오히려 단번에 제압해 버리고 들어오는 한철의 기운을 자신으로서는 감당할 수 없다는 것을 절실히 느꼈던 것이다. 그것은 사도명이 장백령에게서도 한 번도 느껴보지 못한 강한 기운이었다.

"이만 좀 내려놓지. 이놈이나 저기 있는 자들보다는 당신이 셀 것 같아 한판 붙어보고 싶은데 말이야?"

한철은 장백령을 향해 다시 손가락을 까닥였다. 명백한 도발이었다.

"석가에서 꽤 괜찮은 놈을 호위로 붙였나 보군."

조용한 목소리지만 분노가 깃들어 있었다.

털썩!!

장백령은 손아귀의 힘을 풀었다. 석가령이 정신을 잃은 채 바닥에 널브러졌다. 사도명을 힘들이지 않고 제압하는 것을 보며 한철이 쉽게 상대할 자가 아니라고 생각한 것이다.

"석가는 모르는 곳이라고 했을 텐데, 귀가 먹었나? 말을 잘 못 알아듣는군."

"석가에서 보낸 놈이든 아니든 상관없다. 어차피 내 손에 죽을 테니까."

장백령의 눈이 불타올랐다. 푸른 광채를 흘리던 그의 눈에서는 이제 흰색의 광채가 흘러나오고 있었다. 그에게 전해진 다섯 가지 힘 중 두 번째 힘인 전륜안(轉輪眼)이었다.

반고가 가진 힘 중 장백령이 얻은 것은 정신과 관련된 것이었다. 광겁압(恇怯眼), 전륜안(轉輪眼), 제혼안(制魂眼), 무령안(無靈眼), 파천안(破天眼)을 합쳐 파멸지안(破滅之眼)이라 불리는 다섯 가지 힘이 바로 그것이다.

자신의 의동생들도 강력한 힘을 얻었지만 자신이 얻은 다섯 가지 힘에 비한다면 그야말로 조족지혈이었다. 반고의 본신이 완전히 깨어나지 못했기에 제삼안인 제혼안까지만 펼칠 수 있지만 이 세 가지 힘만으로도 세상에 상대할 자가 없을 것이라 장백령은 믿고 있었다.

눈앞의 상대가 석가에서 온 자는 절대 아니라는 것을 알 수 있었다. 전륜안에 맞서고 있는 힘은 절대 석가의 것이 아니었기 때문이다. 그렇다고 무시할 수 있는 것은 아니었기에 장백령의 몸에는 전륜안에서 비롯된 힘이 빠르게 팽창되고 있었다.

이자도 마찬가지다. 흘러나오는 기운 때문에 찌릿찌릿하다. 이자의 몸에서 풍기는 힘은 반고(盤古)라 일컬어지는 초월자의 힘이다. 사라져 버린 반고라는 차원 주관자의 힘이 이자에게 서린 것이 분명하다.

지금까지 만났던 존재들과는 다르게 이자의 몸에서 풍기는 기운은 사념이 아니다. 차원 주관자가 가졌던 본신의 기운이다. 어떻게 본신의 기운을 이어받았는지 알 수가 없다. 인간이 영혼을 유지하면서 차원 주관자의 힘을 얻는다는 것은 불가능한데 말이다.

나야 특별한 경우라지만 저자는 분명 아니다. 분명 인간의 육신과 영혼을 지니고 있는 존재다 그런데 차원 주관자의 힘을 마음대로 사용하고 있는 중이다. 어떻게 그런 것이 가능한지 반도시 알아봐야 할 것 같다.

두 눈에서 뻗어 나오는 기운이 푸른색에서 흰색으로 바뀌고 난 뒤 머리가 어지럽다. 가지고 있는 힘의 대부분을 미네르바에게 주고 있다지만 4단계 차폐를 풀고 초월자의 영역에 접근한 나의 정신을 흔들다니 놀라운 힘이다.

선무도와 완전하게 하나로 합쳐진 선무화를 일으켰다. 지끈거리던 머리가 한결 개운하다. 하늘의 힘이라 일컬어지는 천인이 의식을 보호하기 시작한 탓이다.

내가 자신의 힘을 받아내는 것을 보고 놀라는 표정이 역력하다. 눈싸움처럼 진행되는 싸움에서 내가 하나도 밀리지 않고 있기 때문인 것 같다.

저자의 똘마니들은 지금 거의 이지를 상실한 사람처럼 입으로 침을 흘리고 있다. 흰색의 광채가 뿜어내는 파장이 그들의 이지를 흐린 탓인 것 같다.

'세 번째 힘을 사용하기 시작하면 계획했던 일이 어긋날 수도 있는데……'

자신의 힘을 아무렇지 않게 막아내는 한철을 보며 장백령은 세 번째 힘인 제혼안을 써야 할지 망설여졌다. 청허(淸虛)와 삼화신녀를 이용해 반고의 힘을 합치려는 계획이 틀어질 수 있기 때문이다.

자신과 의동생들은 죽련방에서 대대로 전해져 내려오는 반고가 남긴 유진을 나누어 가졌다. 혼자서는 절대 가질 수 없는 힘이기에 어쩔 수 없는 선택이었다.

도(道), 불(佛), 선(仙)의 삼천기(三天氣)를 가진 삼화신녀(三和神女)의 몸에 반고의 힘을 담고, 다시 세상에서 가장 맑은 기운을 가진 청허의 힘으로 반고의 힘을 녹인 후 다시 흡수해야만 하지만 그것은 균형이 흔들리지 않을 때나 가능한 일이었다.

인간의 몸에 반고의 힘이 담기고 균형을 유지할 수 있는 것은 전륜안까지였다. 제혼안까지 사용한다면 균형이 흔들려 반고의 힘이 폭주할 우려가 있었던 것이다.

'전륜안까지 견디는 것을 보면 저놈 또한 초월자의 유진을 얻은 놈이 분명할 터. 일단, 전륜무로 놈을 상대해 보자.'

제혼안을 사용하는 것은 일단 보류했다. 전륜안에 더해 세상의 모든 윤회의 수레바퀴를 돌리는 전륜의 춤이라면 초월자의 사념을 얻은 존재라 할지라도 살아남을 수 없을 것이기 때문이다.

생각이 이는 것과 동시에 장백령의 눈에서 흘러나온 광채는 그의 몸을 휘감았다. 백사의 똬리마냥 흰색의 기운이 그의 몸을 친친 휘감았다. 초월자의 진신이 가진 힘이 나타나자 어둠에 휘감긴 노산이 대낮처럼 환해졌다.

파파팟!

섬광의 빛줄기가 작렬한다. 걸리는 것은 모두 휘감아 부숴 버리는 전륜의 힘이다.

장백령의 전륜무에 맞서 한철의 몸에서도 빛이 흘러나왔다. 검은색의 기운이 담긴 탄환들이 일제히 빛의 수레바퀴를 향해 달려들었다.

콰쾅!!

콰콰쾅!

폭음 터지고 모든 것이 날아간다. 노산의 기암괴석도, 천 년을 살아온 장송도 터져 나오는 힘을 견디지 못하고 스러져 갔다. 장백령의 수하들인 칠천중도 마찬가지였다. 이지를 상실한 채 가만히 서 있던 그들의 몸이 먼지처럼 흩날렸다.

두 사람의 힘이 맞서고 있는 공간 안에 존재하는 것은 오직 세 여인뿐이다. 한철과 장백령이 대결을 벌이면서도 세 여인의 몸에 자신들이 펼친 힘의 파장이 미치지 못하도록 손을 쓴 때문이었다.

쾅!! 콰쾅!!

대결은 점차 거칠어지고 있었다. 노산이 점차 가라앉듯 평지로 화하고 있었다. 강력한 힘의 반발이 노산을 허물어뜨리고 있었던 것이다. 수천 년을 이어온 도교의 성지가 점차 세상에서 사라져 갔다.

주위가 어떻게 변하든 두 사람의 공방은 계속됐다. 광포한 힘의 파장은 노산을 넘어 점차 청도로 퍼져 나가고 있었다.

'크으, 마고라니……'

장백령은 한철의 몸에서 뿜어 나와 자신의 전륜무를 상대하고 있는 힘의 정체를 깨달았다. 자신이 가진 반고의 힘에 절대 상극인 힘을 못 알아볼 리 없었던 것이다.

'이, 이렇게 된 이상 제혼안으로 저놈을 상대해야 한다. 마고의 힘이 나타난 이상, 삼화신녀나 청허의 존재는 아무것도 아니니까.'

한철이 지닌 힘의 정체를 알아내고 한동안 흔들렸던 장백령의 눈에서 광채가 사라졌다. 빛이 사라진 대신 검은 기운이 흘러내려 안개처럼 그의 몸을 감싸기 시작했다.

'으음, 이게 반고의 진정한 힘인가?'

장백령의 눈에서 흘러나온 검은 기운에 한철의 몸에 오한이 일었다. 조금 전 맞섰던 힘과는 질적으로 다른 까닭이다.

한철은 지금 마고의 힘과 계명의 힘을 동시에 쓰고 있는 중이었다. 두 눈에서 흘러나오는 검은 기운이 심상치 않다고 판단한 한철은 퍼져 나오는 검은 기운에 맞서기 위해 두 가지 힘을 더욱 증폭시켰다.

"윽!!"

한철의 몸에서 뻗어 나온 마고와 계명의 힘이 검은 기운과 맞닿은 순간 빨려들 듯 검은 기운 안으로 들어가 버렸다. 모든 것을 빨아들이는 블랙홀처럼 마고와 계명의 힘이 검은 기운 속으로 빨려 들어갔다. 그런데 빨려들었던 기운이 고스란히 다시 되돌아오는 것을 느끼면서 한철은 이상한 생각이 들었다. 예상했던 전개와는 다른 양상이었기 때문이다.

'뭐지?'

마치 환영하는 듯했다. 오랫동안 기다려 온 것처럼 검은 기운이 마고와 계명의 힘을 반겼다. 빨려 들어갔다가 다시 돌아온 힘의 크기는 하나도 줄지 않았다. 한철은 알 수 없는 불안감으로 몸이 떨려오는 것을 느낄 수 있었다.

"저 검은 기운이 뭔지 모르는 이상, 마고와 계명의 힘으로 상대하는 것은 곤란하다. 미네르바!"

한철은 이상한 현상에 미네르바를 불렀다. 반고의 힘을 가진 존재와의 싸움에 마고와 계명의 힘을 사용하면 안 된다는 예감 때문이었다.

"바꿀 수 있어?"

─가능합니다. 바꾸셔도 좋습니다.

골든나이트의 완성에서 제일 중요한 과정은 모두 끝마쳤다. 이제부터는 골든나이트의 성장을 위해 힘을 지속적으로 주입하는 일만 남아 있는 중이다

마고의 힘과 계명의 힘이라면 반물질 전환력인 넵코와 교체하여 사용이 가능하기에 미네르바는 한철의 질문에 미네르바가 빠르게 대답했다. 미네르바도 장백령이 뿜어내는 기운이 이상함을 느낀 것이다.

"좋아, 그러면 빨리 바꿔!"

─네, 함장님. 고통이 있을 테니 대비하십시오.

"알았어!! 큭!!"

대답과 동시에 힘이 교체됐다. 한철의 주위에 투명한 기운이 끈적거리며 퍼져 나갔다. 네르키즈와 미네르바의 동력원인 넵코가 가진 힘이었다.

"카아아아!!"

검은 기운으로부터 분노가 잔뜩 깃든 괴성이 터져 나왔다. 자신이 원하는 것이 사라진 탓에 반고의 기운이 폭주하기 시작한 것이다.

분노가 깃든 괴성과 함께 검은 기운이 흘리는 기운이 수십 배 증폭됐다. 한철의 주위에 퍼져 있던 넵코의 크기가 빠르게 좁혀들고 있었다.

"크윽, 미네르바. 이대로는 안 되겠어. 저 여자들을 전송할 준비해. 한 방 먹이고 튀어야 할 것 같아."

─이대로는 위험합니다. 힘의 간섭이 일어나 자칫하면…….

"어서 해! 이대로는 모두가 위험해."

사념이 아닌 본신의 기운은 정말이지 무지막지했다. 한철이 막을 수 있는 성질의 것이 아니었다. 골든나이트에 쏟아붓고 있는 힘까지 모두 합치지 않는 한 절대로 상대할 수 없는 힘이었다.

─알겠습니다, 함장님.

"내가 놈에게 공격을 하면 곧바로 이동시켜."

한철은 응축하기 시작하는 넵코를 이용해 빠르게 파티클뷰렛을 만들었다. 데블나이트의 모든 전투 기술을 하나의 입자 탄환에 담았다.

청도 하나쯤은 가볍게 사라지게 만들 수 있는 거대한 힘이 담긴 폭탄이 만들어졌다.

"가랏!!"

주먹만 한 반투명한 입자 탄환이 장백령을 향해 다가갔다. 조금 전까지 밀리던 것과는 달리 힘이 응축된 입자 탄환은 천천히 검은 기운을 뚫고 장백령에게 접근해 갔다.

쩌적!

'놈에게까지 접근하지도 못한다는 말인가?

다가가던 입자 탄환이 갈라지고 있었다. 검은 기운이 뿜어내는 반고의 힘을 감당하지 못하기 때문이다.

'이대로 가면 위험하다. 어쩔 수 없지만 그냥 이대로 폭발시켜야겠다. 폭발 반경을 최대한 막아보기는 하겠지만 이대로라면 많은 사람들이 죽겠구나.'

진체가 가진 힘 중 일부에 불과한 것 같아 보이는데도 막을 수가 없었다. 완전하지 않은 상태에서 상대에 대해 알아보지도 않고 섣불리 상대했다는 후회가 밀려들었다.

─함장님, 지금은 어쩔 수 없습니다. 앞으로 있을 싸움에는 지금과는 비교할 수 없을 정도로 수많은 사람들이 소멸될 겁니다.

"그렇겠지. 알았어. 폭발하는 순간, 곧바로 이동할 테니 준비해 줘."

미네르바의 말이 맞았다. 청도가 소멸하는 것을 막으려 하

다가는 자칫 자신도 휘말릴 수 있었다. 일단은 빠져나가는 것
이 우선이었기에 한철은 미네르바의 말을 따르기로 했다.

콰직!

외형을 유지하려는 의지를 풀어버리자 입자 탄환이 부서졌
다. 입자 탄환의 외형이 깨지기 직전 세 여인과 한철이 장내에
서 차례로 사라졌다.

번쩍!

강렬한 섬광이 검은 기운 속에서 터져 나왔다. 입자 탄환에
있던 넵코가 물질로 전환되면서 가지고 있던 에너지를 모두
쏟아내기 시작한 것이다.

콰아아앙!!

빛의 섬광이 사방을 물들이고 난 후, 강력한 폭풍이 사방을
휩쓸었다. 마치 핵폭탄이 터진 것처럼 커대한 먼지구름이 이
제는 사라져 버린 노산을 중심으로 피어올랐다. 중국의 주요
철강공업 기지이자 천혜의 천연항인 청도는 그렇게 지구상에
서 사라졌다.

"크윽!"

신음이 절로 나온다. 놈이 뿌린 힘을 막기 위해 미네르바가
전해준 넵코의 힘을 모두 끌어올렸더니 온몸이 엉망이다. 방
안의 널브러진 여자들을 보호하고, 워프의 공간 축을 유지하
느라 맨 마지막 청도를 떠나야 했기에 폭발의 여파에 휘말린
때문이다.

"미네르바, 저 여자들은 어때?"

—모두 정상입니다. 그렇지만 함장님은…….

"괜찮아, 그리 크게 다친 것은 아니니까. 그나저나 청도가 어떻게 됐는지 확인해 봐줘."

상당한 폭발이 일어났을 것이 분명했다. 미네르바가 가진 넵코 중 일부를 썼다고는 하지만 핵폭탄과 맞먹는 위력이었으니 큰 피해가 있을 터였다.

미네르바로부터 전송되어 오는 정보가 망막에 가득했다. 예상대로였다.

노산을 중심으로 반경 100킬로미터가 초토화되었다. 폭발의 여파로 끓어올라 사방으로 퍼진 수증기와 먼지구름에 가려 잘 보이지는 않지만 마음이 무척이나 무거웠다.

"얼마나 죽은 거지?"

—청도에 살고 있는 약 7백만 명 중 약 4백만 명이 소멸된 것으로 파악됩니다.

"놈은?"

—아쉽게도 아직 살아 있는 것 같습니다. 폭발 직후 북경 쪽으로 공간 이동을 하는 그자의 힘이 체크되었습니다.

"으음, 차원을 주관하는 자의 진체가 지닌 힘을 전부 가진 것도 아닌데 이 정도라니… 어쩌면 처음부터 계획을 다시 세워야 할지도 모를 것 같아, 미네르바."

—제가 예상한 것보다도 훨씬 강력합니다. 우선 그자에 대해 알아보는 것이 중요할 것 같습니다. 지금부터 죽련방에 대

한 정보 수집에 들어가겠습니다.

"그렇게 하도록 해. 그리고 골든나이트의 완성을 좀 더 서둘러줘. 본신의 힘이 이 정도라면 이대로는 안 될 것 같으니까."

―알겠습니다.

미네르바가 정보 수집에 들어간 후에도 망막으로 전해지는 정보는 중단되지 않았다.

상황은 처참했다. 그자와 싸웠던 곳을 중심으로 남아 있는 것은 아무것도 없었다. 거친 황야를 보듯 모든 것이 폐허였다.

폭발의 여파로 모든 건물이 부서지고, 반동에 밀려간 바닷물로 인해 인근 해역에 있는 거의 모든 선박이 침몰했다. 아무리 세상을 멸망시킬지도 모르는 자들을 상대하기 위한 것이기는 하지만 내가 가진 힘에 회의가 일 정도였다.

청도의 참사 소식은 곧바로 세계로 퍼져 나갔다. 청도 인근의 영상이 상업 위성을 통해 세계 각국에 알려진 것이다. 미네르바가 총괄하고는 있지만 기존에 사용하고 있던 회사나 나라들의 이용을 간섭하는 것은 아니었기에 세상으로 퍼져 나간 것이다.

청도를 벗어난 지역에서도 강력한 폭발의 역할을 느낄 수 있었기에 중국은 공황상태에 들어갔다. 중국 정부 또한 상황을 파악하느라 난리가 났지만 기간 시설도 모두 망가졌기에 청도에서 벌어진 일을 알기란 그리 쉽지가 않았다.

다만 폭발의 여파상 적성국의 핵 공격으로 인한 것이라고 잠정 결론을 내린 뒤 곧장 전시 체제에 들어갔고, 인근 군부대를 동원해 청도에서 무슨 일이 벌어진 것인지 상황 파악에 들어갔다.

미국과 일본도 비상 경계령을 내리고 정보망을 가동해 상황 파악에 들어갔다. 중국이 핵 공격을 받은 이상 그 여파가 어디까지 미칠지 모르기 때문이었다.

오해의 소지가 있기에 사태를 알아보기 위해 해군을 파견하는 것은 자제하고 있지만 인공위성을 통해 청도 인근을 정밀 촬영하며 실제 핵 공격이 일어난 것인지 파악하고 있었다.

상황을 제일 먼저 알아차린 것은 중국 정부였다. 중국의 지도부 중 상당수가 죽련방의 그늘 아래 있기에 청도에서 어떤 사태가 발생했는지 알 수 있었던 것이다.

장백령은 폭발의 여파로 인해 부상당한 몸으로 북경으로 돌아온 후, 청도에서 일어난 사태의 전말을 전하고 사태 수습에 나설 것을 그의 휘하에 있는 자들에게 지시했던 것이다.

중국 정부를 암암리에 장악하고 있는 것은 죽련방의 이방주인 서문도(西門濤)였다. 장백령으로부터 사실을 확인한 그는 자신에 거느리고 있는 중국 공산당과 군부의 지휘부를 불러들여 청도에 나타났던 한철과 장백령이 쫓고 있던 세 여인을 반드시 찾아낼 것을 지시했다.

중국은 이번 청도 사태가 핵 공격으로 인한 것이 아니라는 것을 밝혔다. 알 수 없는 자연 현상으로 인해 발생한 것으로, 중국 정부에서도 사태를 파악하기 위해 노력하고 있다는 공표와 함께 국민이 동요하지 않도록 하라는 지시도 함께 덧붙였다.

40대처럼 보이지만 이미 세수가 90여 세가 넘은 서문도는 몸이 검게 그을린 채 침상에 누워 있는 장백령을 보며 사태의 심각성을 고했다.

"청도에 사는 인민 중 60퍼센트가 사망하고, 인근 기반 시설은 전부 폐허로 변해 버렸습니다. 방사능이 검출되지는 않을 테지만 인민들의 해명 요구가 만만치 않을 겁니다. 그리고 미국과 러시아, 일본으로서는 새로운 폭탄이 만들어진 것이 아닌지 알아보기 위해서 파리 떼들이 분주합니다."

"크으, 지랄 같군. 아프지 않은 곳이 없으니. 어차피 핵폭발이 아닌 이상 추궁할 수는 없을 거다. 그나저나 그자의 신상 파악이 끝났나?"

치밀어 오르는 고통에 신음을 내뱉은 장백령은 한철의 신원을 파악했는지부터 물었다.

"대형께서 그자의 이미지를 만들어주셨지만 확인할 수는 없었습니다. 시간이 워낙 촉박하기도 하고……."

인구가 13억이다. 그것도 대략적인 통계다. 도시의 경우 자녀를 하나만 갖도록 해 아들을 낳을 때까지 호적에 올리지 않고 있는 자녀들도 부지기수다.

쉽게 찾을 수 있는 일이 아니었다.

"그렇겠지. 그놈은 유창한 관어를 사용했다. 입고 있었던 옷, 그리고 거칠게 말하기는 했지만 세련된 말투를 보면 상당한 학력을 가지고 있는 자다. 최소한 대학을 나온 것이 분명하니 각 대학의 학적부를 뒤져서라도 놈을 찾아라."

"이미 조치를 취해두었습니다. 그런데 삼화신녀와 청허를 얻을 수 없게 됐는데 앞으로 어찌해야 됩니까? 대형께서도 이리 다치셨고."

반고의 힘을 얻고 난 후 잠잠하던 힘들이 날뛰고 있었다. 얼마 전 한국 쪽에서 일어난 힘의 격돌 이후 차원의 균형이 무너졌기 때문이다.

장백령뿐만 아니라, 자신과 막내인 등조운(鄧朝雲)의 생명이 달린 일이었다. 흔들리는 균형을 바로잡고 온전히 반고의 힘을 얻으려면 삼화신녀와 청허가 반드시 필요했다. 서문도로서는 걱정이 되지 않을 수 없었다.

"하하하, 적정하지 마라. 미봉책으로 생각했던 삼화신녀와 청허는 이제 필요가 없어졌다."

외상을 물론, 깊은 내상을 입었음에도 장백령은 웃음을 터뜨리며 서문도에게 말했다.

"무슨 말씀이십니까?"

장백령의 장담에 서문도가 궁금한 듯 물었다. 그가 아는 한 대형은 허언을 하는 사람이 아니었기에 무척이나 궁금했다.

“마고가 나타났다. 그리고 놈의 힘을 통해 금제를 풀 열쇠를
얻었다.”

“대, 대형! 정말 마고가 나타났다는 말입니까?”

서문도의 신형이 놀라움으로 부르르 떨렸다.

“그렇다. 놈의 힘에서 반고에게 가해진 금제를 풀 열쇠를 얻
은 이상, 삼화신녀나 청허는 이제 쓸모없는 쓰레기에 지나지
않는다.”

“대형이 하신 말씀이 사실이라면, 분명 찾을 필요가 없습니
다. 그것들은 그저 임시방편에 지나지 않으니 말입니다.”

“그래, 하지만 그년들을 찾는 것은 멈추지 마라. 폭발 직전
에 놈의 기척이 사라져 버린 것으로 보아 분명 놈이 데려갔을
테니 말이다. 석가령은 반드시 움직일 것이니 놈을 찾는 데 도
움이 될 것이다.”

“그렇다면 석가의 떨거지들을 지켜봐야겠군요. 석가령이
살아 있다면 분명 석가와 접촉을 하려고 할 테니 말입니다.”

“그럴 것이다. 하지만 내 정체가 들킨 이상 석가의 그 늙은
이는 우리의 수족을 자르기 위해 나설 것이다. 아이들에게는
석가령의 행방을 찾는 것을 제외하고 활동을 자제하라 일러
라. 내가 힘을 회복하면 그때 나서도 늦지 않으니까.”

“회복하시는 데는 얼마나 걸리실 것 같습니까, 대형?”

“후우!”

서문도의 질문에 장백령은 고통 때문인지 숨을 깊게 들이마
시고 다시 말을 이었다.

"부상을 회복하고 놈에게서 흡수한 마고의 힘을 이용해 반고의 금제까지 풀자면 서너 달은 걸릴 것이다. 너희들의 금제를 푸는 데도 서너 달은 걸릴 테니 석가를 쓸어버리는 것은 육 개월 후 개시할 것이다."

"육 개월 후라는 말씀입니까?"

"후우, 그래 육 개월 후다. 그 정도면 이까짓 상처는 물론, 반고의 힘도 고스란히 내 것으로 만들 수 있다. 그리고 순혈을 이은 아이들에게도 반고의 힘을 전할 수 있을 것이다. 그러니 넌 그동안 놈을 반드시 찾아야 한다. 다른 놈들도 이제 서서히 깨어나고 있을 테니 놈을 찾아 마고의 힘을 흡수해야 힘의 우위에 설 수 있으니 말이다."

"알겠습니다. 반드시 찾도록 하겠습니다."

"그만 나가봐라. 이제부터는 조용히 힘을 추슬러야 하니까."

"예, 대형."

서문도는 장백령에게 고개를 숙여 인사한 후 방을 나섰다. 장백령이 반고의 힘을 수습하는 동안 할 일이 많았기 때문이다. 한철을 찾아야 하는 것도 문제지만 청도에서 벌어진 사건을 수습하는 것도 중요했기 때문이다.

거기다가 한국에서 발생한 현상으로 인해 차원의 균형이 흐트러지고 있기에 반드시 알아볼 필요성도 있었다. 삼화신녀가 깨어난 것이나 각 무파에서 비밀리에 준비해 놓은 안배가 깨

죽련방(竹聯幇)의 장백령과 삼화신녀(三和神女) 317

어난 것이 바로 그 때문임을 아는 까닭이었다.

그렇지 않았다면 자신이나 대형인 장백령, 그리고 막내인 등조운의 힘이 깨어날 리 만무했기 때문이다.

"이제는 누가 본신의 힘을 최대한 빨리 찾느냐 하는 것이 문제다. 대형께서 반고의 금제를 풀 수 있는 마고의 힘을 얻은 이상 우위에 선 것은 틀림없지만 우리의 힘은 셋으로 나뉘어져 있고, 놈들의 힘은 그렇지 않으니 말이다. 대형의 말씀대로 마고의 힘을 가졌다는 놈을 찾는 것이 최우선이다."

자금성 지하에 마련된 비밀의 방을 나선 서문도는 곧장 중국지도부가 모여 있는 곳으로 이동했다.

이제는 뜻만으로 가능하기에 그의 신형은 곧장 원하는 곳으로 이동했다.

그가 이동한 곳은 중국 공산당의 핵심 지도부가 모여 있는 곳으로, 북경 외곽에 위치한 자성부(姿盛府)라는 명나라 양식의 고택이었다.

지금 자성부 지하에 있는 비밀 벙커에는 상무위원회 소속 위원들과 각 군구를 책임지고 있는 수장들이 서문도의 부름을 받고 대거 몰려와 있었던 것이다.

"오셨습니까?"

자성부에 있는 자신의 처소에 도착하자 장대한 체구에 사나이가 서문도를 맞았다. 사람이 홀연 나타났건만 그는 이미 짐작한 듯 동요의 빛이 없었다. 죽련방을 이끄는 삼 인의 방주 중 막내인 등조운이었다.

“다들 모여 있나?”

“그렇습니다, 이형!”

“너도 대형의 말씀을 들었겠지?”

자신과 의식이 연결되어 있는 등조운이었다. 장백령과 주고 받은 대화 또한 의식을 통해 전해받았을 것이기에 서문도는 등조운이 조치를 취했는지 묻고 있었던 것이다.

“이미 아이들에게 전했습니다. 대형을 상하게 한 놈은 반드시 찾아낼 수 있을 겁니다.”

“섣불리 건드리지 마라. 놈의 행방만 찾으면 된다. 나머지는 대형께서 알아서 하실 것이다.”

“알겠습니다, 이형.”

“그나저나 군부에 심어놓은 아이들은 괜찮지만 상무위원회 아이들에 대한 금제는 다시 한 번 점검을 한 것이냐?”

“전보다 더욱 공고해졌습니다. 아무래도 이번에 균형이 흐트러져 반고의 힘이 더욱 활성화된 때문인 것 같습니다.”

“다행이다. 석가의 방해로 그동안 어려웠었는데. 넌 곧장 한국으로 떠날 것이냐?”

“이형께서 오시면 곧바로 떠날 생각이었습니다. 차원의 균형이 깨진 이유를 알아야 이제 머지않아 뛰쳐나올 놈들을 상대할 것이 아니겠습니까?”

“그렇긴 하지. 그렇지만 조심해라. 흑룡회 놈들과 연수하기로 했지만 그놈들 또한 누군가의 그림자다. 그러니 행여 정체가 드러나는 일은 삼가해야 할 것이다.”

“염려 마십시오.”

“알았다. 그만 가보아라.”

서문도의 말에 등조운이 곧장 방을 나섰다. 상무위원회 위원들에 대한 다음 조치는 서문도가 할 것이기에 이제부터 자신은 한국의 일에만 매진하면 되었기 때문이다.

등조운이 방을 나서자 서문도는 자신의 방에 설치된 비밀 엘리베이터를 이용해 지하 벙커로 내려갔다. 그가 내려간 곳은 각종 전자 장비와 통신기기들이 가득 찬 지하 벙커 내에 위치한 관제실 겸 회의실이었다.

‘후후후, 여기를 쓸 날이 내 생전에 올 줄은 몰랐는데…….’

장백령의 지시로 중국 전역의 휘하들을 지휘할 수 있도록 10여 년간 심혈을 기울여 만들어진 곳이다. 그들 사이에서는 반고의 둥지라 불리는 요새가 바로 이 지하 벙커였다.

암반층을 뚫고 지하 1,000미터에 마련된 이 요새는 5만 명이 약 20년을 살아갈 수 있도록 완벽한 시설이 갖추어진 곳으로, 최후의 전쟁을 대비해 만들어진 곳이었다.

‘다들 궁금한 모양이군.’

회의실 내 원탁에는 중국의 권력을 독점하다시피 한 자들이 앉아 있었다. 그들은 이번 긴급 소집이 어째서 이루어진 것인지 궁금한 듯 엘리베이터에서 내리는 서문도를 바라보고 있었다.

상황이 아무리 심각하다지만 지금까지 비밀 기지로 불려온

적이 한 번도 없었던 까닭이다.

하지만 그들은 자신들을 암중 지배하는 서문도에게 그 어떤 질문도 할 수 없었다. 명령이 내려지면 어떤 것이 되었든 반드시 따라야만 하는 것이 그들이 숙명이었기 때문이다.

"청도에서의 일에 대해서는 모두들 알고 있을 것이라 본다. 일방주께서 관계된 일인만큼 잡음이 남지 않도록 주의해서 처리하도록 하라. 이미 각자 역할에 맞게 지시는 받았을 것이다. 맡은바 임무대로 처리하도록 하고 한 치의 소홀함도 없어야 할 것이다."

"명심하겠습니다, 이방주."

서문도의 말에 원탁에 앉아 있는 자들이 일제히 고개를 숙이며 대답했다.

"지금까지 중화(中華)는 떨거지들이 달라붙어 물을 흐려왔다. 이제는 모두 쓸어버리고 이제는 우리 하화족(夏華族)만이 중국을 지배하게 될 것이다. 또한 전 세계도."

"……?"

서문도의 말에 회의장에 있던 사람들의 시선이 일제히 서문도를 향해 몰렸다. 최후의 계획은 아직 시작할 때가 아님을 그들도 잘 알고 있기 때문이었다.

그들의 마음을 아는 듯 서문도는 좌중을 한 바퀴 둘러본 후 다시금 말을 이었다. 하화의 신이 세상에 현신했음을 이제는 알려야 할 때인 것이다.

"이제 진정한 반고의 힘이 깨어났다. 세상을 정화시킬 힘이

깨어난 이상 세상의 모든 인간들이 멸족하고 하화의 후예들만
이 남을 것임을 모두 알고 있을 것이다. 어떤 희생이 있더라도
하화만이 남도록 최선을 다하라."

"……."

안에 있던 자들의 인상이 더할 나위 없이 굳어졌다. 서문도
의 말뜻이 무엇인지 이제 분명해진 것이다.

"군구들이 일제히 움직이기 시작한 이상, 최후의 전쟁이
시작된 것이나 마찬가지다. 순혈인 자들은 모두 이곳으로 모
이도록 하라. 그들에게 6개월 후 반고의 축복이 있을 것이
다."

"오오오!"

"반고의 축복이 내려진다는 말씀입니까?"

기다리던 때가 온 것이었기에 탁자에 앉아 있는 자들이 일
제히 탄성을 터뜨렸다.

"그렇다. 일방주께서 말씀하신 것이다. 그러니 너희들도 최
선을 다하라. 순혈이 아닌 자들을 모두 희생시키더라도 최후
의 전쟁을 대비하라는 말이다."

"전부 말입니까?"

서문도의 말에 북경 군구를 책임지고 있는 위성문(魏性汶)
이 반문했다.

13억이 넘는 중국 인구 중 순혈을 타고난 자들은 고작해야
5만여 명이었다. 찾으면 더 있기는 하겠지만 이제 순혈을 찾
을 시기는 지나 있었다. 5만을 제외한 나머지 사람들을 모두

희생시키라는 뜻이었기에 진의를 물었던 것이다.

"그래, 모두!! 총이라도 들려 보내 적을 상대하도록 만들라는 뜻이다."

"으음!"

위성문이 신음성을 흘리며 자리에 다시 앉았다. 이미 결정이 내려졌다는 것을 알기에 명을 거역할 수 없다는 것을 잘 아는 까닭이다.

"모두 자기 자리로 돌아가 행동을 개시한다. 결전의 날은 앞으로 6개월 후이니 명령이 떨어지면 계획한 대로 행동을 개시해라. 이상!"

최후의 명령을 내린 서문도는 더 이상 할 말이 없는 듯 입을 다물었다. 회의장에 앉아 있던 사람들이 하나둘 일어나 서문도에게 인사를 하고는 황급히 자리를 떴다. 상문위원회에 소속된 자들을 제외하고는 대부분 군구를 책임지고 있는 자들이었기에 자신의 임지로 돌아간 것이었다.

중국을 장악하고 있는 죽련방에서 최후의 명령이 떨어진 것과 같은 시각. 미국의 국방을 책임지고 있는 펜타곤 내의 비밀 회의장에서도 심각한 의논이 이어지고 있었다.

"버논, 지금까지 한 말이 사실인가?"

상황 보고를 끝낸 CIA의 버논 국장은 연이어지는 질문에 침착하게 대답을 해왔지만 방금 들려온 목소리의 주인공의 질문에는 마음이 떨리는 것을 감출 수가 없었다.

장막의 지배자라 불리는 이들 중에서도 가장 무서운 사람이자 자신에게는 영혼의 주인이 되는 사람의 질문이었기 때문이다.

"헨리를 통해 앤트 가의 내부를 들여다보는 것은 실패로 돌아간 것 같습니다, 마스터. 한국으로 떠난 후 일체의 행적을 보이지 않고 있습니다."

"그렇다면 오메가는?"

"놈이 탈취한 것 같습니다. 프로토 타입이라 정보가 새어나갈 염려는 없겠지만 제 실수입니다."

버논은 자신의 실수를 인정했다. 헨리에 대해 약간은 방심을 했던 것이 사실이었기 때문이다.

"네가 신경을 썼다고 하지만 앤트 가의 소가주씩이나 되는 자다. 그 일에 대해서는 신경을 쓰지 마라. 어차피 다크 드래곤의 장난 정도만 알아낼 터, 그다지 염려할 사항은 아니다. 하지만 앤트 가의 움직임에 대해서는 항상 주시하도록 해라. 그 자들이 다시 움직인 모양이니 말이다."

"그자들이시라면… 블루 리버 말씀입니까?"

"후후후, 그렇다. 우리가 자신들에 대해 알고 있다는 것을 모를 테니 헨리를 통해 알아보는 것은 포기하고 놈들을 통해 앤트 가의 목적이 무엇인지 알아보도록. 주인님께서는 앤트 가가 가이아가 남긴 뿌리라고 생각하시는 모양이니 반드시 알아내야 할 것이다."

"알겠습니다."

이미 오래전부터 비밀리에 주시해 온 자들이었다. 알고 있으면서도 모르는 척 지켜봐 왔었다. 앤트 가를 잡을 수 있는 미끼가 되어줄 것을 기대하면서 말이다. 이제 그 미끼가 효과를 발휘한 모양이었기에 버논은 희미한 미소를 지으며 자신있게 대답했다.

"오메가의 완성은 어떻게 됐나?"

"99퍼센트의 완성을 보였습니다. 하지만 원하시면 곧바로 사용하실 수 있습니다."

"이제 시간이 없으니 출격할 수 있도록 준비를 해둬라. 이제부터 슬슬 최후의 전쟁을 준비해야 하니까 말이다."

"저 또한 그리 알고 만만의 준비를 지시하고 왔습니다, 마스터. 오메가의 완성뿐만 아니라 앞으로 꼭두각시가 되어 대신 싸워줄 자들의 금제도 완벽히 끝마쳤습니다."

99퍼센트라고 했지만 오메가는 완성된 것이나 마찬가지였다. 이제 남은 것은 점검뿐이었기 때문이다. 자신들이 의도한 대로 완성되었나 확인하는 절차만 남은 것이었기에 걱정이 없었다.

또한 자신의 휘하를 동원해 이미 CIA의 장악은 끝난 상태였다. 그리고 비밀리에 양성한 능력자들을 동원해 정부 요인들의 제압도 끝난 상태였기에 버논은 자신있게 보고를 했다.

"앤트 가에서 어떤 수작을 부려놓았을지 모르니 방심하지는 마라, 버논. 우리와 그 오랜 세월을 같이하면서도 완벽하게 정체를 감춘 가문이니 말이다. 이제 금제가 풀린 이상 힘을 아끼지 말고 모두 동원하도록 해라. 필요하다면 전위 조직들을 희생시켜도 좋다. 그들이 사라지는 만큼 놈들의 힘도 사라질 테니까. 그리고 너에게는 그들을 대신해 새로운 힘이 주어질 것이다.”

“그럼, 성기사들을 동원하신다는 말씀입니까?”

“이미 네가 있는 곳으로 보냈으니 유용하게 써라.”

“고, 고맙습니다, 마스터.”

성기사의 힘을 누구보다 잘 알기에 버논은 고개 숙여 자신의 마스터에게 감사를 표시했다.

“각 종가들은 어떻게 했나?”

“나머지 종가에는 이미 연락을 해두었습니다. 한 가문도 빠짐없이 모인다고 연락이 왔습니다.”

“그럼 광명의 전당으로 다들 모이겠군.”

“예, 마스터. 지금쯤이면 모두 모여 있을 겁니다.”

“나머지 종가들이 참여하기로 결정을 했다지만 지구를 덮어쌌웠던 차원의 균형이 깨어진 이상 긴 싸움이 될지도 모르는 일이다. 종가들도 나름대로 야망이 있는 터, 어쩌면 다른 생각을 하고 있을지도 모르는 일이니 주의를 해야 할 것이다.”

“종가의 가주들이 어찌……”

위대한 라의 지배를 받는 이들이다. 앞으로도 그럴 것이다. 오랜 세월 동안 나서지 않고 은둔하며 장막 속에서 힘을 키우며 세상을 지배를 해왔다고는 하지만 종가가 가진 힘으로는 라에게 항거할 수 없다는 것을 잘 아는 버논으로서는 마스터의 심려가 이해가 되지 않았다.

"모르는 일이다, 나만 하더라도 잃어버린 힘을 모두 되찾았다. 태초에 주어진 힘보다 더욱 강력하고 큰 힘을 말이다. 각 종가에서 힘을 쓰는 일이 많아졌다. 어쩌면 종가들은 자신들이 얻은 힘에 취해 있을지도 모르는 일이지. 주인님께서 깨어나시기 전까지 세를 잃어서는 안 되니 너는 최선을 다해 종가들의 행사를 감시하고 이탈하지 않도록 해라. 내가 너에게 성기사들을 딸려 주는 것 또한 그런 이유에서다."

"그렇게 되면 각 종가에서 모를 리가 없습니다."

"후후후, 그래도 섣불리 움직이지는 않을 것이다. 아직까지는 주인님의 힘을 두려워할 테니까. 넌 그저 주시하고 있다는 인상만 주어도 된다. 그러면 나머지는 저절로 굴러갈 것이다."

버논 국장은 자신의 마스터에게 다른 복안이 있다는 것을 짐작할 수 있었다.

"명심하겠습니다, 마스터. 전 이만 돌아가서 명하신 바를 수행하도록 하겠습니다."

"좋아, 이만 가보도록 해라. 나도 이제부터 움직여야 하니 시간이 나는 대로 연락하도록 하겠다."

"모든 것이 마스터의 뜻대로 될 것입니다."

버논은 사나이에게 고개를 숙여 보이고는 곧바로 방을 나섰다. 감시한다는 인상을 주는 것이기는 하지만 쉽지 않은 일이다. 성기사가 없다면 그로 인해 자신은 쥐도 새도 모르게 소멸할 수도 있는 일이었다. 그만큼 종가들이 가지는 힘과 권위가 크기 때문이다.

『디멘션 워』 제6권에 계속…

은하의 계곡

무천향
武天鄉

허담 新무협 판타지 소설

뿌리를 찾아가는 목동 파소의 여행.
그 여정의 끝에서
검 든 자들의 고향 대무천향 (大武天鄉)을 만난다.

검객 단보, 그는 노래했다.

…모든 검 든 자들의 고향 무천향.
한 초식의 검에 잠든 용이 깨어나고, 또 한 초식의 검에 잠든 바다가 일어나네.
검의 흐름을 따라가다 보면 어느새, 세월도 잊어버리고, 사랑도 잊어버리고,
무공도 잊어버려…….
결국에는 자신조차 잊어버리는…….

은하의 가장 밝은 빛이 되어버린다는
그 무성(武星)들의 대지(大地).

아, 대무천향(大武天鄉)이여!

유행이 아닌 자유추구 -
WWW.chungeoram.com
Book Publishing CHUNGEORAM

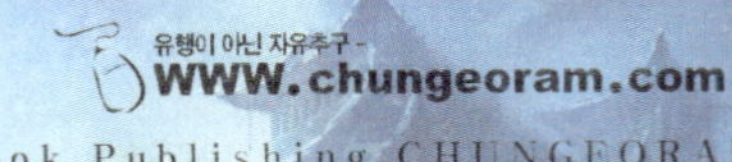

별도 新무협 판타지 소설

살내음 나는 이야기에 여러분은 가슴 졸인 적이 있는가?
남들이 볼까 두려워하며 책을 가리면서 읽었던 구절을 몇 번이나 반복하며
읽은 적이 없는가?

구무협의 향수를 그리워하던 별도가 결국은
〈무협의 르네상스〉를 부르짖으며 직접 자판 앞에 앉았다.

"제가 무협을 쓰기 시작한 이유는 더 이상 읽을 책이 없었기 때문입니다."

모든 일은 4년 전부터 시작되었다.
살인사건을 배경으로 펼쳐지는 음모와 배신, 사랑과 역공작,
그리고 정사!

우리 시대의 이야기꾼, 별도의 새로운 글, 〈낭왕狼王〉!
〈천하무식 유아독존〉, 〈그림자무사〉, 〈검은여우毒·狐狸〉에
이은 그의 또 하나의 역작!

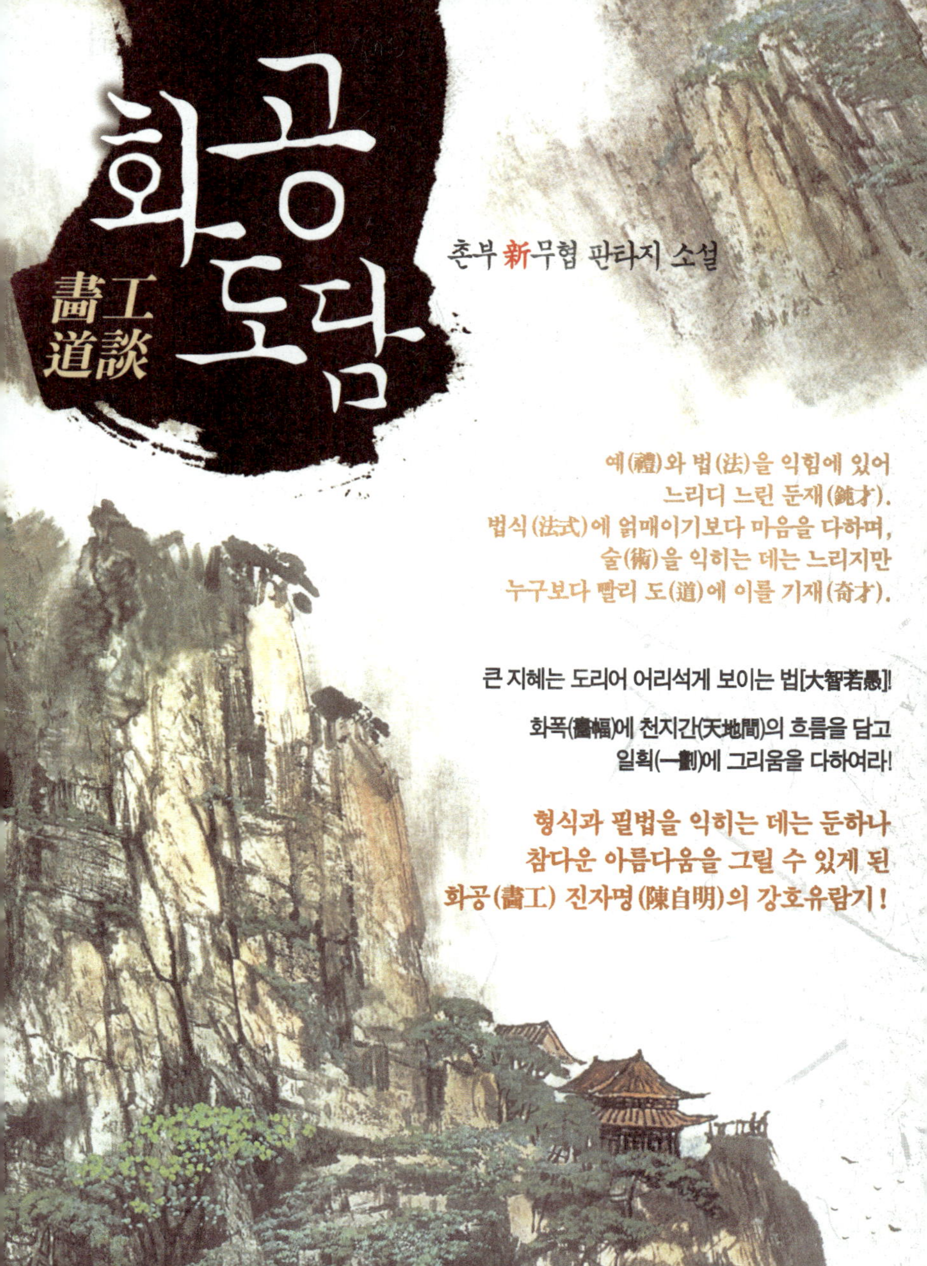

화공도담
畵工道談

촌부 新무협 판타지 소설

예(禮)와 법(法)을 익힘에 있어
느리디 느린 둔재(鈍才).
법식(法式)에 얽매이기보다 마음을 다하며,
술(術)을 익히는 데는 느리지만
누구보다 빨리 도(道)에 이를 기재(奇才).

큰 지혜는 도리어 어리석게 보이는 법[大智若愚]!

화폭(畵幅)에 천지간(天地間)의 흐름을 담고
일획(一劃)에 그리움을 다하여라!

형식과 필법을 익히는 데는 둔하나
참다운 아름다움을 그릴 수 있게 된
화공(畵工) 진자명(陳自明)의 강호유람기!

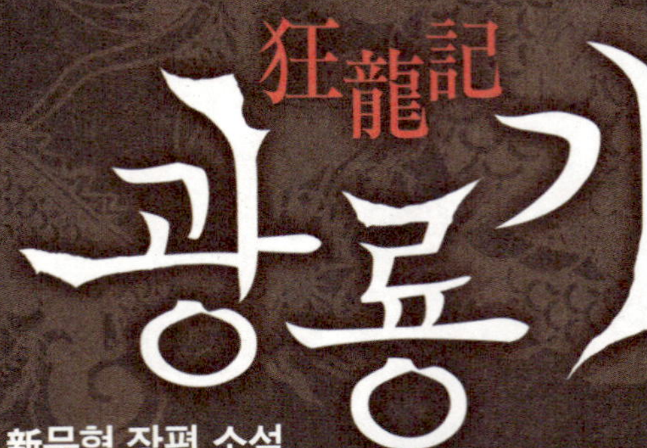

광룡기

장담 新무협 장편 소설

미친 바람이 동해에서 불기 시작했다!
둥지를 떠난 광룡(狂龍)이 강호에 나타났다!

내가 가고 싶은 대로 간다.
내가 하고 싶은 대로 한다.
누구도 내 앞을 막지 마라!

한겨울, 마침내 광룡의 전설이 시작되고,
천하가 광룡과 빙심에 뒤집어졌다!

유행이 아닌 자유추구 -
WWW.chungeoram.com

Book Publishing CHUNGEORAM